Philip Roth
Zuckermans Befreiung

Aus dem Amerikanischen
von Gertrud Baruch

Carl Hanser Verlag

Titel der Originalausgabe »Zuckerman Unbound«
Farrar, Straus & Giroux, New York 1981
© 1981 by Philip Roth

ISBN 3-446-13539-1
Alle Rechte vorbehalten
© 1982 Carl Hanser Verlag, München Wien
Umschlag: Klaus Detjen, unter Verwendung
des Bildes »Mister B. J.« von Howard Kanovitz
Satz: Fotosatz Otto Gutfreund, Darmstadt
Druck: May & Co Nachf., Darmstadt
Printed in Germany

Für Philip Guston
1913–1980

»Soll Nathan mal sehen, was es bedeutet, wenn man aus der Obskurität herausgeholt wird. Er soll bloß nicht bei uns anklopfen und behaupten, wir hätten ihn vorher nicht gewarnt.«

      E. I. Lonoff zu seiner Frau am 10. Dezember 1956

I »Ich bin Alvin Pepler«

»Was zum Teufel tun Sie denn in einem Bus, Sie mit Ihrem Zaster?«

Der das wissen wollte, war ein kleinwüchsiger, stämmiger junger Bursche mit kurzem Haarschnitt und einem neuen Straßenanzug. Eine Autozeitschrift in der Hand, hatte er vor sich hingeträumt, bis er entdeckt hatte, wer neben ihm saß. Das hatte genügt, um ihn auf Touren zu bringen.

Unbeeindruckt von Zuckermans unverbindlicher Antwort – einen Bus genommen, um durch die Gegend zu fahren –, begann er eifrig, ihm Ratschläge zu erteilen. Das tat zur Zeit jeder, der ihn ausfindig machen konnte. »Sie sollten sich einen Hubschrauber kaufen. So würde ich das machen. Die Landeerlaubnis da droben auf den Apartmenthäusern pachten und ganz einfach über den Scheißdreck hier unten hinwegfliegen. Hey, haben Sie *den* hier gesehen?« Diese Frage war an einen Herrn gerichtet, der im Mittelgang stand und seine *Times* las.

Der Bus fuhr die Fifth Avenue entlang, Richtung *downtown* von Zuckermans neuer Upper Eastside-Adresse aus. Zuckerman war unterwegs zu einem Anlageberater in der Zweiundfünfzigsten Straße – ein Termin, den sein Agent André Schevitz für ihn vereinbart hatte, zum Zweck der Anlagenstreuung. Vorbei waren die Zeiten, in denen Zuckerman sich nur darüber Sorgen machen mußte, daß Zuckerman Geld verdiente. Von nun an würde er sich darüber Sorgen machen müssen, daß sein Geld Moneten einbrachte. »Wo bewahren Sie es denn zur Zeit auf?« hatte der Anlageberater gefragt, als Zuckerman ihn endlich angerufen hatte. »In meinem Schuh.« Der Anlageberater hatte gelacht. »Haben Sie vor, es dort zu lassen?« Die Antwort darauf wäre eigentlich »ja« gewesen, aber im Moment war es einfacher, »nein« zu sagen. Insgeheim hatte Zuckerman ein einjähriges Moratorium über alle wichtigen Entscheidungen verhängt, die dieser Bombenerfolg nach sich ziehen würde. Er wollte erst wieder handeln, wenn er wieder klar denken konnte. Das alles, dieser Glücksfall – welche Bedeutung hatte das für ihn? Es war so plötzlich gekommen und in einem solchen Ausmaß, daß er darüber genau so verdattert war wie über einen Mißerfolg.

Da Zuckerman normalerweise in der Stoßzeit am Morgen nirgends hinging – außer, mit seiner Kaffeetasse, in sein Arbeitszimmer, um die tags zuvor geschriebenen Passagen nochmals zu lesen –, hatte er zu spät gemerkt, daß dies eine sehr ungünstige Zeit war, einen Bus zu benützen. Aber er wollte noch immer nicht glauben, daß er jetzt nicht mehr, wie noch vor sechs Wochen, kommen und gehen konnte, wie und wann es ihm beliebte, ohne sich vorher klarzumachen, wer er war. Das übliche, alltägliche Nachdenken darüber, wer man ist, genügte vollauf, auch ohne daß man eine zusätzliche Portion Narzißmus mit sich herumschleppte.

»Hey, Sie da!« Zuckermans aufgeregter Nachbar versuchte abermals, den Mann im Mittelgang von seiner *Times* abzulenken. »Sehen Sie den Typ hier neben mir?«

»Jetzt schon«, war die pikierte Antwort.

»Das ist der, der *Carnovsky* geschrieben hat. Haben Sie denn in den Zeitungen nichts darüber gelesen? Er hat gerade eine Million Dollar gemacht und fährt mit dem Bus!«

Als sie hörten, daß ein Millionär im Bus war, drehten sich zwei Mädchen, die beide die gleiche graue Schuluniform trugen, nach ihm um – zarte, reizende Kinder, zweifellos zwei wohlerzogene Schwestern, die auf dem Weg in ihre Klosterschule waren.

»Veronica«, sagte die Kleinere, »der Mann dort hat das Buch geschrieben, das Mammi gerade liest. Das ist Carnovsky.«

Die Kinder knieten sich auf ihre Sitze und starrten ihn an. Ein Paar in mittleren Jahren, das auf der anderen Seite des Ganges saß, sah ebenfalls zu ihm herüber.

»Na los, Kinder«, sagte Zuckerman leichthin, »zurück zu euren Hausaufgaben!«

»Unsere Mutter«, meldete sich das ältere Mädchen zu Wort, »liest gerade Ihr Buch, Mr. Carnovsky.«

»Freut mich. Aber eure Mammi möchte bestimmt nicht, daß ihr im Bus fremde Leute anstarrt.«

Fehlschlag. Die schienen in St. Mary's Phrenologieunterricht zu bekommen.

Zuckermans Nachbar hatte sich inzwischen zu der direkt hinter ihm sitzenden Frau umgedreht, um sie über das große Ereignis aufzuklären. Auch sie sollte daran teilhaben. Eine einzige große Familie. »Neben mir sitzt einer, der gerade eine Million Dollar gemacht hat. Wahrscheinlich sogar zwei.«

»So?« sagte eine sanfte, damenhafte Stimme. »Hoffentlich macht das viele Geld keinen anderen Menschen aus ihm.«

Fünfzehn Häuserblocks nördlich des Anlageberatungsbüros zog Zuckerman an der Strippe und stieg aus. Hier in dieser anomischen Gartenoase war es sicher noch möglich, inmitten der Stoßzeitpassanten ein Niemand zu sein. Wenn nicht, dann versuch's doch mal mit einem Schnurrbart. Paßt zwar nicht zu dem Leben, wie du es empfindest, siehst, kennst und kennen möchtest, aber wenn es bloß eines Schnurrbarts bedarf, dann laß dir einen stehen. Du bist nicht Paul Newman, aber auch nicht mehr das, was du einmal warst. Ein Schnurrbart. Kontaktlinsen. Vielleicht wäre eine buntscheckige Aufmachung zu empfehlen. Versuch doch, so auszusehen, wie heutzutage alle aussehen, statt immer noch so, wie vor zwanzig Jahren jedermann in »Humanities, Kursus 2« ausgesehen hat. Weniger wie

Albert Einstein, mehr wie Jimi Hendrix, dann stichst du nicht so sehr von den anderen ab. Und wenn wir schon bei diesem Thema sind – wie steht's denn mit deinem Gang? Daran hatte Zuckerman sowieso schon immer arbeiten wollen. Beim Laufen waren seine Knie zu nahe beieinander, und außerdem ging er immer viel zu schnell. Jemand, der einsachtzig groß ist, sollte lieber ein bißchen *schlendern*. Doch leider vergaß Zuckerman immer schon nach den ersten zwanzig Schritten ans Schlendern zu denken – zwanzig, dreißig Schritte, und schon war er wieder in Gedanken versunken, statt auf seinen Gang zu achten. Jetzt allerdings war der Moment gekommen, damit ernst zu machen, zumal die Presse jetzt auch seine sexuelle Leistungsfähigkeit unter die Lupe nahm. Beweg dich so aggressiv wie du schreibst. Du bist Millionär, also gewöhn dir den Gang eines Millionärs an. Man beobachtet dich.

Der Spaß geht auf meine Kosten. Diese Frau im Bus zum Beispiel, der unbedingt erklärt werden mußte, warum die anderen ganz aus dem Häuschen waren. Und dort, diese große, hagere ältere Dame mit dem stark gepuderten Gesicht... warum rennt die denn so? Und warum macht sie das Schnappschloß ihrer Handtasche auf? Zuckermans Adrenalin riet ihm plötzlich, ebenfalls zu rennen.

Es waren nämlich keineswegs alle Leute von dem Buch begeistert, das Zuckerman jetzt ein Vermögen einbrachte. Zahlreiche Leser hatten ihm bereits schriftlich die Meinung gesagt. »Eine Schande, Juden in einer völlig perversen Peep-Show-Atmosphäre darzustellen; eine Schande, Juden zu schildern, die Ehebruch begehen, dem Exhibitionismus, der Selbstbefriedigung, der Sodomie und der Hurerei frönen!« Jemand, dessen Briefpapier mit einem gedruckten Briefkopf so eindrucksvoll wie der des Präsidenten der Vereinigten Staaten geziert war, hatte ihn sogar wissen lassen, man müßte ihn »niederknallen«. Und im Frühjahr 1969 war das keine bloße Redewendung mehr. Vietnam war ein Schlachthaus, und auch außerhalb des Kriegsschauplatzes liefen viele Amerikaner Amok. Es war erst einige Monate her, daß Martin Luther King und Robert Kennedy von Attentätern niedergeknallt worden waren. Ein persönlicher Bekannter Zuckermans, einer seiner früheren Lehrer, hielt sich immer noch versteckt, weil jemand eines Nachts, als er gerade mit einem Glas warmer Milch und einem Roman von Wodehouse am Tisch saß, mit einem Gewehr durchs Küchenfenster geschossen hatte. Der pensionierte Junggeselle hatte an der Universität von Chicago fünfunddreißig Jahre lang Mittelenglisch gelehrt. Der Kursus war schwierig gewesen, aber ganz so schwierig auch wieder nicht. Heutzutage genügte es nicht mehr, jemandem die Nase blutig zu schlagen. Niedermetzeln – das war offenbar an die Stelle jenes Rundumschlags getreten, von dem die Erbitterten früher geträumt hatten; nur noch völlige Vernichtung konnte eine dauerhafte Befriedigung verschaffen. Im vergangenen Jahr waren während des Wahlkongresses der Demokratischen Partei Hunderte mit Schlagstöcken traktiert, durch Fensterscheiben geschmissen oder von Polizeipferden niedergetrampelt worden – wegen Verstößen gegen Zucht und Ordnung, die weniger gravierend waren als jene, die Zukkerman nach Meinung zahlreicher Briefschreiber begangen hatte. Er hielt es keineswegs für unwahrscheinlich, daß irgendwo in einem schäbigen Zimmer das mit seinem Porträt (ohne Schnurrbart) gezierte Titelblatt von *Life* mit Reißzwecken an die Wand geheftet war – genau so weit vom Bett eines »Einzelgängers« entfernt, daß dieser mit Wurfpfeilen danach zielen konnte. Solche Titelgeschichten waren schon schlimm genug für die Schriftstellerfreunde eines Schriftstellers, ganz zu schweigen von halbgebildeten Psychopathen, die wohl kaum über die vielen guten Taten Bescheid wußten, die er im PEN-Club vollbrachte. Ach, Gnädigste, wenn Sie doch bloß mein wahres Ich kennen würden! Schießen Sie nicht! Ich bin ein ernsthafter Schriftsteller, nicht bloß einer von diesen Sittenstrolchen!

Aber es war schon zu spät für solche Argumente. Hinter der randlosen Brille waren die blaßgrünen Augen der gepuderten Fanatikerin vor lauter Glaubenseifer schon ganz glasig geworden. In Kernschußweite packte sie ihn am Arm. »Sie dürfen nicht...« – sie war nicht mehr jung und mußte nach Atem ringen – »Sie dürfen nicht zulassen, daß das viele Geld einen anderen

Menschen aus Ihnen macht, ganz gleich, was für einer Sie jetzt sind. Geld hat noch keinen glücklich gemacht. Das kann nur ER.« Dann zog sie aus ihrer Handtasche, die so groß wie eine Lugerpistole war, eine Postkarte mit dem Bild Jesu und drückte sie ihm in die Hand. »Es ist kein Gerechter auf Erden«, ermahnte sie ihn, »welcher Gutes tut und nicht sündiget. So wir sagen, wir haben keine Sünde, so verführen wir uns selbst, und die Wahrheit ist nicht in uns.«

Als er später an diesem Vormittag, nur einen Katzensprung vom Büro des Anlageberaters entfernt, an einer Theke Kaffee trank – und zum ersten Mal im Leben die Wirtschaftsseite der Morgenzeitung studierte –, kam eine Frau in mittleren Jahren lächelnd auf ihn zu und erzählte ihm, seit sie in *Carnovsky* alles über seine sexuelle Befreiung gelesen habe, sei sie selber auch nicht mehr so »verklemmt«. Als er in die Bank an der Rockefeller Plaza ging, um einen Scheck einzulösen, fragte der langhaarige Wachmann im Flüsterton, ob er Mr. Zuckermans Jackett berühren dürfte: Wenn er heute abend nach Hause käme, wollte er seiner Frau davon erzählen. Als Zuckerman durch den Park ging, pflanzte sich eine adrett gekleidete junge Mutter von der East Side, die mit Baby und Hund unterwegs war, vor ihm auf und sagte: »Sie brauchen Liebe, und zwar ständig. Sie tun mir leid.« Im Zeitschriftensaal der Stadtbibliothek tippte ihn ein älterer Herr auf die Schulter und erklärte ihm in stark ausländisch gefärbtem Englisch – dem Englisch von Zuckermans Großvater –, wie leid ihm seine Eltern täten. »Sie haben nicht alles aus Ihrem Leben berichtet. In Ihrem Leben gibt es mehr als nur *das*. Aber das andere lassen Sie einfach aus. Um quitt zu sein.« Und schließlich, zu Hause, ein massiger, leutseliger Schwarzer von der Elektrizitätsgesellschaft, der den Zähler ablesen wollte. »Hey, machen Sie *alles*, was in diesem Buch steht? Mit allen diesen Schnepfen? Sie sind vielleicht einer, Mann o Mann!« Der Zählerableser. Also auch bei Leuten, die sonst nur Zähler ablesen, konnte man jetzt darauf zählen, daß sie *dieses* Buch lasen.

Zuckerman war hochgewachsen, aber nicht so groß wie Wilt Chamberlain. Er war hager, aber nicht so hager wie Mahatma Gandhi. In seiner üblichen Aufmachung – braune Kordjacke, grauer Rollkragenpullover, khakifarbene Baumwollhose – sah er zwar ganz manierlich, aber wohl kaum wie Rubirosa aus. Und zudem waren schwarze Haare und ein Zinken hier in New York keine so auffälligen Merkmale wie vielleicht in Reykjavik oder Helsinki. Trotzdem wurde er zwei-, drei-, viermal die Woche von wildfremden Leuten erkannt. »Das ist Carnovsky!« »Hey, Vorsicht, Carnovsky, wegen so was wird man eingelocht!« »Hey, willst du meine Unterwäsche sehen, Gil?« Anfangs hatte er jedem, der ihm auf der Straße etwas nachrief, freundlich zugewinkt, um zu zeigen, daß er kein Spielverderber war. Das war am einfachsten, also tat er's. Danach war es am einfachsten, so zu tun, als hätte er's nicht gehört, und weiterzugehen. Und später war es am einfachsten, so zu tun, als hätte er alles gehört, sich dann aber einzureden, daß es sich in einer Welt abspielte, die gar nicht existierte. Die Leute verwechselten Charakterdarstellung mit persönlichen Bekenntnissen, und ihre Zurufe galten jemandem, den es nur in einem Buch gab. Zuckerman versuchte, dies als Lob aufzufassen – er hatte es geschafft, daß wirkliche Menschen auch Carnovsky für wirklich hielten –, aber schließlich gab er sich doch lieber den Anschein, nur er selbst zu sein, und ging mit kurzen, hastigen Schritten seines Wegs.

Gegen Ende dieses Tages verließ er seine neue Wohngegend und ging nach Yorkville hinüber, wo er in der Second Avenue genau die Zufluchtsstätte entdeckte, nach der er Ausschau gehalten hatte. Der richtige Ort, um ungestört mit der Abendzeitung dasitzen zu können – jedenfalls kam es ihm so vor, als er zwischen den im Schaufenster hängenden Salamiwürsten hindurch in das Lokal spähte: eine sechzigjährige Bedienung mit verschmiertem Lidschatten und ausgelatschten Hausschuhen; und hinter der Sandwichtheke ein Koloß mit einem Tranchiermesser in der Hand und einer Schürze so frisch und sauber wie eine Schneewehe in Manhattan. Es war jetzt ein paar Minuten nach sechs. Er konnte rasch ein Sandwich bestellen und um sieben Uhr wieder in seinen eigenen vier Wänden sein.

»Entschuldigen Sie bitte.«

Zuckerman blickte von der zerfledderten Speisekarte auf und sah einen Mann im dunklen Regenmantel am Tisch stehen. Die anderen Tische, ungefähr ein Dutzend, waren leer. Der Fremde hielt den Hut in der Hand, und zwar auf eine Art und Weise, die dieser Redensart wieder ihren ursprünglichen metaphorischen Glanz verlieh.

»Entschuldigen Sie. Ich wollte mich nur bei Ihnen bedanken.«

Es war ein massiger, breitbrüstiger Mann mit gedrungenen Hängeschultern und einem Stiernacken. Eine einzige Haarsträhne ringelte sich über seinen kahlen Schädel, sein Gesicht jedoch wirkte jungenhaft: glänzende, glatte Wangen, gefühlvolle braune Augen, eine kesse kleine Hakennase.

»Bei mir bedanken? Wofür denn?« Zum ersten Mal im Verlauf dieser sechs Wochen war Zuckerman auf den Gedanken gekommen, sich für jemand ganz anderen auszugeben. Er lernte dazu.

Sein Bewunderer hielt das für Bescheidenheit. Die lebhaften, tränenfeuchten Augen blickten noch gefühlvoller. »Mein Gott! Für alles! Für den Humor. Das Mitgefühl. Das Verständnis für unsere geheimsten Impulse. Für alles, was Sie uns über die menschliche Komödie ins Bewußtsein gerufen haben.«

Mitgefühl? Verständnis? Erst vor ein paar Stunden hatte ihm der alte Herr in der Bibliothek erklärt, wie leid ihm seine Eltern täten. Heute wurde er tatsächlich einem Wechselbad ausgesetzt.

»Sehr freundlich von Ihnen.«

Der Fremde deutete auf die Speisekarte, die Zuckerman in der Hand hielt. »Bitte bestellen Sie doch. Ich wollte mich Ihnen nicht aufdrängen. Ich war im Waschraum, und als ich herauskam, traute ich meinen Augen nicht. Sie in einem solchen Lokal zu entdecken! Ich mußte ganz einfach an Ihren Tisch kommen und ›danke‹ sagen, bevor ich gehe.«

»Ist schon gut.«

»Das schier Unglaubliche an der Sache ist, daß ich ebenfalls ein Newarker bin.«

»Ach wirklich?«

»Dort geboren und aufgewachsen. Sie sind neunundvierzig weggegangen, nicht wahr? Ist heute nicht mehr die gleiche Stadt wie damals. Sie würden sie nicht wiedererkennen. Und würden es auch nicht wollen.«

»Scheint so.«

»Ich hänge immer noch da drüben fest.«

Zuckerman nickte und winkte der Bedienung.

»Ich glaube, die Leute wissen gar nicht zu würdigen, was Sie für das alte Newark tun, außer wenn sie selbst von dort stammen.«

Zuckerman bestellte ein Sandwich und Tee. Woher weiß er, daß ich neunundvierzig weggegangen bin? Vermutlich aus *Life*.

Er lächelte und wartete darauf, daß dieser Fremde

sich auf den Heimweg machte, hinüber auf die andere Seite des Flusses.

»Sie sind unser Marcel Proust, Mr. Zuckerman.«

Zuckerman lachte. Er selbst sah das etwas anders.

»Ich meine das ernst. Ich mache Ihnen nichts vor, Gott bewahre. Meiner Ansicht nach sind Sie ganz weit oben, an der Seite von Stephen Crane. Die zwei großen Schriftsteller aus Newark.«

»Wirklich sehr freundlich von Ihnen.«

»Wir haben natürlich auch noch Mary Mapes Dodge, aber man kann *Hans Brinker* noch so sehr bewundern – es ist eben doch bloß ein Kinderbuch. Ich würde ihr den dritten Platz zuweisen. Dann ist da noch LeRoi Jones, aber den würde ich ohne zu zögern an die vierte Stelle setzen. Ich sage das ohne Rassenvorurteil und auch nicht im Hinblick auf die verhängnisvolle Entwicklung, zu der es in den letzten acht Jahren in unserer Stadt gekommen ist, aber was er schreibt ist doch keine Literatur. Ich halte es für schwarze Propaganda. Nein, im Bereich der Literatur haben wir Sie und Stephen Crane, im Bereich der Schauspielkunst Rod Steiger und Vivian Blaine, was die Bühnenautoren angeht, haben wir Dore Schary, was das Singen betrifft, haben wir Sarah Vaughan, und im Sport Gene Hermanski und Herb Krautblatt. Nicht, daß der Sport in einem Atemzug mit dem, was Sie geleistet haben, zu nennen wäre. Ich sehe schon die Schulkinder vor mir, die künftig die Stadt Newark besuchen werden und...«

»Ach«, sagte Zuckerman, wiederum amüsiert, aber im unklaren darüber, was eigentlich hinter dieser Überschwenglichkeit steckte, »ich glaube, bloß meinetwegen werden die Schulkinder nicht hinkommen. Um so weniger, als das ›Empire‹ zugemacht hat.« Das »Empire« war das längst eingegangene Tingeltangel in der Washington Street, wo so mancher in New Jersey aufgewachsene Junge im Halbdunkel den ersten Striptease erlebt hatte. Zuckerman war einer von ihnen gewesen, Gilbert Carnovsky ebenfalls.

Der Fremde hob die Arme – und seinen Hut: Ausdruck hilfloser Kapitulation. »Sie haben also auch im täglichen Leben diesen fabelhaften Sinn für Humor. Mit einer so schlagfertigen Antwort könnte ich nicht aufwarten. Na, Sie werden schon sehen. In Zukunft wird man *Sie* lesen, wenn man sich an die alten Zeiten erinnern möchte. In *Carnovsky* haben Sie für immer festgehalten, was es hieß, als Jude in dieser Stadt aufzuwachsen.«

»Nochmals vielen Dank. Haben Sie vielen Dank für Ihre freundlichen Worte.«

Die Bedienung erschien mit seinem Sandwich. Schluß der Vorstellung. Und noch dazu auf eine nette Art und Weise. Hinter dieser Überschwenglichkeit steckte nichts weiter, als daß jemand Gefallen an seinem Buch gefunden hatte. Na schön. »Vielen Dank«, sagte Zuckerman – zum vierten Mal – und griff feierlich nach der einen Hälfte seines Sandwichs.

»Ich bin in die South-Side-Schule gegangen. Abschlußjahrgang dreiundvierzig.«

Die South Side High School, im heruntergekommenen Zentrum der alten Industriestadt, war schon zu Zuckermans Zeiten, als Newark noch vorwiegend weiß war, halb schwarz gewesen. Sein eigener Schulbezirk, am Rande eines neueren Newarker Stadtviertels, war in den zwanziger und dreißiger Jahren von Juden bewohnt, die aus den verlotterten Einwanderer-Enklaven hierher gezogen waren, um Kinder aufzuziehen, die ins College gehen, akademische Berufe ergreifen und eines Tages in den Vororten von Orange wohnen sollten, wo Zuckermans Bruder Henry jetzt ein großes Haus besaß.

»Sie sind Weequahic-Absolvent, Abschlußjahrgang neunundvierzig.«

»Hören Sie«, sagte Zuckerman betreten, »ich muß jetzt essen und gleich wieder gehen. Tut mir leid.«

»Entschuldigen Sie bitte. Ich wollte Ihnen nur... Aber das hab' ich ja bereits gesagt.« Er lächelte, beschämt über die eigene Hartnäckigkeit. »Danke – nochmals vielen Dank. Für alles. Hat mich sehr gefreut. War ein Erlebnis für mich. Ich wollte Sie weiß Gott nicht belemmern.«

Zuckerman sah ihm nach, als er zur Kasse ging, um sein Essen zu bezahlen. Er war jünger, als man aus seiner dunklen Kleidung, seiner bulligen Figur und seinem resignierten Gesichtsausdruck schließen konnte, aber linkischer und – mit seinem schwerfälligen, plattfüßigen Gang – auf eine rührendere Weise komisch, als Zuckerman zunächst bemerkt hatte.

»Entschuldigen Sie. Tut mir leid.«

Abermals den Hut in der Hand. Und dabei war Zuckerman überzeugt, gesehen zu haben, wie er mit dem Hut auf dem Kopf hinausgegangen war.

»Ja?«

»Sie werden mich jetzt sicher auslachen. Ich versuche nämlich, auch etwas zu schreiben. Keine Sorge, ich mache Ihnen bestimmt keine Konkurrenz. Wenn man es selber ausprobiert, bewundert man die enorme Leistung, die jemand wie Sie vollbringt, um so mehr. Allein schon die Geduld ist phänomenal. Tagein, tagaus vor diesem weißen Blatt Papier.«

Zuckerman hatte sich vorhin überlegt, ob er ihn nicht aus reiner Höflichkeit auffordern sollte, Platz zu nehmen, wenn auch nur für einen Moment. Er war sogar nahe daran gewesen, sich diesem Mann – sentimentalerweise – verbunden zu fühlen, der da neben ihm am Tisch gestanden und erklärt hatte: »Ich bin ebenfalls ein Newarker.« Jetzt allerdings hegte er weniger sentimentale Empfindungen gegenüber diesem Newarker, der bei ihm am Tisch stand und erklärte, er sei ebenfalls ein Schriftsteller.

»Ich wollte fragen, ob Sie einen Lektor oder einen Agenten empfehlen könnten, der jemandem wie mir weiterhelfen würde.«

»Nein.«

»Okay. Schon gut. In Ordnung. War bloß eine Frage. Wissen Sie, ich habe nämlich bereits einen Produzenten, der aus meiner Lebensgeschichte ein Musical machen will. Ich persönlich bin allerdings der Meinung, sie sollte zuerst in Buchform veröffentlicht werden. Seriös und mit sämtlichen Fakten.«

Schweigen.

»Das kommt Ihnen absurd vor, ich weiß, auch wenn Sie zu höflich sind, es auszusprechen. Aber was ich gesagt habe, stimmt. Nicht, daß ich jemand wäre, der als Person wichtig genommen wird. Daß dies nicht der Fall ist, sieht man mir auf den ersten Blick an. Nein, aus dem, was mir *passiert* ist, soll ein Musical gemacht werden.«

Schweigen.

»Ich bin Alvin Pepler.«

Na schön, Houdini war er jedenfalls nicht. Einen Moment lang hatte alles darauf hingedeutet.

Alvin Pepler wartete darauf, wie Nathan Zuckerman auf seine Begegnung mit Alvin Pepler reagieren würde. Als keine Reaktion erfolgte, sprang er Zuckerman sofort bei. Und sich selber auch. »Leuten wie Ihnen sagt dieser Name natürlich nichts. Sie haben was Besseres zu tun, als Ihre Zeit mit Fernsehen zu verplempern. Aber weil ich doch ein ›Landsmann‹ von Ihnen bin, dachte ich, Ihre Familie hätte Ihnen vielleicht etwas über mich erzählt. Ich habe es vorhin nicht erwähnt, ich hielt es nicht für angebracht, aber zufällig ist Essie Slifer, die Cousine Ihres Vaters, vor Gott weiß wieviel Jahren mit Lottie, der Schwester meines Vaters, in die Schule gegangen. Ich weiß nicht, ob Ihnen das etwas sagt, aber ich bin derjenige, der in den Zeitungen ›Pepler, der Mann aus dem Volk‹ genannt wurde. Ich bin ›Alvin, der jüdische Marineinfanterist‹.«

»Ach«, sagte Zuckerman, ganz erleichtert darüber, daß er endlich etwas dazu sagen konnte, »dann sind Sie der Quizkandidat, stimmt's? Sie sind in einer dieser Sendungen aufgetreten.«

Oje, das war aber bestimmt noch nicht alles! Die sirupbraunen Augen wurden traurig und zornig und füllten sich – nicht etwa mit Tränen, sondern, was viel schlimmer war – mit *Wahrheit*. »Mr. Zuckerman, drei Wochen hintereinander war ich der Champion in der größten aller Quizshows. Berühmter als ›Twenty-One‹. Und was die Gewinnchancen betrifft, größer als ›The 64 000 Dollar Question‹. Ich war der Champion von ›Smart Money‹.«

Zuckerman konnte sich nicht entsinnen, jemals eine dieser Quizsendungen aus den späten fünfziger Jahren gesehen zu haben, und er konnte die eine nicht von der anderen unterscheiden. Er und seine erste Frau, Betsy, hatten nicht mal einen Fernseher besessen. Allerdings glaubte er sich daran erinnern zu können, daß jemand aus seiner Verwandtschaft – höchstwahrscheinlich Tante Essie – einmal von einer Familie Pepler aus Newark und deren überkandideltem Sohn, dem Quizkandidaten und Ex-Marineinfanteristen, gesprochen hatte.

»Alvin Pepler war derjenige, den man ausgebootet hat, um Platz für den großen Hewlett Lincoln zu machen. Das ist das Thema meines Buches. Der Betrug, der am amerikanischen Publikum verübt wurde. Wie man die Gutgläubigkeit von Millionen harmloser Menschen manipuliert hat. Und wie ich, weil ich das eingestanden habe, ein für allemal zum Paria gemacht wurde. Man hat mich aufgebaut, um mich dann zu vernichten, und, Mr. Zuckerman, diese Leute sind immer noch nicht fertig mit mir. Die anderen Beteiligten sind alle weitergekommen, vorwärts und aufwärts im filzokratischen Amerika, und niemand kümmert sich einen Dreck darum, was für Diebe und Lügner diese Leute gewesen sind. Aber weil *ich* nicht für diese elenden Gauner lügen wollte, muß ich seit zehn Jahren wie ein Gebrandmarkter leben. Die Opfer McCarthys sind besser dran als ich. Die ganze Nation hat sich gegen diesen Schweinehund erhoben, hat die Unschuldigen in Schutz genommen und so weiter, bis die Gerechtigkeit wenigstens wieder einigermaßen hergestellt war. Aber der Name Alvin Pepler ist bis heute im gesamten amerikanischen Rundfunk- und Fernsehgeschäft ein Schimpfwort geblieben.«

Zuckerman konnte sich jetzt etwas genauer an die Aufregung erinnern, die diese Quizsendungen ausgelöst hatten. Deutlicher als an Alvin Pepler erinnerte er sich allerdings an Hewlett Lincoln, den philosophischen jungen Provinzjournalisten, Sohn des republikanischen Gouverneurs von Maine und, während er als Quizkandidat auftrat, populärster Fernsehstar Amerikas, bewundert von Schulkindern, ihren Lehrern, Eltern und Großeltern – bis der Skandal aufgedeckt wurde und die Schulkinder erfuhren, daß die Antworten, die Hewlett Lincoln in der schalldichten Kabine so leicht von den Lippen flossen, ihm schon Tage zuvor von den Produzenten der Quizsendung zugesteckt worden waren. Die Zeitungen hatten auf der ersten Seite darüber berichtet, und Zuckerman entsann sich, daß der farcenhafte Abschluß der Affäre eine vom Kongreß angeordnete Untersuchung gewesen war.

»Ich würde nicht im Traum daran denken«, sagte Pepler, »uns beide miteinander zu vergleichen. Ein hochgebildeter Künstler wie Sie und ein zufällig mit einem fotografischen Gedächtnis begabter Mensch wie ich – das sind zwei verschiedene Dinge. Aber als ich in ›Smart Money‹ auftrat, genoß ich, ob verdientermaßen oder nicht, die Hochachtung der gesamten Nation. Und ich muß sagen, daß es dem jüdischen Bevölkerungsteil bestimmt nicht geschadet hat, in der Hauptsendezeit drei Wochen hintereinander in einem landesweit ausgestrahlten Fernsehprogramm von einem Ex-Marineinfanteristen repräsentiert zu werden, der an zwei Kriegen teilgenommen hat. Sie halten vielleicht nichts von Quizsendungen, nicht mal von solchen, bei denen es ehrlich zugeht. Das ist Ihr gutes Recht – das steht Ihnen mehr als jedem anderen zu. Aber das große Publikum war damals ganz anders eingestellt. Deshalb habe ich, als ich während jener grandiosen drei Wochen ganz oben war, kein Hehl aus meiner Religion gemacht. Ich habe es geradeheraus gesagt. Das ganze Land sollte wissen, daß ein jüdischer Soldat des Marine-Corps sich auf dem Schlachtfeld genau so bewähren kann wie jeder andere. Ich habe nie behauptet, ein Kriegsheld zu sein. Beileibe nicht. Im Schützenloch habe ich gezittert wie jeder andere auch, aber davongelaufen bin ich nie, auch unter Beschuß nicht. Gewiß, es hat eine ganze Menge jüdischer Frontkämpfer gegeben, und viele waren tapferer als ich. Aber ich war derjenige, der diese Tatsache der großen Masse des amerikanischen Publikums zu Bewußtsein gebracht hat, und wenn ich das mittels einer Quizsendung tat – na schön, das entspricht eben *meinen* Möglichkeiten. Doch dann hat die Zeitschrift *Variety* angefangen, über mich herzuziehen, mich ›Quizling‹ und dergleichen zu nennen – und das war der Anfang vom Ende. Quizling mit *z*. Wo ich doch der einzige war, der die richtigen Antworten nicht schon vorher haben wollte! Wo ich doch lediglich über das Thema der Fragen informiert werden wollte, um mich darauf vorzubereiten, mir alles einzuprägen und dann die Sache anständig und ehrlich auszufechten. Ich könnte Bände schreiben über diese Leute und darüber, was sie mir angetan haben. Das ist der Grund, warum ich, als ich Ihnen über den Weg lief, als ich völlig unerwartet Newarks großen Schriftsteller vor mir sah... also wirklich, es kommt mir wie ein Wunder vor, daß mir das gerade jetzt passiert. Denn wenn ich ein Buch schreiben könnte, das zur Veröffentlichung geeignet ist, würden es die Leute sicherlich lesen und glaubwürdig finden. Dann wäre mein Name wieder das, was er einmal gewesen ist. Dann wäre das bißchen Gute, das ich tun durfte, nicht für immer ausgelöscht. Die arglosen Menschen, die ich enttäuscht und besudelt zurückgelassen habe, die vielen Millionen, die ich im Stich lassen mußte, insbesondere die Juden – sie alle würden endlich begreifen, was *wirklich* passiert ist. Und sie würden mir vergeben.«

Seine eigene Arie hatte ihn nicht ungerührt gelassen. Die dunkelbraune Iris seiner Augen schien jetzt mit frisch aus dem Schmelzofen geflossenem Erz gefüllt – als ob ein einziger Tropfen aus Peplers Augen genügte, um einem ein tiefes Loch in den Körper zu brennen.

»Wenn sich das so verhält«, sagte Zuckerman, »dann sollten Sie sich an die Arbeit machen.«

»Habe ich schon getan.« Pepler lächelte so gut er konnte. »Zehn Jahre meines Lebens. Darf ich?« Er deutete auf den leeren Stuhl an der anderen Seite des Tisches.

»Warum nicht?« sagte Zuckerman und versuchte, nicht an die vielen Gründe zu denken, die dagegen sprachen.

»Mit nichts anderem habe ich mich beschäftigt.« Aufgeregt ließ sich Pepler auf den Stuhl plumpsen. »Nacht für Nacht habe ich daran gearbeitet, *seit zehn Jahren.* Aber ich habe kein Talent dazu. Das sagt man mir jedenfalls. An zweiundzwanzig Verlage habe ich mein Buch geschickt. Fünfmal habe ich es umgeschrieben. Ich zahle einer jungen Lehrerin von der Columbia High School in South Orange, die nach wie vor als erstklassige Schule eingestuft wird, einen Stundenlohn dafür, daß sie meine grammatikalischen und Interpunktionsfehler korrigiert. Nicht im Traum dächte ich daran, jemandem auch nur eine einzige Seite dieses Buches vorzulegen, die nicht zuvor von ihr nach Schnitzern durchgesehen wurde. Dafür ist das alles viel zu wichtig. Aber wenn man nach Meinung dieser Leute kein großes Talent ist – ja, dann ist eben nichts zu machen. Das können Sie mir als Verbitterung ankreiden. Würde ich an Ihrer Stelle auch tun. Miss Diamond, die Lehrerin, die mir hilft, stimmt mir allerdings zu: Die brauchen bloß zu sehen, daß Alvin Pepler der Verfasser ist, und schon werfen sie's auf den Haufen Papier, der als Schund abgestempelt ist. Ich glaube nicht, daß sie mehr davon lesen als meinen Namen. Selbst für den kümmerlichsten Redakteur im Verlagsgeschäft bin ich bloß noch ein Witz.«

Seine Stimme klang leidenschaftlich erregt, sein Blick jedoch schien (seit Pepler sich am Tisch niedergelassen hatte) magnetisch angezogen von dem, was Zukkerman auf seinem Teller übriggelassen hatte. »Aus diesem Grund habe ich Sie nach einem Lektor oder Agenten gefragt – einem, der ganz unvoreingenommen an die Sache heranginge. Der begreifen würde, daß es etwas *Seriöses* ist.«

Obzwar selber auf Seriosität erpicht, wollte sich Zuckerman nach wie vor nicht auf eine Diskussion über Agenten und Lektoren einlassen. Wenn es für einen amerikanischen Schriftsteller überhaupt einen Grund gäbe, in Rotchina um Asyl nachzusuchen, dann nur, um zehntausend Meilen von dergleichen Diskussionen entfernt zu sein.

»Ihnen bleibt ja noch das Musical.«

»Ein seriöses Buch ist etwas ganz anderes als ein Broadway-Musical.«

Noch eine Diskussion, die Zuckerman lieber vermeiden wollte. Klang wie das Thema eines Kursus der Neuen Schule.

»Falls das Musical überhaupt zustande kommt«, sagte Pepler kleinlaut.

Zuckerman optimistisch: »Wo Sie doch schon einen Produzenten haben...«

»Ja, aber bisher ist das bloß ein Gentlemen's Agreement. Noch niemand hat Geld bekommen, noch niemand hat etwas unterschrieben. Die Arbeit soll erst beginnen, wenn er zurück ist. Dann wird die Sache ausgehandelt.«

»Na, das ist doch *etwas*.«

»Deshalb bin ich in New York. Ich bin in seiner Wohnung einquartiert und spreche meinen Text auf Tonband. Das ist alles, was er von mir haben möchte. Was ich geschrieben habe, will *er* ebenso wenig sehen wie die Großmoguln im Verlagswesen. Immer nur auf Tonband sprechen, bis er zurückkommt. Und die Gedanken auslassen. Bloß die Story erzählen. Naja, arme Leute dürfen eben nicht wählerisch sein.«

Ein durchaus passender Gesprächsabschluß.

»Aber«, sagte Pepler, als er Zuckerman aufstehen sah, »aber Sie haben doch erst das halbe Sandwich gegessen.«

»Keine Zeit mehr.« Er deutete auf seine Armbanduhr. »Werde erwartet. Besprechung.«

»Oh, entschuldigen Sie, Mr. Zuckerman. Tut mir leid.«

»Viel Glück mit dem Musical!« Er griff nach Peplers Hand und schüttelte sie. »Und auch sonst – viel Glück!« Pepler konnte seine Enttäuschung nicht verbergen. Pepler konnte *überhaupt nichts* verbergen. Oder verbarg er vielleicht alles? Unmöglich, dahinterzukommen, und ein weiterer Grund, sich davonzumachen.

»Tausend Dank.« Und dann, resigniert: »Übrigens, um den Schritt vom Erhabenen zum...«

Was wollte er denn jetzt schon wieder?

»Sie haben doch sicher nichts dagegen, daß ich Ihre saure Gurke esse?«

War das ein Witz? War das Ironie?

»Ich kann diesem Zeug einfach nicht widerstehen. War schon als Kind scharf darauf.«

»Bitte sehr«, sagte Zuckerman, »bedienen Sie sich.«

»Sie haben wirklich nichts dagegen?«

»Natürlich nicht.«

Pepler liebäugelte mit der übriggebliebenen Sandwichhälfte. Und das war kein Witz. Dafür war sein Blick viel zu gierig. »Wenn ich schon dabei bin...« Ein selbstverächtliches Lächeln.

»Na klar. Warum denn nicht?«

»Wissen Sie, dort sind keine Lebensmittel im Kühlschrank. Ich spreche alle diese Geschichten auf Tonband und verhungre fast dabei. Nachts wache ich auf, mir fällt etwas fürs Tonband ein, was ich vergessen hatte, aber es ist nichts zu essen da.« Er begann die Sandwichhälfte in eine Papierserviette einzuwickeln, die er aus dem Behälter auf dem Tisch gezogen hatte. »Alle Mahlzeiten werden geliefert.«

Doch Zuckerman hatte sich bereits abgesetzt. An der Kasse hinterließ er einen Fünfdollarschein, dann suchte er das Weite.

Zwei Häuserblocks westlich tauchte Pepler neben ihm auf – gerade als Zuckerman in der Lexington Avenue auf Grün wartete.

»Ein letztes Wort...«

»Hören Sie...«

»Keine Sorge, ich werde Sie nicht bitten, mein Buch zu lesen. Ich bin zwar ein Spinner...« – Zuckerman registrierte dieses Eingeständnis mit einem leichten Herzklopfen – »... aber ganz so verrückt auch wieder nicht. Man wendet sich doch nicht an Einstein, um Bankauszüge überprüfen zu lassen.«

Das ungute Gefühl, das den Romanautor beschlichen hatte, ließ sich durch diese Schmeichelei freilich nicht beschwichtigen.

»Mr. Pepler, was wollen Sie eigentlich von mir?«

»Ich hätte nur gern gewußt, ob es Ihrer Meinung nach das richtige Projekt für einen Produzenten wie Marty Paté ist. Der ist nämlich dahinter her. Ich wollte nicht mit Namen um mich werfen, aber okay – er ist derjenige. Ich mache mir gar nicht mal wegen des Geldes Sorgen. Ich will mich zwar nicht reinlegen lassen – nicht noch einmal –, aber im Moment sag' ich: Zum Teufel mit dem Geld! Ich bin mir aber nicht sicher, ob ich darauf vertrauen kann, daß er meiner Lebensgeschichte wirklich gerecht wird – all den schlimmen Erfahrungen, die ich in diesem Land *mein Leben lang* machen mußte.«

Verhöhnung, Betrug, Demütigung – alles, was Pepler erdulden mußte, ohne »Gedanken« äußern zu dürfen, konnte ihm Zuckerman an den Augen ablesen.

Er hielt Ausschau nach einem Taxi. »Das weiß ich auch nicht.«

»Aber Sie kennen Paté doch.«

»Nie von ihm gehört.«

»Marty Paté. Der Broadway-Produzent.«

»Keine Ahnung.«

»Aber...« Er sah aus wie ein großes Tier auf einer Schlachthoframpe, betäubt, aber noch nicht ganz hinüber. Als ob er Höllenqualen erlitte. »Aber... er kennt *Sie*. Er hat Sie durch Miss O'Shea kennengelernt. Als Sie alle in Irland waren. An ihrem Geburtstag.«

Den Klatschspalten zufolge waren der Filmstar Caesara O'Shea und der Romancier Nathan Zuckerman ein »heißes Thema«. Tatsächlich aber war Zuckerman der Filmschauspielerin nur ein einziges Mal begegnet – vor etwa zehn Tagen, als er im Hause Schevitz ihr Tischherr gewesen war.

»Übrigens, wie geht's Miss O'Shea?« fragte Pepler plötzlich ganz versonnen. »Ich wollte, ich könnte ihr sagen – oder Sie könnten's ihr in meinem Namen sagen –, was für eine große Dame sie ist. Für das Publikum. Meiner Meinung nach ist sie die einzige wirkliche Dame, die es heute noch im Film gibt. Sie kann durch keinerlei Klatschgeschichten besudelt werden. Das ist mein voller Ernst.«

»Ich werd's ihr sagen.« Der einfachste Ausweg. Abgesehen vom Davonlaufen.

»Am Dienstag bin ich aufgeblieben, um sie zu sehen – im Nachtprogramm. *Divine Mission*. Noch so ein unglaublicher Zufall. Diesen Film zu sehen und dann *Ihnen* zu begegnen. Hab' ihn zusammen mit Patés Vater angesehen. Sie erinnern sich doch an Martys alten Herrn? Von Irland her? Mr. Perlmutter?«

»Flüchtig.« Warum nicht, wenn es die fieberhafte Erregung dieses Burschen dämpfen konnte?

Die Verkehrsampel hatte inzwischen schon mehrmals von Rot auf Grün geschaltet. Zuckerman überquerte die Straße, Pepler ebenfalls.

»Er wohnt bei Paté. In dessen Stadtwohnung. Sie sollten mal sehen, wie dieses Haus ausgestattet ist. Büros im Erdgeschoß. Überall im Vestibül signierte Fotos. Sie sollten mal sehen, von wem! Victor Hugo, Sarah Bernhardt, Enrico Caruso. Marty läßt sie sich von einem Händler beschaffen. Solche Berühmtheiten! Meterweise! Und ein vierzehnkarätiger Kronleuchter, ein Ölgemälde von Napoleon und Samtvorhänge, die bis zum Boden reichen. Und das sind bloß die Büroräume. Im Korridor steht eine Harfe – steht einfach so da. Mr. Perlmutter sagt, die gesamte Innenausstattung hat sich Marty selbst ausgedacht. Nach Bildern von Versailles. Er besitzt eine wertvolle Sammlung aus der Napoleonischen Ära. Sogar die Gläser haben einen Goldrand, genau wie die von Napoleon. Das ganze obere Stockwerk, wo Marty wohnt – wo er residiert –, ist im modernen Stil ausgestattet. Rotes Leder, indirektes Licht, pechschwarze Wände. Pflanzen wie in einer Oase. Sie sollten das Bad sehen! Schnittblumen *im Badezimmer*! Der Blumenschmuck kostet ihn monatlich tausend Dollar. Toiletten wie Delphine, und sämtliche Armaturen vergoldet. Und alle Mahlzeiten werden ins Haus geliefert, einschließlich Salz und Pfeffer. Niemand bereitet etwas zu. Niemand spült Geschirr. Er hat eine Küche im Wert von einer Million Dollar einbauen lassen, aber ich glaube, kein Mensch hat sie jemals benützt, außer um Wasser für ein Aspirin zu holen. Direkte Telefonverbindung mit dem Restaurant nebenan. Der alte Herr ruft an, und sofort wird Schischkebab serviert. Brennend. Wissen Sie, wer zur Zeit ebenfalls dort wohnt? Sie ist natürlich nicht ständig da, aber als ich am Montag mit meinem Koffer vor der Tür stand, hat *sie* mich hineingelassen. Sie hat mir mein Zimmer gezeigt. Und mir Handtücher gebracht. Gayle Gibraltar.«

Zuckerman sagte dieser Name nichts. Er hatte nur noch *einen* Gedanken: Falls er weiterging, würde er Pepler während des ganzen Heimwegs auf dem Hals haben, und falls er ein Taxi herbeiwinkte, würde Pepler ebenfalls einsteigen.

»Ich möchte nicht, daß Sie meinetwegen einen Umweg machen.«

»Kein Problem. Patés Haus ist an der Ecke Zweiundsechzigste und Madison. Wir sind beinahe Nachbarn.«

Woher wußte er das?

»Ich muß schon sagen, Sie sind wirklich ein sehr zugänglicher Mensch. Und dabei hatte ich einen schrecklichen Bammel davor, Sie anzusprechen. Ich hatte Herzklopfen. Glaubte nicht, daß ich den Mumm dazu hätte. Ich las im *Star-Ledger*, Sie würden derart von

Fans belagert, daß Sie nur noch in einer Limousine mit geschlossenen Jalousien herumfahren und zwei Gorillas als Leibwächter haben.«

»Das ist Sinatra.«

Pepler genoß diese Antwort. »Genau wie die Kritiker sagen – Ihre Einzeiler sind nicht zu überbieten. Stimmt, Sinatra stammt auch aus New Jersey. Hobokens großer Sohn. Er kreuzt immer noch dort auf, um seine Mutter zu besuchen. Den Leuten ist gar nicht klar, daß wir so viele sind.«

»Wir?«

»Wir Jungs aus New Jersey, deren Namen zu einem Begriff geworden sind. Sie nehmen's mir doch sicher nicht übel, wenn ich das Sandwich jetzt gleich esse? Es wird ziemlich klebrig, wenn man's so lange herumträgt.«

»Wenn Sie wollen.«

»Ich möchte Sie nicht in Verlegenheit bringen. Der Bauerntrampel aus der alten Heimat. Dies hier ist Ihre Stadt, und Sie sind der...«

»Mr. Pepler, es ist mir wirklich egal.«

So vorsichtig, als müßte er einen Verband abnehmen, wickelte Pepler die Papierserviette auf und bereitete sich auf den ersten Bissen vor, indem er sich nach vorn beugte, um sich nicht zu bekleckern. »Eigentlich sollte ich das Zeug gar nicht essen«, erklärte er Zuckerman. »Jetzt nicht mehr. Beim Militär war ich der Kerl, der alles vertilgen konnte. Ich war ein Witz. Pepler, der menschliche Abfalleimer. Ich war berühmt dafür. An der Front in Korea hab' ich mich mit allem möglichen Zeug am Leben erhalten, das man nicht mal einem Hund zu fressen gäbe. Hab's mit Schnee hinuntergespült. Sie würden nicht glauben, womit ich mich dort ernähren mußte. Und dann haben diese Schweinehunde dafür gesorgt, daß ich bereits in der dritten Woche von Lincoln ausgebootet wurde – eine dreiteilige Frage über Amerikana, die ich im Schlaf hätte beantworten können –, und seit jenem Abend leide ich unter Magenbeschwerden. *Alle* meine Beschwerden sind auf diesen Abend zurückzuführen. Das ist eine Tatsache. Das war der Abend, der mich umgehauen hat. Zum Beweis dafür kann ich ärztliche Gutachten vorlegen. Ich habe es schwarz auf weiß.« Und mit diesen Worten biß er in das Sandwich. Und gleich noch einmal. Und jetzt der dritte Happen. Weg war's. Hatte doch keinen Zweck, die Qual zu verlängern.

Zuckerman bot ihm sein Taschentuch an.

»Danke«, sagte Pepler. »Einfach nicht zu fassen – ich wische mir den Mund mit Nathan Zuckermans Taschentuch ab!«

Worauf Zuckerman ihm mit einer Handbewegung zu verstehen gab, daß er sich nichts dabei denken sollte. Pepler lachte schallend.

»Aber«, sagte er dann und wischte sich sorgfältig die Finger ab, »um wieder auf Paté zurückzukommen – Sie meinen also, Nathan...«

Nathan.

»... daß ich bei einem Produzenten seines Kalibers, der noch dazu über einen solchen Laden verfügt, im großen und ganzen keine Bedenken haben muß.«

»Ich habe nichts dergleichen gesagt.«

»Aber...« – verdattert! schon wieder der Schlachthof! – »Sie kennen ihn doch. Sie sind ihm in Irland begegnet. Das haben Sie doch gesagt!«

»Nur flüchtig.«

»Ach wissen Sie, Marty lernt alle Leute nur flüchtig kennen. Sonst könnte er das alles gar nicht schaffen. Das Telefon läutet, man hört, wie die Sekretärin dem alten Herrn durch die Sprechanlage sagt, er soll den Anruf entgegennehmen, und dann traut man seinen Ohren nicht.«

»Victor Hugo am Apparat.«

Pepler bog sich vor Lachen. »Gar nicht so weit gefehlt, Nathan.« Das alles machte ihm jetzt einen Mordsspaß. Und Zuckerman mußte sich eingestehen, daß es ihm selber auch Spaß machte. Wenn man sich diesem Typ gegenüber etwas zwangloser gab, war er eigentlich ganz amüsant. Auf dem Heimweg vom Schnellimbiß konnte man an üblere Typen geraten.

Nur: Woher weiß er, daß wir beinahe Nachbarn sind? Und wie kann ich ihn abschütteln?

»Ein Who's Who des internationalen Unterhaltungsgeschäfts, das sind die Anrufe, die dort entgegengenommen werden. Ich will Ihnen sagen, was mich am meisten darauf vertrauen läßt, daß dieses Projekt durchgezogen wird. Und zufällig hält sich Marty zur Zeit dort auf. Raten Sie mal!«

»Keine Ahnung.«

»Raten Sie doch mal. Besonders auf *Sie* wird das Eindruck machen.«

»Besonders auf mich?«

»Ganz bestimmt.«

»Ich muß passen, Alvin.« Alvin.

»In Israel! Bei Mosche Dayan.«

»So so.«

»Marty hat eine Option auf den Sechs-Tage-Krieg. Für ein Musical. Es steht schon so gut wie fest, daß Dayan darin von Yul Brynner dargestellt wird. Mit Brynner könnte es etwas für die Juden werden.«

»Und für Paté ebenfalls, was?«

»Du meine Güte, für den kann doch gar nichts schiefgehen! Er wird Geld scheffeln. Allein schon für Theaterparties sind sie das erste Jahr so gut wie ausverkauft. Und dabei liegt noch nicht mal ein Manuskript vor. Mr. Perlmutter hat sondiert, was die Leute davon halten. Sie sind schon von der bloßen Idee begeistert. Und ich kann Ihnen noch was flüstern. Streng geheim. Wenn Marty nächste Woche aus Israel zurückkommt, wäre ich gar nicht überrascht, wenn er Nathan Zuckerman das Angebot machen würde, die Kriegsereignisse für die Bühne zu bearbeiten.«

»Die denken an *mich*?«

»An Sie, Herman Wouk und Harold Pinter. Mit diesen drei Namen jonglieren sie herum.«

»Mr. Pepler...«

»Sagen Sie ruhig Alvin zu mir.«

»Alvin, wer hat Ihnen das alles erzählt?«

»Gayle. Gibraltar.«

»Und woher hat sie diese streng geheimen Informationen?«

»Na, woher denn schon. Erstens hat sie einen phantastischen Geschäftssinn. Die Leute merken das nicht, weil sie bloß ihre Schönheit sehen. Aber bevor sie als ›Playmate‹ bekannt wurde, hat sie bei den Vereinten Nationen als Fremdenführerin gearbeitet. Sie spricht vier Sprachen. Daß sie ›Playmate des Monats‹ wurde, war für sie natürlich der eigentliche Start.«

»Wohin?«

»Sie sagen es. Gayle und Paté sind einfach nicht zu bremsen. Die beiden sind das Geheimnis des Perpetuum mobile. Marty fand vor seiner Abreise heraus, daß Dayans Sohn gerade Geburtstag hatte, worauf Gayle sofort ein Geschenk besorgte: ein Schachspiel aus massiver Schokolade. Und der Junge war begeistert davon. Gestern abend ist sie nach Massachusetts gefahren, um heute zugunsten der UNESCO aus einem Flugzeug abzuspringen. Eine Wohltätigkeitsveranstaltung. Und in dem sardinischen Film, den sie gerade gedreht haben, hat sie die halsbrecherischen Reitkunststücke selber vollführt.«

»Schauspielerin ist sie also auch. In sardinischen Filmen.«

»Naja, es war eine sardinische Produktionsfirma. Der Film selbst ist international. Wissen Sie...« – er wurde plötzlich verlegen – »... Gayle ist keine zweite Miss O'Shea, beileibe nicht. Miss O'Shea hat Stil. Miss O'Shea hat Niveau. Gayle ist ein... völlig unkonventioneller Mensch. Das ist der Eindruck, den sie vermittelt, wenn man mit ihr zusammen ist.«

Pepler wurde feuerrot, als er den Eindruck schilderte, den Gayle Gibraltar vermittelte, wenn man mit ihr zusammen war.

»Welche vier Sprachen beherrscht sie denn?« fragte Zuckerman.

»Kann ich nicht genau sagen. Englisch natürlich. Ich habe noch keine Gelegenheit gehabt, festzustellen, was für Sprachen sie sonst noch beherrscht.«

»Würde ich an Ihrer Stelle aber tun.«

»Okay, ich werd's feststellen. Gute Idee. Lettisch muß auch dazugehören. Sie stammt nämlich aus Lettland.«

»Und Patés Vater? Welche vier Sprachen beherrscht *er* denn?«

Pepler merkte, daß er veräppelt wurde. Aber so ohne weiteres ließ er sich nicht auf den Arm nehmen. Im nächsten Moment reagierte er darauf mit einem herzlichen, verständnisvollen Lachen. »Keine Sorge, der ist hundertprozentig in Ordnung. Ein Gentleman vom alten Schlag, heutzutage eine Rarität. Schüttelt einem die Hand, so oft man hereinkommt. Fabelhaft in Schale, aber immer mit unaufdringlicher Eleganz. Und gute Manieren, stets zuvorkommend und verbindlich. Offen gesagt, der einzige, der mir wirklich Vertrauen einflößt, ist dieser reizende, würdevolle alte Herr. Er kümmert sich um die Buchführung, er unterschreibt die Schecks, und wenn Entscheidungen zu treffen sind, dann ist er es, der auf seine ruhige, höfliche Art den Ausschlag gibt, das können Sie mir glauben. Ständig Wirbel und Tamtam zu machen wie Marty, liegt ihm nicht, aber er ist der Fels in der Brandung, das Fundament.«

»Hoffentlich.«

»Bitte machen Sie sich keine Sorgen um mich. Ich habe meine Lektion gelernt. Damals, als ich ausgebootet wurde, hat man mir übler mitgespielt, als Sie sich vorstellen können. Seitdem bin ich nicht mehr derselbe. Nach dem Krieg habe ich von vorn angefangen, und dann kam Korea. Danach fange ich wieder von vorn an, kämpfe mich bis ganz oben durch, und dann – peng, peng! Seit zehn Jahren habe ich keine so gute Woche erlebt wie jetzt, wo ich in New York bin und wo sich endlich, *endlich* so etwas wie eine Tür in die Zukunft vor mir auftut. Mein guter Name, meine robuste Gesundheit, meine einwandfreie Führung im Marine-Corps und dann auch noch meine ach so reizende und treue Verlobte, die über alle Berge ist. Hab' sie nie wiedergesehen. Ich bin wegen dieser elenden Gauner zum lebenden Schandfleck geworden; aber noch einmal lasse ich so was nicht mit mir machen. Ich weiß, wovor Sie mich auf Ihre ganz spezielle humoristische Art warnen wollen. Keine Sorge, Sie haben Ihre Einzeiler nicht vergeudet. Ich bin gewarnt. Ich bin nicht mehr der treuherzige kleine *jokel*, der ich im Jahr einundfünfzig war. Ich glaube nicht, daß ich mich heute bloß deshalb mit einem berühmten Mann einlassen würde, weil er hundert Paar Schuhe im Schrank und eine drei Meter lange Jacuzzi-Badewanne hat. Wissen Sie, daß ich damals als Sportnachrichtensprecher in der Sonntagabend-Nachrichtensendung vorgesehen war? Einen zweiten Stan Lomax wollten die aus mir machen. Einen zweiten Bill Stern.«

»Aber sie haben es nicht getan.«

»Darf ich ganz offen mit Ihnen reden, Nathan? Ich gäbe viel darum, wenn ich einen Abend lang mit Ihnen zusammensitzen dürfte – wann immer Sie wollen –, um Ihnen zu erzählen, was sich in diesem Land abgespielt hat, als Ike der Große regierte. Der Anfang vom Ende aller guten Dinge in unserem Land waren meiner Ansicht nach diese Quizshows und die Gauner, von denen sie produziert wurden, und das Publikum, das alles geschluckt hat – wie die reinsten Trottel. Damit hat es begonnen, und geendet hat es mit einem neuen Krieg, diesmal mit einem, über den man unentwegt heulen könnte. Und ein Lügner wie Nixon Präsident der Vereinigten Staaten! Eisenhowers Geschenk an Amerika. Dieser Schnösel in Golfschuhen – das ist sein Vermächtnis für die Nachwelt. Aber das steht alles in meinem Buch, in allen Einzelheiten, Schritt für Schritt beschrieben, wie aus allem, was in Amerika anständig war, Lügen und Lügner geworden sind. Sie verstehen sicher, daß ich meine Gründe habe, mich nicht ohne weiteres auf Gedeih und Verderb mit jemandem zusammenzutun, auch nicht mit Marty Paté. Schließlich ist meine Kritik etwas anderes als die üblichen Seitenhiebe auf irgendein Land, wie man sie in Broadway-Musicals finden kann. Stimmen Sie mir zu? Kann man daraus überhaupt ein Musical machen, ohne meine Verurteilung des Systems zu verwässern?«

»Ich weiß nicht.«

»Diese Halunken versprachen mir einen Job als Sportnachrichtensprecher, falls ich dem Staatsanwalt nicht erzählen würde, daß die ganze Sache vom ersten Tag an manipuliert war, sogar als sie das kleine Mädchen auftreten ließen, elf Jahre alt, mit Zöpfen – sie haben ihm vorher die richtigen Antworten gesagt, und nicht mal die Mutter der Kleinen durfte davon wissen. Sie wollten mich jeden Sonntagabend im Fernsehen die Sportergebnisse durchsagen lassen. Alles bereits arrangiert. Sagten sie. ›Al Pepler und die Wochenend-Übersicht‹. Und später sollte ich über die Heimspiele der ›Yankees‹ berichten. Aber dann lief alles darauf hinaus, daß sie sich's nicht leisten konnten, einen Juden zu lange als Champion in der Sendung ›Smart Money‹ zu haben. Und noch dazu einen Juden, der kein Hehl aus seiner Abkunft machte. Sie fürchteten, das könnte sich auf die Einschaltquoten auswirken. Sie hatten schreckliche Angst, etwas zu tun, was dem Publikum gegen den Strich gehen könnte. Bateman und Schachtman, die Produzenten, hielten wegen solcher Probleme Konferenzen ab und diskutierten stundenlang. Sie erörterten, ob die Quizfragen von einem bewaffneten Wachmann auf die Bühne gebracht werden sollten, oder vielleicht von einem Bankpräsidenten. Und ob die schalldichte Kabine von Anfang an auf der Bühne stehen oder erst nach Beginn der Sendung von einer Pfadfindergruppe hereingerollt werden sollte. Die ganze Nacht diskutierten sie, *zwei erwachsene Männer*, darüber, was für eine Krawatte ich tragen sollte. Das ist die reine Wahrheit, Nathan. Aber der springende Punkt ist: Wer die Programme so genau studiert, wie ich es getan habe, wird feststellen, daß meine Theorie bezüglich der Juden stimmt. Es gab damals zwanzig Quizsendungen auf drei Kanälen, und sieben davon wurden fünfmal in der Woche ausgestrahlt. Im Durchschnitt wurde pro Woche eine halbe Million Dollar an die Gewinner ausbezahlt. Ich spreche von den echten Quizsendungen, nicht von Ratespielen mit ausgewählten Teilnehmern oder von Geschicklichkeitswettbewerben oder von diesen Do-good-Shows, wo man nur kandidieren darf, wenn man gelähmt ist oder keine Füße hat. Eine halbe

Million Dollar pro Woche, aber in diesen Bonanzajahren, neunzehnfünfundfünfzig bis -achtundfünfzig, hat kein einziger Jude mehr als hunderttausend Dollar gewonnen. Für Juden blieb der Gewinn auf diesen Betrag beschränkt, und das in Sendungen, deren Produzenten fast ausnahmslos selber Juden waren. Um die Bank zu sprengen, mußte man ein Goi wie Hewlett sein. Je größer der Goi, desto größer die Beute. Und das in Sendungen, die von *Juden* produziert wurden! Das bringt mich noch jetzt auf die Palme! ›Ich werde lernen und mich vorbereiten, und vielleicht kommt dann meine Chance.‹ Wissen Sie, wer das gesagt hat? Abraham Lincoln. Der echte Lincoln. Den habe ich vor dem Fernsehpublikum im ganzen Land zitiert, bevor ich an dem Abend, als ich zum ersten Mal in dieser Sendung auftrat, in die Kabine ging. Damals schwante mir nicht, daß ich, weil mein Vater nicht Gouverneur von Maine und ich nicht aufs Dartmouth College gegangen war, nicht die gleiche Chance hatte wie der nächstbeste Kandidat, und daß ich drei Wochen später so gut wie tot sein würde. Und zwar weil ich *nicht* dort oben in den Wäldern von Maine in engem Kontakt mit der Natur gelebt hatte. Weil ich, während Hewlett im Dartmouth College auf seinem Hintern saß und das Lügen lernte, in *zwei* Kriegen für dieses Land gekämpft habe. Zwei Jahre im Zweiten Weltkrieg, und dann hat man mich wieder eingezogen und nach Korea geschickt! Aber das steht alles in meinem Buch. Ob das alles in das Musical übernommen wird – wohl kaum. Machen wir uns nichts vor! Sie kennen dieses Land besser als jeder andere. Es gibt Leute, die, sobald bekannt wird, woran ich mit Marty arbeite, Druck auf ihn ausüben werden, damit er mich fallenläßt wie eine heiße Kartoffel. Ich würde nicht mal ausschließen, daß die Fernsehgesellschaften bereit wären, Schmiergelder zu zahlen. Und ich schließe nicht aus, daß die Federal Communications Commission sich Marty vorknöpfen wird. Ich könnte mir vorstellen, daß Nixon sich persönlich einmischt, um die Sache abzuwürgen. Man hält mich nämlich für verhaltensgestört und labil. Das haben sie allen Leuten erzählt, auch mir selbst, auch den Eltern meiner dämlichen Verlobten und dann auch dem Untersuchungsausschuß des Repräsentantenhauses der Vereinigten Staaten. Das haben sie ins Feld geführt, als ich mich weigerte, mich ohne jeden Grund bereits nach drei Wochen entthronen zu lassen. Bateman weinte fast vor lauter Sorge um mein seelisches Gleichgewicht. ›Wenn Sie wüßten, was für Diskussionen wir über Ihren Charakter geführt haben, Alvin. Wenn Sie wüßten, wie erschüttert wir waren, als sich herausstellte, daß Sie nicht der vertrauenswürdige Mensch sind, an den wir alle so fest glaubten. Wir machen uns große Sorgen um Sie‹, beteuert er mir. ›Wir haben beschlossen, Sie auf unsere Kosten zu einem Psychiater zu schicken. Wir möchten, daß Sie Dr. Eisenberg konsultieren, bis Sie Ihre Neurose überwunden haben und wieder ganz Sie selbst sind.‹

– ›Unbedingt‹, sagt Schachtman. ›Ich bin bei Dr. Eisenberg, warum sollte Alvin nicht auch zu Dr. Eisenberg gehen? Unser Verein hat nicht vor, auf Kosten von Alvins seelischem Gleichgewicht ein paar schäbige Dollars einzusparen.‹ Um mich in Verruf zu bringen, wollten sie mich als Spinner abstempeln lassen. Aber das ist ihnen rasch vergangen. Weil ich nämlich, erstens, absolut nichts von einer psychiatrischen Behandlung hielt, und weil ich, zweitens, die schriftliche Bestätigung von ihnen haben wollte, daß ich zunächst mal drei Wochen hintereinander gegen Hewlett antreten dürfte, bis zum Unentschieden, und *erst dann* abtreten würde. Und einen Monat später, auf allgemeinen Wunsch, eine neue Runde, die Hewlett in letzter Minute um Haaresbreite gewinnen sollte. Aber nicht auf dem Gebiet ›Amerikana‹. Ich wollte auf keinen Fall, daß ein Jude sich auf diesem Gebiet nochmals von einem Goi besiegen lassen müßte, schon gar nicht, wenn die ganze Nation zusah. Soll er mich doch bei einem Thema wie zum Beispiel ›Bäume‹ besiegen, sagte ich – dieses Thema ist nämlich ihre Spezialität und interessiert sowieso keinen Menschen. Aber ich wehre mich dagegen, daß in der Hauptsendezeit die jüdische Bevölkerung diskreditiert wird, weil man glaubt, sie wüßte über ihre Amerikana nicht Bescheid. Entweder eine schriftliche Garantie, sagte ich, oder ich erzähle der Presse die Wahrheit, einschließlich der Sache mit dem kleinen Mädchen mit den Zöpfen – daß auch *das* ein abgekartetes Spiel war, daß sie zuerst die richtigen Antworten zugesteckt bekam und dann in der Versenkung verschwinden mußte. Da hätten Sie Bateman hören sollen, was der sich für Sorgen um meinen Geisteszustand gemacht hat! ›Wollen Sie meine Karriere zerstören, Alvin? Warum? Warum gerade ich? Warum Schachtman und Bateman, nach allem, was wir für Sie getan haben? Haben wir nicht Ihre Zähne reinigen lassen? Und diese schicken neuen Anzüge? Und der Dermatologe? Wollen Sie uns das damit danken, daß sie den Leuten auf der Straße erzählen, Hewlett sei ein Schwindler? Alvin, all diese Drohungen, all diese Erpressungsversuche! Alvin, wir sind doch keine abgebrühten Verbrecher – wir sind im Showbusiness. Man kann keine Show aufziehen, wenn man den Leuten aufs Geratewohl Fragen stellt. Wir wollen, daß ›Smart Money‹ etwas ist, worauf die Amerikaner jede Woche mit Spannung warten. Wenn man aufs Geratewohl Quizfragen stellt, weiß man im voraus, daß niemand zwei Fragen hintereinander richtig beantworten kann. Man hätte lauter Versager, und mit Versagern kann man keine Unterhaltungssendung machen. Man muß einen Plot haben, wie in *Hamlet* oder sonst was Erstklassigem. Für die Zuschauer, Alvin, seid ihr vielleicht bloß Quizkandidaten. Aber für uns seid ihr viel mehr. Ihr seid die Darsteller. Ihr seid Künstler. Künstler, die Kunst für Amerika machen, genau wie Shakespeare zu seiner Zeit Kunst für England gemacht hat. Und dazu gehören ein Plot und Konflikte und Spannung – und eine Lösung des Problems. Und diese Lösung besteht darin, daß Sie gegen Hewlett unterliegen und wir ein neues Gesicht in der Show haben. Steht Hamlet etwa am Schluß des Stückes wieder auf und verkündet, ich will nicht sterben? Nein, seine Rolle ist zu Ende, er bleibt am Boden liegen. Und genau das ist der Unterschied zwischen *schlock* und Kunst. *Schlock* ist etwas, wo alles wie Kraut und Rüben durcheinandergeht und wo es einzig und allein auf die volle Kasse ankommt. Kunst dagegen ist etwas *Geregeltes*, Kunst wird *gemanagt*, Kunst wird *immer* manipuliert. Und eben deshalb erobert sie unser Herz!‹ Und nun legt Schachtman los und sagt mir, sie wollen einen Sportnachrichtensprecher aus mir machen, als Belohnung dafür, daß ich den Mund halte und mich auspunkten lasse. Aber haben sie's getan, sie, die *mir* sagten, ich sei nicht vertrauenswürdig – haben *sie* Wort gehalten?«

»Nein«, sagte Zuckerman.

»Aber ehrlich! Drei Wochen, und damit hatte sich's. Sie haben meine Zähne reinigen lassen und sind mir in den Hintern gekrochen, und drei Wochen lang war ich ihr Held. Der Bürgermeister hat mich in seinem Amtszimmer empfangen. Hab' ich Ihnen das schon erzählt? ›Sie haben den Namen der Stadt Newark zu einem Begriff für die ganze Nation gemacht.‹ Das sagte er vor dem versammelten Stadtrat, der mir applaudierte. Ich bin in Lindy's Restaurant gegangen und habe ein Foto von mir signiert, für die Wand dort. Milton Berle kam an meinen Tisch und stellte mir ein paar Fragen – als Gag. Die eine Woche lassen sie mich bei Lindy fotografieren und die Woche darauf sagen sie mir, daß ich ausgebootet bin. Und belegen mich obendrein mit Schimpfnamen. ›Alvin‹, sagt Schachtman, ›ist es denn möglich, daß Sie sich als *so einer* entpuppen, Sie, der Sie so viel für Newark, Ihre Familie, das Marine-Corps und die Juden getan haben? Sich als einer dieser Exhibitionisten entpuppen, die nur von Geldgier motiviert sind?‹ Ich war wütend. ›Und wovon sind *Sie* motiviert, Schachtman? Worum geht es Bateman? Worum geht es dem Sponsor? Worum geht es der Fernsehgesellschaft?‹ Die Wahrheit ist, daß es bei mir überhaupt nichts mit Geld zu tun hatte. Zu diesem Zeitpunkt ging es um meine Selbstachtung. Als Mann! Als Kriegsteilnehmer! Als Frontkämpfer in zwei Kriegen! Als Newarker! Als Jude! Was die mir zu verstehen gaben, war, daß alles, was Alvin Pepler zu dem gemacht hat, was er ist und worauf er stolz sein kann, im Vergleich zu einem Hewlett Lincoln der reinste Scheißdreck ist. Einhundertdreiundsiebzigtausend Dollar hat er dort herausgeholt, dieser Schwindler. Dreißigtausend Fan-Briefe. Hat sich von über fünfhundert Journalisten aus aller Welt interviewen lassen. Ein anderes Gesicht in der Show? Eine andere *Religion*, das ist die bittere Wahrheit! Das hat mich gekränkt, Nathan. Es kränkt mich immer noch, und nicht bloß um meiner selbst willen, das schwöre ich Ihnen. Deshalb kämpfe ich gegen diese Leute, deshalb werde ich so lange gegen sie kämpfen, bis die amerikanische Öffentlichkeit meine wahre Geschichte erfährt. Wenn Paté meine Chance ist, dann muß ich, verstehen Sie, dann *muß* ich diese Chance ergreifen. Wenn es zuerst das Musical sein muß und *danach* das Buch, dann bleibt mir eben nur dieser Weg, um meinen Namen wieder reinzuwaschen.«

Unter seinem dunklen Regenhut drangen Schweißtropfen hervor, die er mit Zuckermans Taschentuch abzuwischen begann – eine Gelegenheit für Zuckerman, einen Schritt von dem Briefkasten an der Straßenecke abzurücken, an dem Pepler ihn ›festgenagelt‹ hatte. In den letzten fünfzehn Minuten waren die beiden Newarker nicht weiter als von einer Kreuzung bis zur nächsten gekommen.

Gegenüber war eine Baskin-Robbins-Eisdiele. Trotz des kühlen Abends herrschte dort ein so reger Betrieb, als ob der Sommer bereits begonnen hätte. In dem beleuchteten Laden standen etliche Kunden an der Theke und warteten darauf, bedient zu werden.

Weil er nicht wußte, was er erwidern sollte, und wahrscheinlich auch, weil Pepler so schwitzte, fragte Zuckerman unwillkürlich: »Wie wär's mit einem Eis?« Ihm war klar, daß Pepler viel lieber folgendes von ihm gehört hätte: *Man hat Sie bestohlen, ruiniert, grausam betrogen – der Verfasser von* Carnovsky *setzt sich mit aller Kraft dafür ein, daß das Pepler zugefügte Unrecht wiedergutgemacht wird.* Aber alles, was Zuckerman ihm offerieren

55

konnte, war eine Portion Eis. Er bezweifelte, daß ein anderer mit etwas Besserem hätte aufwarten können.

»Oh, entschuldigen Sie«, sagte Pepler. »Tut mir wirklich leid. Kein Wunder, daß Sie am Verhungern sind, nachdem ich unentwegt gequasselt und obendrein Ihr halbes Abendessen vertilgt habe. Verzeihen Sie bitte, daß ich mich so lange über dieses Thema ausgelassen habe. Daß ich Ihnen begegnet bin, hat mich ganz durcheinandergebracht. Es ist sonst nicht meine Art, so mir nichts, dir nichts loszulegen und jemandem auf der Straße von meinen Problemen zu erzählen. Ich bin gegenüber anderen Leuten so schweigsam, daß sie anfangs immer das Gefühl haben, ich sei der wandelnde Tod. Leute wie zum Beispiel Miss Gibraltar«, fügte er errötend hinzu, »halten mich für so gut wie taubstumm. Hey, *ich* lade *Sie* auf ein Eis ein!«

»Nein, nein, das ist wirklich nicht nötig.«

Aber Pepler bestand darauf, als sie die Straße überquerten. »Wo Sie mir als Leser so viel Freude gemacht haben! Und nachdem ich Ihnen ein Loch in den Bauch geredet habe!« Er ließ nicht einmal zu, daß Zuckerman mit in den Laden ging. »Nein, nein, diesmal bezahle ich! Unbedingt! Für unseren großen Newarker Schriftsteller, der das ganze Land in Bann geschlagen hat! Für den großen Zauberkünstler, der einen lebendigen, atmenden Carnovsky aus seinem Hut gezogen hat! Der die USA hypnotisiert hat! Ein Hoch dem Verfasser dieses fabelhaften Bestsellers!« – und plötzlich sah er Zukkerman so zärtlich an wie ein Vater, der mit seinem lieben kleinen Jungen einen Spaziergang macht. »Mit Schokoladestreuseln obendrauf, Nathan?«

»Na klar.«

»Und was für'n Eis soll's sein?«

»Schokoladeneis bitte.«

»Beide Kugeln?«

»Ja.«

Mit einer komischen Geste klopfte sich Pepler an die Stirn, um zu demonstrieren, daß er die Bestellung in seinem fotografischen Gedächtnis gespeichert hatte, das einst der Stolz Newarks, der Nation und der Juden gewesen war – dann stürmte er in den Laden. Zuckerman wartete draußen auf dem Gehsteig.

Worauf eigentlich?

Würde Mary Mapes Dodge unter diesen Umständen auf ein Eistütchen warten?

Oder Frank Sinatra?

Oder ein einigermaßen aufgewecktes zehnjähriges Kind?

Wie jemand, der sich an einem schönen Abend die Zeit vertreiben will, schlenderte er versuchsweise auf die Ecke zu. Dann rannte er los. Die Seitenstraße hinunter. Ohne verfolgt zu werden.

II »Sie sind Nathan Zuckerman«

Obwohl seine neue Nummer nicht im Telefonbuch stand, gab Zuckerman monatlich dreißig Dollar dafür aus, daß ein Auftragsdienst die Gespräche entgegennahm und feststellte, wer der Anrufer war. »Wie geht's unserem hinreißenden Schriftsteller?« fragte Rochelle, als Zuckerman sich etwas später an diesem Abend erkundigte, wer heute eine Nachricht für ihn hinterlassen habe. Sie war die Chefin des Auftragsdienstes und behandelte Kunden, die sie noch nie zu Gesicht bekommen hatte, wie alte Freunde. »Wann kommen Sie mal bei uns vorbei und versetzen die Mädchen hier in Aufregung?« Worauf Zuckerman erwiderte, für die sei es schon aufregend genug, seine Telefongespräche zu belauschen. Freundliches Geplänkel, wenngleich er glaubte, daß es der Wahrheit entsprach. Aber immer noch besser, wenn *sie* mithörten, als wenn *er* all die unmöglichen Leute abwimmeln müßte, die offenbar keinerlei Schwierigkeiten hatten, seine Geheimnummer herauszubekommen. Dem Vernehmen nach gab es eine »Firma«, bei der man sich die Geheimnummern von Prominenten beschaffen konnte – für eine Gebühr von fünfundzwanzig Dollar pro Berühmtheit. Könnte sogar unter einer Decke mit *seinem* Auftragsdienst stecken. Könnte sogar sein Auftragsdienst sein.

»Der Rollmopskönig hat angerufen. Der ist ganz wild auf Sie, Zuckerchen. Sie sind der jüdische Charles Dickens. Hat er gesagt. Es hat ihn gekränkt, Mr. Zuckerman, daß Sie nicht zurückgerufen haben.« Der Rollmopskönig wollte Zuckerman für einen Appetithäppchen-Werbespot haben – eine Schauspielerin würde als Mrs. Zuckerman auftreten, falls seine Mutter den Job nicht übernehmen könnte. »Ich kann nichts für ihn tun. Nächste Nachricht!« »Aber Sie essen doch gern Hering – das steht in Ihrem Buch.« »Jeder ißt gern Hering, Rochelle.« »Warum machen Sie's dann nicht?« »Nächste Nachricht!« »Der Italiener. Zweimal am Vormittag, zweimal am Nachmittag.« Falls Zuckerman ihm kein Interview gewährte, würde der Italiener, ein Journalist aus Rom, seinen Job verlieren. »Glauben Sie, daß das stimmt, Herzchen?« »Hoffentlich! Er sagt, er begreift einfach nicht, warum Sie ihn so schlecht behandeln. Er hat sich furchtbar aufgeregt, als ich sagte, hier sei bloß der Auftragsdienst. Wissen Sie, was ich befürchte? Daß er sich irgendwas ausdenkt, ein Exklusivinterview mit Nathan Zuckerman, das dann in Rom als *echtes* Interview erscheint.« »Hat er diese Möglichkeit angedeutet?« »Er hat eine ganze Menge Möglichkeiten angedeutet. Sie wissen doch – wenn ein Italiener in Fahrt kommt.« »Hat sonst noch jemand angerufen?« »Er hat eine Frage an Sie, Mr. Zuckerman. Nur eine einzige Frage.« »Ich beantworte heute keine Fragen mehr. Wer sonst noch?«

Was er hören wollte, war Lauras Name.

»Melanie. Dreimal.« »Kein Nachname?« »Nein. ›Sie brauchen ihm bloß zu sagen: Melanie, R-Gespräch aus Rhode Island. Dann weiß er Bescheid.‹« »Aus einem so großen Bundesstaat – keine Ahnung.« »Sie wüßten es aber, wenn Sie die Gebühr übernähmen. Dann wüßten Sie alles...« – ihre Stimme klang jetzt ganz guttural – »... für einen einzigen Dollar. Den können Sie später von der Steuer absetzen.« »Ich trag' ihn lieber auf die Bank.« Das gefiel ihr. »Kann ich verstehen. Sie wissen, wie man sein Schäfchen ins Trockene bringt, Mr. Zukkerman. Ich wette, daß Sie vom Finanzamt nicht so geschröpft werden wie ich.« »Die nehmen, was sie kriegen können.« »Wie steht's denn mit Steuervergünstigungen? Sind Sie etwa ins Geschäft mit Macadamianüssen eingestiegen?« »Nein.« »Viehzucht vielleicht?« »Rochelle, ich kann weder dem Rollmopskönig noch dem Italiener noch Melanie behilflich sein, und – so gern ich's täte – Ihnen auch nicht. Von derartigen Steuervergünstigungen habe ich keine blasse Ahnung.« »Keine Steuervergünstigungen? Bei Ihrem Einkommen? Da müssen Sie ja von jedem Dollar siebzig Cents wieder herausrücken. Was machen Sie denn mit Ihrem Geld? Geben Sie die Scheine in die chemische Reinigung – bloß so zum Vergnügen?« »Mein Vergnügungsbedürfnis ist eine herbe Enttäuschung für meinen Steuerberater: so gut wie keine Bewirtungskosten.« »Aber was *tun* Sie denn mit Ihren Moneten? Keine

Steuervergünstigungen, keine Bewirtungskosten und zusätzlich zu Ihrer regulären Steuer auch noch Johnsons Steuerzuschlag! Nehmen Sie's mir nicht übel, Mr. Zuckerman, aber wenn dem wirklich so ist, dann sollte Uncle Sam vor Ihnen niederknien und Ihre Füße küssen.«

So ungefähr das gleiche hatte ihm am Vormittag der Anlageberater gesagt. Er war ein gepflegter, hochgewachsener, kultivierter Herr, nicht viel älter als Zuckerman, und hatte in seinem Büro einen Picasso hängen. Mary Schevitz, Sparringspartnerin und Ehefrau von Zuckermans Agenten André und für dessen Klientel so etwas wie eine Mutter, hatte gehofft, daß Bill Wallace etwas bei Nathan erreichen könnte, wenn er in seinem vornehmen Neuengland-Akzent mit ihm über Geld spräche. Wallace hatte ebenfalls einen Bestseller geschrieben: die geistreiche Attacke eines eingetragenen Mitglieds des »Racquet-Clubs« gegen das Establishment im Effektenhandel. Nach Marys Ansicht konnte Wallaces entlarvende Studie *Profits Without Honor* wahre Wunder für die Gewissensbisse all jener betuchten jüdischen Investoren tun, die sich, was das System betraf, gern für skeptisch hielten.

Mary konnte man nichts vormachen. Selbst in der oberen Park Avenue hatte sie den Kontakt zu den unteren Volksschichten nicht verloren. Ihre Mutter war eine irische Waschfrau in der Bronx gewesen – *die* irische Waschfrau, wenn es nach der Tochter ging –, und was

Zuckerman betraf, so war er in Marys Augen einer, der heimlich darauf aus war, sich bei den kultivierten angelsächsischen Protestanten beliebt zu machen. Daß Lauras Familie – nach Waschfrauenmaßstäben – zu den kultivierten angelsächsischen Protestanten zählte, war noch lange nicht alles. »Du glaubst«, hatte Mary zu Nathan gesagt, »wenn du so tust, als ob dir Geld nichts bedeute, merkt niemand, daß du ein Newarker Jidd bist.« »Ich fürchte, dafür gibt es andere auffallende Merkmale.« »Verneble das Problem nicht mit jüdischen Witzen! Du weißt, was ich meine. Ein Itzig.«

Der kultivierte Anlageberater hätte nicht liebenswürdiger, Zuckerman nicht kultivierter und der Picasso der Blauen Periode nicht indifferenter sein können: nichts von Geld hören, nichts von Geld sehen, nicht an Geld denken. Das tragische Leidensmotiv des Gemäldes bewirkte eine völlige Läuterung der Atmosphäre. Mary hatte recht gehabt. Man konnte sich nicht vorstellen, daß hier über etwas gesprochen wurde, worum die Menschen bettelten, wofür sie logen, mordeten, ja sogar arbeiteten – von neun bis fünf. Es war, als unterhielten sich die beiden Männer über gar nichts.

»André sagt, Sie seien in finanziellen Dingen konservativer als in Ihren Erzählwerken.«

Zuckerman war zwar nicht so gut angezogen wie der Anlageberater, konnte es aber mit dessen gepflegter Ausdrucksweise aufnehmen.

»In meinen Büchern habe ich nichts zu verlieren.«

»Nein, nein. Sie sind eben ein vernünftiger Mensch und verhalten sich entsprechend. Sie wissen nichts über Geld, Sie wissen, daß Sie nichts über Geld wissen, und zögern daher verständlicherweise, etwas zu unternehmen.«

Als wäre dies der erste Studientag in der Harvard Business School, dozierte Wallace daraufhin eine Stunde lang über elementare Probleme der Kapitalanlage und erläuterte Zuckerman, was mit Geld passiert, wenn man es zu lange in einem Schuh aufbewahrt.

Als Zuckerman aufstand, um sich zu verabschieden, sagte Wallace freundlich: »Sollten Sie jemals Hilfe brauchen...« Ein nachträglicher Einfall.

»Ja, gewiß...«

Sie drückten einander die Hand, nicht nur zum Zeichen ihres gegenseitigen Verständnisses, sondern auch dafür, daß sie die Dinge im Griff hatten. Wenn Zuckerman zu Hause in seinem Arbeitszimmer saß, war das keineswegs der Fall.

»Man merkt es mir vielleicht nicht an«, sagte Wallace, »aber ich weiß mittlerweile recht gut Bescheid darüber, was für Ziele Künstler sich stecken. Im Lauf der Jahre habe ich schon einige Ihrer Künstlerkollegen beraten dürfen.«

So viel bescheidene Zurückhaltung. »Einige Ihrer Künstlerkollegen« – das waren drei der berühmtesten Namen in der amerikanischen Malerei.

Wallace lächelte. »Keiner von ihnen wußte etwas

über Aktien und festverzinsliche Wertpapiere, aber heute sind sie alle finanziell gesichert. Und ihre Erben werden es ebenfalls sein. Und zwar nicht nur durch den Verkauf von Bildern. Diese Künstler wollen sich ebenso wenig wie Sie mit Geldgeschäften belasten. Warum sollten Sie auch? Sie sollten weiterarbeiten, ohne sich im geringsten um den Markt zu kümmern, und solange es Ihr Werk erfordert. ›Wenn ich meine Ernte eingebracht habe, werde ich mich nicht weigern, sie zu verkaufen, und falls sie gut ist, auch nicht auf Beifall verzichten. Inzwischen aber möchte ich dem Publikum nicht das Fell über die Ohren ziehen. Mehr ist dazu nicht zu sagen.‹ Flaubert.«

Gar nicht schlecht. Besonders dann nicht, wenn Wallace vom Ehepaar Schevitz nicht vorher den Tip bekommen hatte, daß der Millionär auf so etwas ansprach.

»Wenn wir jetzt anfangen, berühmte Zitate auszutauschen, die alles außer der Integrität meines so ungemein redlichen Berufes in Frage stellen, dann sind wir morgen um Mitternacht noch hier. Gestatten Sie, daß ich nach Hause gehe und die Sache erst mal mit meinem Schuh bespreche.«

Am liebsten hätte er die Sache natürlich mit Laura besprochen. Er hätte überhaupt alles mit Laura besprechen müssen, aber diese vernünftige Ratgeberin hatte er verloren, ausgerechnet in dem Moment, als ungeahnte Probleme auf ihn zukamen. Hätte er mit ihr, die so viel gesunden Menschenverstand besaß, vorher darüber gesprochen, daß er sie verlassen wollte, dann hätte er sie vielleicht gar nicht verlassen. Hätten sie beide sich in seinem Arbeitszimmer zusammengesetzt, jeder mit einem gelben Notizblock und einem Bleistift, dann hätten sie sich auf ihre gewohnte ordentliche und praktische Art und Weise über die durchaus vorhersehbaren Konsequenzen klarwerden können, die sein Entschluß, kurz vor der Veröffentlichung von *Carnovsky* ein neues Leben zu beginnen, nach sich ziehen würde. Doch er hatte sie um dieses neuen Lebens willen verlassen, weil er es, unter anderem, nicht mehr ertragen konnte, mit Block und Bleistift dazusitzen, um sich gemeinsam mit ihr über alles in der gewohnten Weise klarzuwerden.

Vor über zwei Monaten waren die Möbelpacker in die Etagenwohnung in der Bank Street gekommen und hatten seine Schreibmaschine abgeholt, seinen Arbeitstisch, seinen orthopädischen Schreibmaschinenstuhl sowie vier große Karteikästen, die vollgestopft waren mit beiseitegelegten Manuskripten und in Vergessenheit geratenen Zeitschriften, mit Lektürenotizen, Zeitungsausschnitten und dicken Ordnern, in denen seine Korrespondenz bis zurück in die Collegejahre abgeheftet war. Außerdem transportierten die Packer, nach ihrer eigenen Schätzung, nahezu eine halbe Tonne Bücher ab. Während Laura, fair wie immer, darauf bestand, daß Nathan die Hälfte von allem mitnehmen sollte – einschließlich der Handtücher, Bestecke und Wolldekken –, bestand *er* darauf, lediglich die Sachen aus seinem Arbeitszimmer mitzunehmen. Als sie darüber debattierten, saßen sie Hand in Hand da und waren beide zu Tränen gerührt.

Bücher aus einem Leben ins andere zu verfrachten, war für Zuckerman nichts Neues. 1949, als er sich von seiner Familie getrennt hatte und nach Chicago gegangen war, hatte er im Koffer eine mit Anmerkungen versehene Ausgabe sämtlicher Werke von Thomas Wolfe sowie *Roget's Thesaurus* mitgenommen. Vier Jahre später, als Zwanzigjähriger, hatte er Chicago mit fünf Kartons voller Klassikerausgaben verlassen, die er – mit vom Mund abgespartem Geld – antiquarisch gekauft hatte und die während seines zweijährigen Militärdienstes auf dem Speicher seiner Eltern aufbewahrt wurden. 1960, nach der Scheidung von Betsy, mußten dreißig Kartons mit Büchern vollgepackt werden, aus Regalen, die ihm nicht mehr gehörten. 1965, nach der Scheidung von Virginia, wurden knapp sechzig Bücherkisten weggeschafft, und 1969, als er aus der Wohnung in der Bank Street auszog, waren es einundachtzig. Um die Bücher unterzubringen, hatte er drei Meter sechzig hohe Regale für drei Wände seines neuen Arbeitszimmers genau nach seinen Angaben anfertigen lassen; doch obwohl inzwischen zwei Monate vergangen waren und er nach einem Umzug seine Bücher bisher immer zuallererst aufgestellt hatte, waren sie diesmal noch in den Kisten. Eine halbe Million Seiten, die nicht berührt, nicht umgeblättert wurden. Das einzige Buch, das für ihn zu existieren schien, war sein eigenes. Und immer, wenn er versuchte, nicht daran zu denken, erinnerte ihn jemand daran.

Am selben Tag, an dem er in diese *Uptown*-Wohnung umgezogen war, hatte Zuckerman die Schreinerarbeiten in Auftrag gegeben und einen Farbfernseher sowie einen Orientteppich gekauft. Er war, trotz der Abschiedstränen, fest entschlossen, entschlossen zu sein. Allerdings stellte der Orientteppich seinen ersten und letzten »Dekorations«-Versuch dar. Seither hatte er nur sehr bescheidene Einkäufe getätigt: einen Topf, eine Pfanne, eine Schüssel, ein Geschirrtuch für die Schüssel, einen Duschvorhang, einen Segeltuchstuhl, einen Parsons-Tisch, einen Mülleimer – alles immer erst dann, wenn er es wirklich brauchte. Nachdem er wochenlang auf dem Klappbett aus seinem einstigen Arbeitszimmer geschlafen und ebenfalls wochenlang darüber nachgegrübelt hatte, ob es nicht vielleicht ein schrecklicher Fehler gewesen sei, Laura zu verlassen, nahm er seine ganze Energie zusammen und kaufte sich ein richtiges Bett. Als er sich bei Bloomingdale auf den Rücken legte, um festzustellen, welches Fabrikat besonders straff war – während sich im ganzen Stockwerk die Kunde verbreitete, man könnte Carnovsky höchstpersönlich beim Ausprobieren von Matratzen sehen –, sagte sich Zuckerman: Ach was, das hat doch nichts zu bedeuten, das ändert gar nichts; wenn einmal der Tag kommt, an dem die Möbelpacker die Bücher wieder *downtown* transportieren, nehmen sie auch das neue Doppelbett mit. Laura und er könnten es dann gegen das Bett austauschen, in dem sie fast drei Jahre lang miteinander – beziehungsweise *nicht* miteinander – geschlafen hatten.

Ach, wie sehr Laura geliebt und bewundert wurde! Verzweifelte Mütter, ratlose Väter, untröstliche Mädchen – sie alle schickten ihr aus Dankbarkeit regelmäßig Geschenke, weil sie sich für ihre Lieben einsetzte, die sich in Kanada versteckt hielten, um nicht eingezogen zu werden. Die hausgemachte Konfitüre, die Laura und Zuckerman zum Frühstück aßen; die Schachteln mit Konfekt, das sie an die Kinder in der Nachbarschaft verteilte; die rührenden handgestrickten Kleidungsstücke, die sie in den von Quäkern betriebenen Gebrauchtwarenladen »Frieden und Versöhnung« in der MacDougal Street brachte. Und die den Geschenken beigelegten Karten, die herzbewegenden, angstvollen Briefe, die sie als kostbare Andenken in Aktenordnern aufbewahrte. Um der Gefahr einer FBI-Durchsuchung vorzubeugen, mußten diese Ordner bei Rosemary Ditson untergebracht werden, der pensionierten Lehrerin, die ganz allein im Souterrain nebenan wohnte und Laura ebenfalls liebte. Diese fühlte sich für Rosemarys Gesundheitszustand und allgemeines Wohlbefinden verantwortlich, seit sie – zwei Tage, nachdem sie und Zuckerman im Nachbarhaus eingezogen waren –

gesehen hatte, wie diese zerbrechliche Frau in ziemlich aufgelöstem Zustand versuchte, die steilen Betonstufen hinunterzusteigen, ohne ihre Lebensmitteltüte fallen zu lassen oder sich die Hüfte zu brechen.

Mußte man diese großherzige, hingebungsvolle, aufmerksame, gütige Laura denn nicht lieben? Hätte *er* denn anders gekonnt? Und dennoch: Während der letzten Monate in der Etagenwohnung in der Bank Street war das einzige, was sie noch gemeinsam hatten, das Fotokopiergerät, das in dem großen, gekachelten Badezimmer am Fußende der Wanne stand.

Lauras Anwaltsbüro befand sich im Salon auf der Vorderseite der Wohnung, Nathans Studio in dem Gastzimmer, das auf den stillen Hinterhof hinausging. An einigermaßen produktiven Arbeitstagen mußte er zuweilen an der Badezimmertür warten, während Laura in aller Eile die Fotokopien machte, die mit der nächsten Post abgehen sollten. Wenn er einen besonders umfangreichen Text abzulichten hatte, zögerte er die Sache möglichst so lange hinaus, bis Laura ihr allabendliches Bad nahm, so daß er mit ihr plaudern konnte, während die kopierten Seiten aus dem Gerät fielen. Eines Nachmittags hatten sie sogar auf dem Vorleger neben dem Kopiergerät Geschlechtsverkehr gehabt, doch das war damals gewesen, als das Gerät gerade erst aufgestellt worden war. Einander im Lauf des Tages mit Manuskriptseiten in der Hand zu begegnen, war zu jener Zeit für sie beide noch etwas Ungewohntes; vieles war für sie damals noch ungewohnt. Während des letzten gemeinsamen Jahres hatten sie selbst im Bett nur noch ganz selten Geschlechtsverkehr. Lauras Gesicht war so lieb wie eh und je, ihre Brüste waren noch genauso rund und straff, und wer hätte bezweifeln können, daß sie das Herz auf dem rechten Fleck hatte? Wer konnte ihre Tugendhaftigkeit, ihre Rechtschaffenheit, ihre Zielstrebigkeit in Frage stellen? Im dritten Jahr jedoch begann er sich zu fragen, ob die Zielstrebigkeit Lauras nicht vielleicht der Schild war, hinter dem er seine eigene verbarg, sogar vor sich selbst.

Obwohl sie an normalen Arbeitstagen und auch abends und am Wochenende genug damit zu tun hatte, sich um ihre Kriegsgegner, Deserteure und Militärdienstverweigerer zu kümmern, brachte sie es fertig, die Geburtstage sämtlicher in der Bank Street wohnender Kinder in ihren Terminkalender einzutragen und ihnen am Morgen des großen Tages kleine Geschenke in den Briefkasten zu stecken: »Von Laura und Nathan Z.« Auf die gleiche Weise beglückte sie gemeinsame Freunde, deren Jubiläen und Geburtstage sie ebenfalls im Kalender notierte, zusammen mit den Vermerken, wann sie nach Toronto fliegen oder im Gerichtshof am Foley Square erscheinen mußte. Jedes Kind, dem sie im Supermarkt oder im Bus begegnete, nahm sie beiseite und brachte ihm bei, wie man aus Papier ein fliegendes Pferd faltet. Einmal sah Zuckerman zu, wie sie sich in einem überfüllten U-Bahn-Wagen von einem Ende zum anderen durchkämpfte, um einen Mann, der sich am Halteriemen festhielt, darauf aufmerksam zu machen, daß ihm der Geldbeutel aus der Hosentasche heraushing. Heraushing, wie Zuckerman bemerkte, weil dieser zerlumpte Kerl besoffen war und den Geldbeutel vermutlich irgendwo gefunden und eingesteckt oder einem anderen Trunkenbold geklaut hatte. Obwohl Laura ohne jedes Make-up war und, abgesehen von der winzigen Emailletaube, die sie an ihren Trenchcoat gesteckt hatte, keinerlei Schmuck trug, hielt sie der Betrunkene offenbar für eine kesse Prostituierte, die sich an ihn heranmachen wollte. Er griff erschreckt nach seiner Hose und fauchte: »Hau ab!« Zuckerman erklärte ihr später, ganz so unrecht hätte dieser Typ mit seiner Aufforderung vielleicht gar nicht gehabt. Sie könnte die Trunkenbolde doch wirklich der Heilsarmee überlassen. Sie gerieten wegen Lauras Humanitätsduselei aneinander. Zuckerman meinte, es müßte doch gewisse Grenzen geben. »Warum?« fragte sie lakonisch. Das war im Januar, genau drei Monate bevor *Carnovsky* erschien.

Eine Woche später, als ihn nichts mehr in seinem Arbeitszimmer festhielt, wo er normalerweise seine Tage damit verbrachte, sich auf dem Papier das Leben schwerzumachen, packte er seinen Koffer und begann wieder einmal, sich draußen in der Welt das Leben schwerzumachen. Mit seinen Korrekturfahnen und dem Koffer zog er in ein Hotel. Seine Gefühle für Laura waren erloschen. Die Arbeit an diesem Buch hatte ihnen den Garaus gemacht. Vielleicht war es aber auch so, daß er nach Abschluß dieser Arbeit endlich einmal Zeit gehabt hatte, aufzublicken und zu sehen, was erloschen war; so jedenfalls war es ihm gewöhnlich mit seinen Ehefrauen ergangen. Diese Frau ist zu gut für dich, sagte er sich, als er auf seinem Bett im Hotelzimmer die Korrekturfahnen las. Sie ist das ehrbare Gesicht, das du den Ehrbaren zuwendest, das Gesicht, das du ihnen dein Leben lang zugewandt hast. Es ist gar nicht Lauras Tugendhaftigkeit, die dich so anödet – es ist dieses ehrbare, verantwortungsbewußte, trostlos tugendhafte Gesicht, das dein eigenes ist. Es *muß* dich ja anöden. Eine gottverdammte Schande ist das. Kaltherziger Verräter der intimsten Geständnisse, grausamer Karikaturist deiner dich liebenden Eltern, minuziöser Berichterstatter deiner Begegnungen mit Frauen, mit denen dich Vertrauen, Sex und Liebe eng verbanden – nein, die Tugendmasche steht dir schlecht zu Gesicht. Es ist ganz einfach Schwäche – kindische, mit Scham durchsetzte, unentschuldbare Schwäche –, die dich dazu verdammt, etwas, was dich selber betrifft, beweisen zu wollen, etwas, das du doch durch alles, was deine schriftstellerische Arbeit inspiriert, in Abrede stellst – *also hör auf, es beweisen zu wollen*. Ein intelligenter Mensch wie du sollte wirklich nicht ein halbes Leben brauchen, um den Unterschied zu erkennen.

Im März zog er in die neue Wohnung in den East

Eighties. Jetzt trennte ihn also ein beträchtlicher Teil Manhattans von Lauras missionarischem Eifer und moralischem Prestige.

*

Nachdem er die Sache mit dem Auftragsdienst erledigt hatte und bevor er seine Post zu lesen begann, nahm sich Zuckerman das Telefonbuch vor und suchte nach »Paté, Martin«. Der Name war nicht verzeichnet. Auch »Paté Productions« nicht, weder im regulären Telefonbuch noch im Branchenverzeichnis.

Er rief nochmals beim Auftragsdienst an.

»Rochelle, ich versuche herauszufinden, unter welcher Nummer die Schauspielerin Gayle Gibraltar zu erreichen ist.«

»Die Beneidenswerte!«

»Haben Sie so etwas wie ein Showbusiness-Telefonbuch?«

»Alles vorhanden, was ein Mann sich nur wünschen kann, Mr. Zuckerman. Ich seh' mal nach.« Wenig später meldete sie sich wieder: »Keine Gayle Gibraltar, Mr. Zuckerman. Bloß so was Ähnliches – eine gewisse Roberta Plymouth. Sind Sie sicher, daß es ihr Künstlername und nicht ihr wirklicher ist?«

»Er kommt mir unwirklich vor. Aber so geht's mir neuerdings mit fast allem. Sie hat kürzlich in einem sardinischen Film gespielt.«

»Einen Moment, Mr. Zuckerman.« Aber auch diesmal konnte sie ihm keine Auskunft geben. »Ich kann sie nirgends finden. Wo haben Sie die denn kennengelernt? Auf einer Party?«

»Ich kenne sie überhaupt nicht. Sie ist die Freundin eines Freundes.«

»Verstehe.«

»Er sagt, sie sei früher einmal ›Playmate des Monats‹ gewesen.«

»Okay, dann seh' ich *da* mal nach.« Aber auch in den Fotomodell-Verzeichnissen konnte sie keine Gibraltar finden. »Beschreiben Sie doch mal, wie sie gebaut ist, Mr. Zuckerman.«

»Nicht nötig«, sagte er und legte auf.

Dann sah er im Telefonbuch unter »Perlmutter« nach. Kein »Martin« verzeichnet. Und keiner der sechzehn verschiedenen Perlmutters wohnte in der East Sixty-second Street.

Die Post. Lies deine Post. Du echauffierst dich wegen nichts und wieder nichts. Zweifellos unter »Sardinian Enterprises« verzeichnet. Nicht, daß es den geringsten Grund gäbe, nachzusehen. Genausowenig, wie es einen Grund gibt, davonzulaufen. Hör auf, davonzulaufen. Wovor, Herrgott nochmal, bist du auf der Flucht? Hör auf, jede Aufmerksamkeit als Eindringen in dein Privatleben zu betrachten, als eine Beleidigung deiner Menschenwürde – schlimmer noch, als eine Bedrohung von Leib und Leben. Du bist ja gar keine so große Berühmtheit. Vergiß nicht, daß die meisten Leute in diesem Land, die meisten *in dieser Stadt* sich nicht darum scheren würden, wenn du mit deinem Namen und deiner geheimen Telefonnummer auf einem Straßenplakat herumspaziertest. Selbst unter den Schriftstellern, selbst unter denen, die einigermaßen ernst genommen werden möchten, bist du noch kein Titan. Ich sage nicht, daß du über eine Wendung wie diese weniger verdattert sein solltest, ich sage nur, daß du jetzt, wo du bekannt geworden, wenn auch momentan ein bißchen berüchtigt bist, bestimmt bloß ein bißchen im Vergleich zu Charles Manson, ja selbst zu Mick Jagger oder Jean Genet...

Die Post.

Er war zu der Überzeugung gelangt, daß er den Tag nicht mit der Post beginnen, sondern beenden müßte, wenn er sich jemals wieder seiner Arbeit widmen wollte; am besten die Post völlig ignorieren, wenn er sich jemals wieder seiner Arbeit widmen wollte. Aber was konnte er denn noch alles ignorieren, beiseiteschieben oder zu umgehen versuchen, bis er zu denen gehören würde, die ein paar Häuser weiter im Bestattungsinstitut aufgebahrt waren?

Das Telefon! Laura! Innerhalb von drei Tagen hatte er drei Nachrichten für sie hinterlassen und keine Antwort erhalten. Trotzdem war er überzeugt, daß es Laura war, es mußte Laura sein, sie war nicht weniger einsam und verdattert als er. Doch um ganz sicher zu gehen, ließ er erst mal den Auftragsdienst antworten, bevor er selber vorsichtig den Hörer abhob.

Rochelle mußte den Anrufer mehrmals ersuchen, deutlicher zu sprechen. Auch Zuckerman, der schweigend zuhörte, konnte ihn nicht verstehen. Der Italiener, der hinter einem Interview her war? Der Rollmopskönig, der nach seinem Werbespot lechzte? Jemand, der wie ein Tier, oder ein Tier, das wie ein Mensch reden wollte? Schwer zu sagen.

»Wiederholen Sie das, *bitte*!« sagte Rochelle.

Muß Zuckerman sprechen. Dringend. Verbinden Sie mich mit ihm.

Rochelle fragte nach seinem Namen und seiner Telefonnummer.

Verbinden Sie mich mit ihm.

Sie fragte nochmals nach seinem Namen, dann war die Verbindung unterbrochen.

Zuckerman meldete sich. »Hallo, ich bin am Apparat. Was war denn los?«

»Oh, hallo, Mr. Zuckerman.«

»Was war denn *das*? Haben Sie eine Ahnung?«

»War vielleicht bloß einer von diesen perversen Typen. Mr. Zuckerman. Ich würde mir deswegen keine Sorgen machen.«

Sie arbeitete nachts, sie mußte es ja wissen.

»Meinen Sie nicht, es war jemand, der seine Stimme verstellen wollte?«

»Schon möglich. Oder ein Drogensüchtiger. Ich würde mir deswegen keine Sorgen machen, Mr. Zuckerman.«

Die Post.

Elf Briefe heute abend – einer von Andrés Büro an der Westküste und zehn (so ziemlich der tägliche Durchschnitt), die ihm sein Verleger in einem großen Kuvert zugesandt hatte. Sechs davon waren an Nathan Zuckerman adressiert, drei an Gilbert Carnovsky, und auf einem stand über der Verlagsanschrift nichts weiter als »An den Feind der Juden«. Diesen Brief hatte ihm der Verlag ungeöffnet übersandt. Wirklich clevere Leute, die dort die Post verteilten.

Verlockend waren für ihn eigentlich nur Briefe mit der Aufschrift »Foto – nicht knicken!«, aber diesmal war kein einziger dabei. Bisher hatte er fünf solche Briefe erhalten – am interessantesten der erste, von einer jungen Sekretärin aus New Jersey, die ein Farbfoto beigelegt hatte, auf dem sie in schwarzer Unterwäsche zu sehen war, auf dem Rasen ihres Gartens in Livingstone liegend und einen Roman von John Updike lesend. Ein umgeworfenes Dreirad am Rand der Aufnahme schien ihre im beigefügten Lebenslauf enthaltene Behauptung, sie sei unverheiratet, Lügen zu strafen. Bei genauerer Betrachtung mit Hilfe seines Compact Oxford English Dictionary-Vergrößerungsglases hatte Zuckerman an ihrem Körper allerdings nichts entdeckt, das darauf hindeutete, daß sie schon einmal ein Kind geboren oder irgendwelche andere Sorgen gehabt hatte. Ob das Dreirad vielleicht einem Kind gehörte, das zufällig vorbeigefahren und hastig abgestiegen war, als es gebeten wurde, diesen Schnappschuß zu machen? Den größten Teil des Vormittags hatte Zuckerman immer wieder dieses Foto betrachtet, bis er es endlich nach Massachusetts sandte, zusammen mit ein paar Zeilen, in denen er Updike bat, ihm irrtümlich zugeschickte Fotos von Zuckerman-Lesern freundlicherweise an die richtige Adresse weiterzuleiten.

Von Andrés Büro an der Westküste eine aus *Variety* ausgeschnittene Kolumne, darauf die Initialen der Sekretärin, die Zuckermans Werke bewunderte und ihm deshalb Artikel aus Showbusiness-Publikationen sandte, die ihm sonst vielleicht entgangen wären. Die neueste Nachricht war rot unterstrichen. »... Der unabhängige Produzent Bob ›Sleepy‹ Lagoon zahlte fast eine Million Dollar für Nathan Zuckermans noch unvollendete Fortsetzung des Bombenerfolgs...«

Ach wirklich? Was denn für eine Fortsetzung? Wer ist Lagoon? Ein Freund von Paté und Gibraltar? Warum schickt sie mir bloß diesen Blödsinn!

»... unvollendete Fortsetzung...«

Wirf's doch weg, lach darüber, du ziehst immer den Kopf ein, wenn du eigentlich lächeln solltest.

Lieber Gilbert Carnovsky,

Denken Sie nicht mehr an Befriedigung. Es geht nicht darum, ob Carnovsky glücklich ist, ja nicht einmal darum, ob er ein Recht auf Glück hat. Die Frage, die Sie sich stellen sollten, ist folgende: Habe ich alles geleistet, was ich leisten kann? Ein Mann muß unabhängig vom Glücksbarometer leben oder aber scheitern. Ein Mann muß . . .

Sehr geehrter Mr. Zuckerman,
Il faut laver son linge sale en famille!

Sehr geehrter Mr. Zuckerman,
Diesen Brief schreibe ich im Gedenken an jene, die den Schrecken der Konzentrationslager erleiden mußten . . .

Sehr geehrter Mr. Zuckerman,
Es ist kaum möglich, hämischer und verächtlicher und gehässiger über Juden zu schreiben . . .

Das Telefon.

Diesmal griff er sofort danach – so selbstverständlich, wie er früher immer in den Bus gestiegen, zum Abendessen ausgegangen und allein durch den Park spaziert war. »Lorelei!« rief er in den Hörer. Als könnte er sie herbeirufen, sie und die gemeinsame herrliche Bank-Street-Langeweile. Sein Leben wieder unter Kontrolle. Sein ehrbares Gesicht der Welt zugewandt.

»Nicht auflegen, Zuckerman. Nicht auflegen, falls Sie nicht großen Ärger bekommen wollen.«

Der Typ, dessen Gespräch mit Rochelle er belauscht

hatte. Die heisere, hohe Stimme mit dem Tonfall eines nicht ganz Zurechnungsfähigen. Klang wie ein großes, kläffendes Tier, ja, wie ein Seehund, der plötzlich menschliche Laute von sich gibt. Vermutlich die Sprache der Dickschädligen.

»Ich habe eine wichtige Nachricht für Sie, Zuckerman. Sie sollten genau zuhören.«

»Wer sind Sie?«

»Ich will etwas von dem Geld haben.«

»Von welchem Geld?«

»Lassen Sie diese Mätzchen! Sie sind Nathan Zuckerman, Zuckerman. Von Ihrem Geld.«

»Hören Sie mal, wer immer Sie sein mögen – das ist ein schlechter Scherz. Das kann übel für Sie ausgehen, auch wenn diese Nachäfferei ein Ulk sein sollte. Wen imitieren Sie eigentlich? Einen angeschlagenen Boxer oder Marlon Brando?« Die Sache wurde allmählich zu albern. Leg auf. Sag kein Wort mehr und leg auf.

Aber er konnte nicht – nicht, als er diese Stimme sagen hörte: »Ihre Mutter wohnt in Miami Beach, Silver Crescent Drive 1167. In einer Eigentumswohnung direkt gegenüber Ihrer alten Tante Essie und deren Ehemann, Mr. Metz, dem Bridgespieler. Den beiden gehört die Wohnung Nummer 402, und Ihre Mutter wohnt in 401. Jeden Donnerstag kommt eine Putzfrau namens Olivia. Jeden Freitagabend ißt Ihre Mutter mit Essie und ihrer Clique im ›Century Beach‹. Sonntagvormittags geht sie in die Synagoge und hilft beim

Wohltätigkeitsbasar. Donnerstagnachmittags ist sie in ihrem Club. Dort sitzen sie am Swimmingpool und spielen Canasta: Bea Wirth, Sylvia Adlerstein, Lily Sobol, Lilys Schwägerin Flora und Ihre Mutter. Und ansonsten besucht sie Ihren alten Herrn im Pflegeheim. Falls Sie nicht wollen, daß sie verschwindet, hören Sie gut zu, was ich Ihnen zu sagen habe, und verplempern Sie keine Zeit damit, Witze über meine Stimme zu reißen. Zufällig ist das die Stimme, mit der ich geboren wurde. Nicht jeder ist so vollkommen wie Sie.«

»Wer sind Sie?«

»Ein Fan von Ihnen. Das gebe ich zu, trotz Ihrer Beleidigungen. Ich bin ein Bewunderer, Zuckerman. Ich bin jemand, der Ihre Karriere schon seit Jahren verfolgt. Ich habe lange darauf gewartet, daß Sie beim Publikum groß ankommen. Ich wußte, daß es eines Tages soweit sein würde. Es mußte so kommen. Sie haben echtes Talent. Sie stellen alles so lebendig dar. Obzwar ich, offen gesagt, dieses Buch nicht für Ihr bestes halte.«

»Ach wirklich?«

»Nur zu, schmähen Sie mich, aber das Buch hat keinen Tiefgang. Brillanz – ja, Tiefgang – nein. Es ist etwas, das Sie schreiben mußten, um einen neuen Anfang zu machen. Deshalb ist es so unvollkommen, es ist unausgegoren, es ist wie ein Feuerwerk. Aber ich kann das verstehen. Ich bewundre das sogar. Es auf eine neue Art zu probieren, ist die einzige Möglichkeit, voranzukommen, vorausgesetzt, Sie verlieren Ihren Mumm nicht.«

»Und Sie wollen mit mir zusammen vorankommen, was?«

Das freudlose Lachen eines Bühnenschurken. »Ha, ha, ha.«

Zuckerman legte auf. Hätte er bereits tun sollen, als er hörte, wer es war, beziehungsweise nicht war. Wieder einer dieser Vorfälle, gegen die er sich ganz einfach abhärten mußte. Banal, bedeutungslos, eigentlich vorhersehbar – schließlich hatte er keinen *Tom Swift* geschrieben. Ja, Rochelle hatte recht gehabt. »Bloß einer von diesen perversen Typen, Mr. Zuckerman. Ich würde mir deswegen keine Sorgen machen.«

Trotzdem überlegte er sich, ob er die Polizei anrufen sollte. Was ihm Sorgen machte, war all das, was der Anrufer über seine Mutter in Florida gesagt hatte. Andrerseits war es, seit jene Titelgeschichte in *Life* erschienen war und die Zeitungen in Miami daraufhin begonnen hatten, sich auch für Nathan Zuckermans Mutter zu interessieren, gar nicht so schwierig, Näheres über sie zu erfahren, wenn man wirklich darauf aus war. Sie selber hatte sich erfolgreich den hartnäckigen Bemühungen all derer widersetzt, von denen sie wegen eines »Exklusivinterviews« hofiert und gepiesackt wurde. Die einsame Flora Sobol dagegen, Lilys seit kurzem verwitwete Schwägerin, hatte dem Ansturm nicht widerstehen können. Obzwar sie hinterher steif und fest behauptete, sie hätte am Telefon bloß ein paar Minuten mit der Reporterin gesprochen, war in der Wochenendbeilage des *Miami Herald* unter der Überschrift »Ich spiele Canasta mit Carnovskys Mutter« ein halbseitiger Artikel erschienen. Dazu ein Foto der einsamen, hübschen, alternden Flora und ihrer beiden Pekinesen.

Rund sechs Wochen vor Erscheinen des Buches – als er das Ausmaß des Erfolges vorauszusehen begann und gewisse Bedenken hatte, ob der Halleluja-Chor von Anfang bis Ende ein Honiglecken sein würde – war Zuckerman nach Miami geflogen, um seine Mutter auf die Reporter vorzubereiten. Was er ihr beim Abendessen sagte, führte dazu, daß sie diese Nacht nicht einschlafen konnte und schließlich auf der anderen Seite des Korridors an Essies Wohnungstür klingeln und fragen mußte, ob sie hineinkommen dürfte, um ein Beruhigungsmittel einzunehmen und eine ernste Angelegenheit zu besprechen.

Ich bin sehr stolz auf meinen Sohn, und das ist alles, was ich zu sagen habe. Vielen Dank und guten Tag.

Es wäre ratsam, sich auf diese Antwort zu beschränken, wenn die Reporter begännen, sie anzurufen. Allerdings: Falls ihr die Publicity nichts ausmachen würde, falls sie *wollte*, daß ihr Name in den Zeitungen...

»Liebling, du redest mit *mir*, nicht mit Elizabeth Taylor.«

Woraufhin er, während sie sich beide an einem Fischgericht gütlich taten, die Rolle eines Zeitungsreporters spielte, der nichts Besseres zu tun hatte, als sie über Nathans Toilettengewohnheiten auszufragen. Sie wiederum mußte so tun, als ob ihr so etwas jeden Tag passieren würde, sobald sein neuer Roman in den Buchhandlungen zu haben war.

»›Aber was bedeutet es denn für Sie, Carnovskys Mutter zu sein? Machen wir uns nichts vor, Mrs. Zukkerman, jetzt *sind* Sie das doch.‹«

»›Ich habe zwei prächtige Söhne, auf die ich stolz bin.‹«

»Das ist gut, Ma. Wenn du es so formulieren willst – in Ordnung. Obzwar du nicht mal *das* zu sagen brauchst, wenn du nicht möchtest. Genausogut könntest du einfach darüber lachen.«

»Ihm ins Gesicht lachen?«

»Nein, nein – nicht nötig, daß sich jemand beleidigt fühlt. Das wäre ebenfalls nicht ratsam. Ich meine, du könntest dich ganz einfach lächelnd darüber hinwegsetzen. Schweigen ist gut. Und sehr wirkungsvoll.«

»Na schön.«

»›Mrs. Zuckerman?‹«

»›Ja?‹«

»›Die ganze Welt möchte es wissen. Die Leute haben im Buch Ihres Sohnes alles über Gilbert Carnovsky und seine Mutter gelesen, und jetzt wollen sie von Ihnen erfahren, was für ein Gefühl es ist, so berühmt zu sein.‹«

»›Das kann ich Ihnen wirklich nicht sagen. Vielen Dank für das Interesse, das Sie meinem Sohn entgegenbringen.‹«

»Ma, das war gar nicht schlecht. Aber worauf ich hinauswill, ist, daß du jederzeit ›guten Tag‹ sagen kannst. Sie lassen nie locker, diese Leute, deshalb brauchst du bloß ›guten Tag‹ zu sagen und aufzulegen.«

»›Guten Tag!‹«

»›Einen Moment, Mrs. Zuckerman, legen Sie noch nicht auf! Ich *muß* diesen Artikel abliefern. Ich habe ein Baby, ein neues Haus, Rechnungen sind zu bezahlen – ein Artikel über Nathan könnte für mich eine beträchtliche Gehaltserhöhung bedeuten.‹«

»›Oh, die werden Sie bestimmt auch so bekommen.‹«

»Mutter, das ist ausgezeichnet! Weiter!«

»›Danke für Ihren Anruf. Guten Tag!‹«

»›Mrs. Zuckerman, bloß zwei Minuten, ganz inoffiziell.‹«

»›Vielen Dank. Guten Tag!‹«

»›*Eine* Minute! Eine einzige Zeile! Ach bitte, Mrs. Z., nur eine kurze Zeile für meinen Artikel über Ihren außergewöhnlichen Sohn!‹«

»›Also dann – guten Tag!‹«

»Weißt du, Ma, du brauchst nicht mal ›guten Tag‹ zu sagen. Einem höflichen Menschen fällt das sicher schwer, aber zu diesem Zeitpunkt könntest du einfach auflegen, ohne befürchten zu müssen, daß du jemanden gekränkt hast.«

Beim Nachtisch übte er das Ganze nochmals mit ihr, nur um sicherzugehen, daß sie gewappnet war. Kein Wunder, daß sie gegen Mitternacht eine Valiumtablette nötig hatte.

Welche Aufregung sein Besuch ausgelöst hatte, erfuhr er erst, als er, vor genau drei Wochen, wieder nach Miami geflogen war. Zunächst besuchten sie seinen Vater im Pflegeheim. Dr. Zuckerman konnte seit seinem letzten Schlaganfall nicht mehr richtig sprechen – bloß noch halbe Wörter und verstümmelte Silben –, und manchmal dauerte es eine Weile, bis er begriff, daß seine Frau bei ihm war. Er sah sie an und bewegte die Lippen, um »Molly« zu sagen – den Namen seiner verstorbenen Schwester. Daß nicht festzustellen war, was er überhaupt noch wußte, machte ihre täglichen Besuche so qualvoll. Dennoch schien sie an jenem Tag besser auszusehen als seit Jahren – nicht ganz so gut zwar wie auf dem 1935 am Strand aufgenommenen, gerahmten Foto, das auf dem Nachttisch von Nathans Vater stand und sie als eine lockenköpfige junge Madonna mit ihrem finster blickenden Erstgeborenen zeigte, aber ganz gewiß nicht so erschöpft, daß man sich um *ihre* Gesundheit Sorgen machen mußte. Seit sie vor vier Jahren die schwere Bürde auf sich genommen hatte, ihren Mann zu pflegen – der sie in diesen vier Jahren ständig um sich haben wollte –, glich sie weit weniger der energischen, nicht unterzukriegenden Mutter, von der Nathan die lebhaft funkelnden Augen (und das ein bißchen komisch wirkende Profil) geerbt hatte, sondern viel mehr seiner hageren, schweigsamen, schicksalsergebenen Großmutter, der geisterhaften Witwe jenes tyrannischen Ladenbesitzers, der Nathans Großvater mütterlicherseits gewesen war.

Als sie wieder zu Hause waren, mußte sich seine Mutter mit einem kalten Umschlag auf der Stirn aufs Sofa legen.

»Du siehst jetzt aber wirklich besser aus, Ma.«

»Es ist leichter für mich, seit er dort ist. Ich sage das höchst ungern, Nathan, aber jetzt fange ich an, wieder ein bißchen aufzuleben.« Ihr Mann war seit etwa einem Vierteljahr im Pflegeheim.

»Natürlich ist es jetzt leichter für dich«, sagte ihr Sohn. »Das war doch der Zweck.«

»Heute hat er keinen guten Tag gehabt. Es tut mir leid, daß du ihn in diesem Zustand sehen mußtest.«

»Ist schon gut.«

»Aber er hat gewußt, wer du bist. Da bin ich ganz sicher.«

Zuckerman war sich dessen nicht so sicher, sagte aber trotzdem: »Ich weiß, daß er mich erkannt hat.«

»Wenn er nur wüßte, wie du dich gemacht hast! Dieser Erfolg! Aber weißt du, Liebling, einem Menschen in seinem Zustand kann man das wirklich nicht erklären.«

»Und es schadet ja auch nichts, daß er's nicht weiß. Das beste für ihn ist, seine Ruhe zu haben.«

Seine Mutter zog sich das Tuch über die Augen. Sie hatte zu schluchzen begonnen und wollte es ihn nicht merken lassen.

»Ma, was ist denn?«

»Es ist bloß, weil ich so erleichtert bin. Deinetwegen. Ich hab's dir nie erzählt, ich hab's für mich behalten, aber als du damals hier warst, um mir zu sagen, was alles wegen dieses Buches passieren würde, da dachte ich... naja, ich dachte, du läufst geradewegs in dein Verderben. Ich dachte, das kommt vielleicht daher, daß du Daddy jetzt nicht mehr hast, der doch immer hinter dir stand – daß du vielleicht von selbst nicht wüßtest, welchen Weg du einschlagen sollst. Und dann sagte Mr. Metz...« – der neue Ehemann von Dr. Zuckermans Cousine Essie – »... ihm käme das alles wie ›Größenwahn‹ vor. Mr. Metz meint's nicht böse – er liest Daddy jede Woche aus der Sonntagszeitung den Nachrichtenüberblick vor. Er ist ein wunderbarer Mensch, aber das war eben seine persönliche Meinung. Und dann hat auch noch Essie ihren Senf dazugegeben. Dein Daddy, sagte sie, habe sein Leben lang an Größenwahn gelitten – schon als sie beide noch Kinder waren, sei er darauf erpicht gewesen, jedermann Lehren zu erteilen und sich in Dinge einzumischen, die ihn nichts angingen. Du weißt ja, Essie und ihr Mundwerk. Ich hab' zu ihr gesagt: ›Essie, laß deine Reibereien mit Victor aus dem Spiel! Jetzt, wo er sich nicht mal mehr verständlichmachen kann, solltest du vielleicht endlich damit aufhören.‹ Aber was sie dann sagten, hat mich zu Tode erschreckt. Ich dachte, vielleicht haben sie recht – irgend etwas in Nathans Natur, das er vom Vater geerbt hat. Aber ich hätte es besser wissen sollen. Mein großer Junge läßt sich nichts vormachen. Wie du das alles hinnimmst, ist einfach großartig. Die Leute hier fragen mich: ›Wie benimmt er sich denn jetzt, wo sein Bild in allen Zeitungen ist?‹ Und ich erwidere, daß du ein Mensch bist, der niemals Allüren hatte und auch nie welche haben wird.«

»Ma, laß dich bloß nicht kleinkriegen durch dieses Geschwafel über Carnovskys Mutter.«

Mit einemmal war sie wie ein Kind, an dessen Bett er saß, ein Kind, das in der Schule grausam gehänselt worden und dann weinend nach Hause gelaufen war, wo es sich mit Fieber zu Bett legen mußte.

Sie lächelte tapfer und nahm das Tuch weg, damit er sehen konnte, daß ihre Augen wieder strahlten. »Ich lasse mich schon nicht kleinkriegen.«

»Aber es ist schwierig.«

»Manchmal schon, mein Herzblatt, das muß ich zugeben. Mit den Zeitungsleuten werde ich fertig, dank deiner Ratschläge. Du wärst bestimmt stolz auf mich.«

Insgeheim fügte er diesem letzten Satz das Wort »Papa« hinzu. Er hatte ihren Papa gekannt und wußte, wie er ihr und ihren Schwestern beigebracht hatte, zu spuren. Zuerst der dominierende Vater und dann der dominierende, vom eigenen Vater dominierte Ehemann. Zuckerman konnte Anspruch darauf erheben, Eltern zu haben, die der gehorsamste Sohn und die gehorsamste Tochter der Welt gewesen waren.

»Du solltest mich reden hören, Nathan. Ich bin natürlich höflich, aber ich ignoriere ihre Fragen, genau, wie du's mir gesagt hast. Das geht allerdings nicht bei Leuten, mit denen ich verkehre. Die sagen mir – frei heraus, ohne nachzudenken: ›Ich hab' gar nicht gewußt, daß du so verrückt bist, Selma.‹ Darauf sage ich, daß ich das keineswegs bin. Ich sage ihnen, was du mir gesagt hast – daß es sich um eine erfundene Geschichte handelt und daß diese Frau bloß eine Figur in einem Buch ist. Worauf sie sagen: ›Warum sollte er eine solche Geschichte schreiben, wenn sie nicht wahr ist?‹ Und was soll ich denn darauf antworten – damit sie mir wirklich glauben?«

»Schweigen, Ma. Überhaupt nichts sagen.«

»Aber das geht doch nicht, Nathan. Es nützt nichts, wenn man gar nichts sagt. Dann sind die anderen überzeugt, daß sie recht haben.«

»Dann sag' ihnen, daß dein Junge ein Spinner ist. Sag' ihnen, daß du nicht für seine verrückten Einfälle verantwortlich bist. Und daß du von Glück sagen könntest, daß er nicht auf noch schlimmere Ideen kommt. Das ist gar nicht so weit von der Wahrheit entfernt. Mutter, *du* weißt, daß du nicht Mrs. Carnovsky, sondern du selbst bist; und ich weiß das auch. Du und ich, wir wissen, daß es vor dreißig Jahren fast wie im siebten Himmel gewesen ist.«

»Ach Liebling, ist das wahr?«

»Ganz bestimmt.«

»Aber in dem Buch ist das nicht so beschrieben. Ich meine, die Leute, die es lesen, haben nicht diesen Eindruck. Und auch diejenigen, die es *nicht* lesen, glauben ganz was anderes.«

»Gegen das, was die Leute glauben, ist kein Kraut gewachsen. Das einzige, was man tun kann, ist, sich so wenig wie möglich darum zu kümmern.«

»Am Swimmingpool, wenn ich nicht dabei bin, sagen sie, daß du nichts mehr mit mir zu tun haben willst. Kaum zu glauben, was? Das sagen sie zu Essie. Manche sagen, du willst nichts mehr mit mir zu tun haben, manche sagen, ich will nichts mehr mit dir zu tun haben, und die anderen sagen, ich lebe herrlich und in Freuden, weil du mir so viel Geld schickst. Angeblich soll ich einen Cadillac haben – dank der Großzügigkeit meines millionenschweren Sohnes. Was sagst du *dazu*? Essie erklärt ihnen, daß ich gar nicht autofahren kann, aber das bringt die anderen nicht zum Schweigen. Der Cadillac hat einen farbigen Chauffeur.«

»Als nächstes werden sie behaupten, er sei dein Liebhaber.«

»Würde mich gar nicht wundern, wenn sie das schon jetzt täten. Die sagen alles mögliche. Jeden Tag bekomme ich eine andere Geschichte aufgetischt. Manches mag ich gar nicht wiederholen. Gott sei Dank, daß es deinem Vater erspart bleibt, sich so etwas anhören zu müssen.«

»Essie sollte dir lieber nicht erzählen, was die Leute alles reden. Wenn du willst, sage ich ihr das.«

»Im Jüdischen Gemeindezentrum hat eine Diskussion über dein Buch stattgefunden.«

»So?«

»Liebling, Essie sagt, das Buch sei bereits das Hauptgesprächsthema bei jeder jüdischen Hochzeit und Bar-Mizwa-Feier in Amerika, in sämtlichen jüdischen Vereinen und Damenclubs, bei jedem Schwesternschaftstreffen und Abschlußessen. Ich weiß nichts Näheres darüber, wie es sich anderswo abspielt, aber in unserem Gemeindezentrum ist es darauf hinausgelaufen, daß man über dich diskutiert hat. Essie und Mr. Metz sind hingegangen. Ich hielt es für besser, daheimzubleiben und mich um meinen eigenen Kram zu kümmern. Ein gewisser Posner hat den Vortrag gehalten. Danach fand eine Diskussion statt. Kennst du ihn, Nathan? Essie sagt, er ist ein junger Mann in deinem Alter.«

»Nein, ich kenne ihn nicht.«

»Hinterher hat Essie losgelegt und ihm ihre Meinung gesagt. Du weißt ja – wenn Essie in Fahrt kommt. Sie hat Daddy sein Leben lang zur Verzweiflung gebracht, aber *dich* verteidigt sie so energisch wie kein zweiter. Natürlich hat sie noch nie ein Buch gelesen, aber für

Essie ist das kein Grund, den Mund zu halten. Sie sagt, du bist genau wie sie, und daß du schon damals so gewesen bist, als du über sie und Meema Chayas Testament geschrieben hast. Du sagst, was du denkst, und zum Teufel mit all den anderen!«

»Typisch Essie und ich, Mama.«

Sie lächelte. »Immer zu Späßen aufgelegt.« Ob dieser Spaß ihren Kummer etwas erleichtert hatte, war eine andere Sache. »Nathan, vergangene Woche hatte Mr. Metz seine Tochter zu Besuch, und sie war ja *so reizend* zu mir. Sie ist Lehrerin in Philadelphia, bildhübsch, und sie hat mich beiseite genommen, so nett und verständnisvoll, und hat gesagt, ich sollte nicht darauf hören, was die Leute zu diesem Thema sagen, und daß sie und ihr Mann der Meinung sind, das Buch sei fabelhaft geschrieben. Und ihr Mann ist Rechtsanwalt. Sie sagte, zu zählst zu den bedeutendsten lebenden Schriftstellern, nicht nur in Amerika, sondern in der ganzen Welt. Was sagst du *dazu*?«

»Sehr nett von ihr.«

»Ach, ich hab' dich ja so lieb, mein Herzblatt! Du bist mein lieber Junge, und was du tust, ist immer richtig. Ich wollte, Daddy wäre in besserer Verfassung und könnte sich jetzt auch darüber freuen, daß du so berühmt bist.«

»Ach, weißt du, er wäre vielleicht etwas bekümmert darüber.«

»Er hat dich immer verteidigt. Immer.«

»Wenn das stimmt, dürfte es ihm nicht leichtgefallen sein.«

»Aber er *hat* dich verteidigt.«

»Na gut.«

»Als du damit anfingst, war er unglücklich über einiges, was du geschrieben hast – über unseren Vetter Sidney und seine Freunde. An so was war er nicht gewöhnt, deshalb hat er Fehler gemacht. Ich hätte nie gewagt, ihm das zu sagen, er hätte mir den Kopf eingeschlagen; aber dir kann ich's sagen: Dein Vater war ein Mann der Tat, dein Vater hatte eine Mission zu erfüllen, und darum wurde er von allen geliebt und geachtet, aber manchmal, das weiß ich, hat er vor lauter Eifer, das Rechte zu tun, das Falsche getan. Ob dir das klar ist oder nicht, jedenfalls warst du es, der ihn zur Einsicht gebracht hat. Hinter deinem Rücken hat er deine Worte wiederholt, genau so, wie du sie verwandt hast – auch wenn er dir gegenüber zuweilen erregt war und zu streiten begann. Bei ihm war das reine Gewohnheit. Weil er dein Vater war. Aber anderen gegenüber stand er wie eine Mauer hinter dir, bis zu dem Tag, als er krank wurde.« Er merkte, daß ihre Stimme wieder zu schwanken begann. »Du weißt so gut wie ich, daß er von dem Moment an, als er im Rollstuhl sitzen mußte, leider Gottes ein ganz anderer Mensch geworden ist.«

»Was hast du denn, Ma?«

»Ach, alles auf einen Schlag.«

»Du meinst Laura?« Erst als er schon wochenlang

nicht mehr in der Bank Street wohnte, hatte er ihr erzählt, daß er und Laura nicht mehr zusammenlebten. Er hatte gewartet, bis sie sich einigermaßen von dem Schock erholt hatte, ihren Mann in ein Pflegeheim bringen zu müssen, aus dem er nie mehr zu ihr nach Hause kommen würde. Eins nach dem andern, hatte er sich gesagt, doch wie sich jetzt zeigte, war für sie eben doch alles auf einen Schlag gekommen. Eigentlich war es ganz gut, daß sein Vater nicht in der Verfassung war, diese Nachricht zu erfahren. Sie alle, auch Laura, waren sich darüber einig gewesen, daß man es ihm ersparen sollte, zumal er in den vergangenen Jahren jedesmal, wenn Nathan eine Ehefrau verließ, vor sich hingebrütet und sich gehärmt und gegrämt hatte, bis er schließlich, völlig niedergeschlagen, mitten in der Nacht ans Telefon ging, um sich bei dem »armen Mädchen« für seinen Sohn zu entschuldigen. Wegen dieser Anrufe hatte es Szenen gegeben, Szenen, bei denen Dr. Zuckerman die schlimmsten Dinge aus Nathans Adoleszenz zur Sprache brachte.

»Bist du sicher, daß es ihr gutgeht?« fragte seine Mutter.

»Ja, es geht ihr gut. Sie hat ihre Arbeit. Um Laura brauchst du dir keine Sorgen zu machen.«

»Und du läßt dich scheiden, Nathan? Schon wieder?«

»Ma, tut mir für euch alle leid, daß ich als Ehemann so schlecht abschneide. An trüben Tagen hadere ich mit mir selbst darüber, daß ich kein idealer Vertreter des männlichen Geschlechts bin. Aber ich eigne mich nun mal nicht für eine lebenslange gefühlsmäßige Bindung an eine einzige Frau. Ich verliere das Interesse und geh' meines Wegs. Vielleicht eigne ich mich dazu, regelmäßig den Partner zu wechseln – alle fünf Jahre eine neue hübsche Frau. Versuch doch, die Sache *so* zu sehen. Du weißt ja, es war jedesmal ein wunderbares, schönes, hingebungsvolles Mädchen. Das muß man mir zugute halten. Ich bringe immer das Beste mit nach Hause.«

»Ich habe nie gesagt, daß du schlecht abgeschnitten hast – *ich* doch nicht, Liebling, niemals, niemals würde ich so etwas sagen. Du bist mein Sohn, und wofür du dich entscheidest, ist immer das Richtige. Was immer du aus deinem Leben machst – es ist richtig. Vorausgesetzt, du weißt, was du tust.«

»Ich weiß es.«

»Und vorausgesetzt, du weißt, daß es richtig ist.«

»Es ist richtig.«

»Dann stehen wir hinter dir. Wir sind von Anfang an hinter dir gestanden. Wie Daddy immer sagt: Was ist eine Familie wert, wenn sie nicht zusammenhält?«

Unnötig zu sagen, daß er kein besonders geeigneter Adressat für diese Frage war.

Lieber Mr. Zuckerman,
Ich habe mein erstes erotisches Buch vor sieben Jahren gelesen, als ich dreizehn war. Dann konnte ich auf Lektüre, die

sexy (und emotional anregend) ist, verzichten, weil ich mittlerweile das einzige Wahre hatte (sieben Jahre mit demselben Butzemann). Als das letzten Winter vorbei war, hieß es für mich: zurück zu den Büchern, um zu vergessen, um Erinnerungen aufzufrischen und um mich abzulenken. Eine Zeitlang war es schwierig, und da habe ich, nur so zum Spaß, Ihr Buch gelesen. Und jetzt ist mir zumute, als ob ich verliebt wäre. Naja, vielleicht nicht gerade verliebt, aber es ist ein ebenso intensives Gefühl. Mr. Zuckerman (darf ich Sie Nathan nennen?), ich verdanke Ihnen tatsächlich ein seelisches Hoch – und zugleich die blendende Gelegenheit, meinen Wortschatz zu erweitern. Nennen Sie mich verrückt (meine Freunde nennen mich »die verrückte Julia«), nennen Sie mich ein Literatur-Groupie, aber Sie kommen wirklich bei mir an, Sie sind so therapeutisch wie mein Seelendoktor – und nur acht Dollar fünfundneunzig pro Behandlung. In einer Zeit, in der die zwischenmenschlichen Beziehungen fast nur noch von Kummer, Schuldgefühlen, Haß und dergleichen geprägt sind, möchte ich der Dankbarkeit, Wertschätzung und Liebe Ausdruck geben, die ich für Sie empfinde, für Ihren großartigen Humor, Ihren scharfen Verstand und für alles, was Sie vertreten.

Ach ja, noch ein Grund, warum ich Ihnen schreibe. Wären Sie bereit, etwas sehr Spontanes zu tun, nämlich mit mir nach Europa zu reisen, sagen wir während der Semesterferien? Ich kenne mich in der Schweiz einigermaßen aus (habe ein Nummernkonto in einem der größten Schweizer Bankhäuser) und würde Ihnen liebend gern zu einigen der surreal-

sten und bewegendsten Erlebnisse verhelfen, die man in diesem Land haben kann. Wir können das Haus besichtigen, in dem Thomas Mann seine letzten Jahre verbracht hat. Seine Witwe und ein Sohn wohnen noch dort, in einem Ort namens Kilchberg, im Kanton Zürich. Wir können die berühmten Schokoladenfabriken besichtigen, die soliden Schweizer Bankinstitute, die Berge, die Seen, den Wasserfall, an dem Sherlock Holmes vom Schicksal ereilt wurde – muß ich noch mehr aufzählen?

Ihre nicht ganz so verrückte Julia
Nummernkonto 776043

Liebe Julia,
Auch ich bin nicht ganz so verrückt und muß daher zu Ihrer Einladung nein sagen. Ich bin überzeugt, daß Sie ein völlig harmloser Mensch sind, aber dies ist eine sonderbare Zeit, wenn nicht in der Schweiz, so doch in Amerika. Ich wollte, ich könnte freundlicher sein, da Sie selbst einen freundlichen und warmherzigen Eindruck machen, ganz zu schweigen davon, daß Sie verspielt und reich sind. Aber leider werden Sie die Schokoladenfabriken ohne mich besichtigen müssen.

Ihr Nathan Zuckerman
Bankers Trust, Kontonummer 4863589

Lieber Nathan,
Ich war so betrübt, abreisen zu müssen, ohne Lebewohl zu sagen. Aber wenn das Schicksal die Pferde wechselt, wird der Reiter davongetragen.

Das war doch ein ganz normaler Brief, von jemandem, den er kannte. Unterzeichnet mit »C«. Er holte das Kuvert aus dem Papierkorb. Der Brief war vor einigen Tagen in Havanna aufgegeben worden.

Lieber Nathan,
 Ich war so betrübt, abreisen zu müssen, ohne Lebewohl zu sagen. Aber wenn das Schicksal die Pferde wechselt, wird der Reiter davongetragen. Nun bin ich also hier. Mary wollte immer, daß wir beide uns kennenlernen, und ich werde stets das Gefühl haben, daß mein Leben bereichert wurde durch die – wenn auch nur kurze – Begegnung mit Dir.
 Flüchtige Erinnerungen, nichts als Erinnerungen.

C.

»Flüchtige Erinnerungen, nichts als Erinnerungen« – das war Yeats. »Das Schicksal wechselt die Pferde« – das war Byron. Im übrigen, sagte sich Zuckerman kaltschnäuzig, wirkte dieser Brief wie eine bloße Formsache. Einschließlich des vertraulichen »C«. Das stand für Caesara O'Shea, Besitzerin der sanftesten, betörendsten Intonation im Film sowie einer seelenvollen Aura, die so melancholisch und verführerisch wirkte, daß ein geistreicher Typ bei Warner Brothers die phantastischen Einspielergebnisse ihrer Filme so erklärt hatte: »Die ganze Schwermut ihrer Rasse und obendrein diese herrlichen Titten.« Vor zwei Wochen war Caesara aus ihrem heimatlichen Domizil in Connemara nach New

York gekommen, und Zuckerman hatte von seinem Agenten die telefonische Order erhalten, als ihr Tischherr zu fungieren. Noch eine *Carnovsky*-Trophäe: Sie hatte ausdrücklich um Nathan Zuckerman gebeten.

»Die meisten Gäste kennst du bereits«, sagte André.

»Und Caesara *mußt* du kennenlernen«, erklärte Mary. »Es wird allmählich Zeit.«

»Wieso?« fragte Zuckerman.

»Hör mal, Nathan«, sagte Mary, »rümpf bloß nicht die Nase über Caesara, weil sie ein Sexsymbol für die Horden ist. Du bist das nämlich auch – falls es dir noch nicht zu Ohren gekommen sein sollte.«

»Laß dich von so viel Schönheit nicht einschüchtern«, sagte André. »Und von der Presse auch nicht. Da wird jeder unwirsch oder befangen, aber sie ist keine Frau, vor der man Angst haben muß. Sie ist eine sehr unprätentiöse, liebenswürdige und intelligente Frau. Zu Hause in Irland tut sie nichts anderes als kochen, im Garten arbeiten und abends mit einem Buch am Kamin sitzen. In New York begnügt sie sich damit, im Park spazierenzugehen oder sich einen Film anzusehen.«

»Und sie gerät immer an die falschen Männer«, sagte Mary. »An Männer, die ich am liebsten umbringen würde. Hör zu, Nathan, was dich und die Frauen betrifft, so machst du die gleichen Fehler wie Caesara. Ich habe schon dreimal erlebt, daß du die Falsche geheiratet hast. Zuerst diese unbedarfte, elfenhafte Tänzerin, die du mit *einem* Finger zerquetschen konntest; dann dieses neurotische Society-Girl, das Verrat an seiner Gesellschaftsklasse beging; und die dritte war, soweit ich das beurteilen kann, eine öffentlich anerkannte Heilige. Mir wird es, offengesagt, immer ein Rätsel bleiben, wie du an diese Äbtissin geraten bist. Aber in dir steckt eben auch ein bißchen was von einer Mutter Oberin, stimmt's? Oder vielleicht gehört das ebenfalls zu deiner Pose. Den Itzig unter Kontrolle halten. Gojischer sein als die Pilgerväter.«

»Mein innerstes Geheimnis ist enthüllt. Mary kann man nichts vormachen.«

»Ich glaube, du kannst dir selber auch nichts vormachen. Versteck dich doch um Himmels willen nicht länger hinter dieser widerlichen intellektuellen Geringschätzung aller so tief Gesunkenen, die ihren Spaß haben wollen. Was soll das denn jetzt noch – nach *diesem* Buch? Du hast den ganzen Professorenmist genau dorthin geworfen, wohin er gehört – jetzt genieß doch endlich das Leben wie ein richtiger Mann. Und diesmal mit einer öffentlich anerkannten *Frau*. Weißt du wirklich nicht, was du mit dieser Caesara O'Shea bekommen wirst? Abgesehen vom schönsten Geschöpf auf Erden? Würde, Nathan. Mut. Kraft. Poesie. Herrgott nochmal, du bekommst den Inbegriff Irlands!«

»Mary, auch ich lese die Filmzeitschriften. Wenn's nach denen geht, hat Miss O'Sheas Großvater den Torf gestochen, mit dem Maria Magdalenas Hütte geheizt wurde. Nach alledem könnte ich für sie einen tiefen Abstieg bedeuten.«

»Nathan«, sagte André, »ich kann dir versichern, daß es ihr genauso an Selbstsicherheit mangelt wie dir.«

»Wem mangelt es denn nicht daran, abgesehen von Mary und Muhammad Ali?«

»André meint damit«, sagte Mary, »daß du bei ihr ganz du selber sein kannst.«

»Und was ist *damit* gemeint?«

»Dir wird schon was einfallen«, sagte André.

Ihr Abendkleid war eine spektakuläre Komposition aus feuerfarbenen Schleiern, bemalten Holzperlen und Kakadufedern; ihr schwarzes Haar war zu einem dicken, vom Nacken herabhängenden Zopf geflochten; und ihre Augen waren – *ihre* Augen. Als sie sich beim Dinner eine Portion Schellfischsoufflé nahm und ein bißchen davon auf den Boden fallen ließ, ergab sich für Zuckerman eine günstige Gelegenheit, direkt in diese berühmten irischen Augen zu blicken und Dinge zu sagen, die Hand und Fuß hatten. Eine günstige Gelegenheit – bis ihm der Gedanke kam, daß sie vielleicht gerade deshalb ein bißchen Soufflé hatte fallen lassen. Erst nach dem Essen, als sie sich von den anderen Gästen und den großspurigen, nur ein paar Fingerbreit voneinander entfernten Tischkarten absetzen konnten, fanden sie Gelegenheit zu einem vertraulichen Gespräch. Es dauerte nur fünf Minuten, aber es mangelte ihm auf beiden

Seiten nicht an Enthusiasmus. Sie hatten beide die Joyce-Biographie von Ellman gelesen, und es schien, als hätten sie bisher noch nie gewagt, einem anderen zu gestehen, wie sehr sie dieses Buch bewunderten; aus dem Flüsterton der beiden hätte man schließen können, daß es eine strafbare Handlung sein mußte, Bewunderung für dieses Werk zu empfinden. Zuckerman vertraute ihr an, er sei Professor Ellman einmal in Yale begegnet. In Wirklichkeit hatte er ihn in New York kennengelernt, anläßlich einer Feierlichkeit, bei der sie beide mit einem Literaturpreis ausgezeichnet wurden. Aber er wollte von ihr nicht für einen von denen gehalten werden, die darauf aus sind, Eindruck zu schinden, obzwar er natürlich gerade darauf erpicht war.

Sobald sie erfahren hatte, daß er Ellman persönlich kannte, war die Sache geritzt. Er hätte bei ihr nicht besser abschneiden können, wenn es Joyce höchstpersönlich gewesen wäre. Zuckermans Schläfen waren feucht von Schweiß, und Caesara hatte vor lauter Ergriffenheit beide Hände an ihren Busen gepreßt. Genau in diesem Moment fragte er, ob er sie später nach Hause bringen dürfte. Sie flüsterte »ja«, zweimal, wie ein Hauch, dann schwebte sie in ihren Schleiern davon, auf die andere Seite hinüber – sie wollte nicht, daß die übrigen Gäste (die sie derart vernachlässigt hatte), sich von ihr vernachlässigt fühlten.

Mangel an Selbstsicherheit? Dagegen hätte man so manches ins Feld führen können.

Als Zuckerman auf der Straße versuchte, ein Taxi heranzuwinken, das er an der nächsten Kreuzung erspäht hatte, fuhr eine Limousine vor.

»Wie wär's, wenn Sie mich *darin* nach Hause brächten?« fragte Caesara.

Neben ihm in den Rücksitz gekuschelt, berichtete sie, daß sie jederzeit, Tag und Nacht, aus Irland anrufen könnte, und stets sei Mary bereit, ihr den Rücken zu stärken und ihr zu sagen, welche Leute zu verabscheuen und zu verunglimpfen wären. Worauf er sagte, in New York stände ihm ein ganz ähnlicher Kundendienst zur Verfügung. Sie erzählte ihm, was das Ehepaar Schevitz alles für ihre drei Kinder getan hatte, und er erzählte ihr von dem Genesungsurlaub, den er in Marys und Andrés Gästehaus in Southampton auf Long Island verbrachte, nachdem er beinahe an einem Blinddarmdurchbruch gestorben wäre. Er wußte, daß es so klang, als wäre er beinahe Verwundungen erlegen, die er an Byrons Seite im griechischen Freiheitskampf erlitten hatte; aber wenn man sich auf dem samtweichen Rücksitz einer dunklen Limousine mit Caesara O'Shea unterhielt, klang alles, was man sagte, ein bißchen nach Caesara O'Shea auf dem samtweichen Rücksitz einer dunklen Limousine. Blinddarmentzündung als leidenschaftliches, poetisches Drama. Er hörte sich ungemein empfindsam über den »Lichteinfall« während seiner Morgenspaziergänge am Strand von Southampton sprechen. Unentwegt über den Lichteinfall – und das am selben Tag, an dem in einer Zeitungsnotiz zu lesen war, es sei auf eine bestimmte Szene seines Buches zurückzuführen, daß in schicken New Yorker Kaufhäusern der Absatz von schwarzer Unterwäsche um fünfzig Prozent gestiegen sei.

Dir wird schon was einfallen, hatte André gesagt. Und das war's: der Lichteinfall und seine Blinddarmoperation.

Er fragte, nach wem sie genannt worden sei, wenn überhaupt nach jemandem. Wer war Caesara die Erste?

Im denkbar sanftesten Ton erklärte sie es ihm. »... nach einer Israelitin, der Nichte von Noah. Sie suchte in Irland Zuflucht vor der Sintflut. Meine Vorfahren...«, sagte sie, die weiße Hand an den weißen Hals gelegt, »... waren die ersten, die in Irland begraben wurden. Die ersten irischen Geister.«

»Glauben Sie an Geister?« Warum nicht darauf eingehen? Konnte man sie etwas Besseres fragen? Etwa wie die »Bewegung« auf Nixons Minen im Hafen von Haiphong reagieren sollte? Hast du das nicht zur Genüge mit Laura diskutiert? Sieh sie doch an!

»Sagen wir lieber, die Geister glauben an mich.«

»Ich kann gut verstehen, warum«, erwiderte Zuckerman. Warum auch nicht? Spaß ist Spaß. Wie ein richtiger Mann leben.

Trotzdem versuchte er nicht, sie in die Arme zu nehmen, weder während sie sich wie ein kleines Mädchen auf dem Rücksitz zusammenkuschelte und ihn mit diesem sanften, harmlosen, hypnotischen Blabla fütterte, noch als sie am Eingang des Hotels Pierre majestätisch vor ihm stand, fast so groß wie er – eine Frau, die mit ihrem schwarzen Zopf, den schweren goldenen Ohrringen und dem Gewand aus Schleiern, Holzperlen und Federn genau wie jene heidnische Göttin aussah, der in einem O'Shea-Film, den er im College gesehen hatte, Opfer gebracht wurden. Er hätte sie vielleicht in die Arme genommen, wenn er nicht, als er in die Limousine gestiegen war, auf dem Sitz neben dem Chauffeur ein Exemplar von *Carnovsky* entdeckt hätte. Bestimmt hatte sich der schnurrbärtige junge Mann damit die Zeit vertrieben, während Miss O'Shea beim Dinner war. Ein neumodischer Feldwebeltyp mit Sonnenbrille, in voller Livree, immer *up-to-date*, die Nase in Zuckermans Buch gesteckt. Nein, Zuckerman dachte gar nicht daran, zum weiteren Ergötzen seiner Fans die Rolle seines unersättlichen Romanhelden zu spielen.

Unter den Lampen des Hotelvorbaus begnügte er sich (während der Feldwebeltyp vom Auto aus herüberlinste) damit, ihr die Hand zu drücken. Bloß nicht den Chauffeur hinsichtlich der hypothetischen Natur von Romanen durcheinanderbringen! Klipp und klar mußte das sein – für die Seminare in der Garage.

Zuckerman kam sich genau wie der intellektuelle Narr vor, als den Mary ihn hingestellt hatte. »Nach allem, was Sie durchgemacht haben«, hörte er sich zu

Caesara sagen, »sind Sie Männern gegenüber sicher etwas mißtrauisch geworden.«

Mit der freien Hand zog sie ihren Seidenschal bis zum Hals hinauf. »Ganz im Gegenteil. Ich bewundere die Männer. Ich wollte, ich wäre als Mann geboren.«

»Ein Wunsch, den man bei *Ihnen* bestimmt nicht erwartet.«

»Wenn ich ein Mann wäre, hätte ich meine Mutter besser beschützen können. Dann hätte ich sie gegen meinen Vater verteidigt. Er hat Whisky getrunken und sie verprügelt.«

Worauf Zuckerman keine andere Antwort einfiel als »Gute Nacht, Caesara«. Er gab ihr einen flüchtigen Kuß. Umwerfend, ihr Gesicht auf seines zukommen zu sehen. Als ob man ein Reklameplakat küßte.

Er sah ihr nach, bis sie im Hotel verschwand. *Wäre* er doch Carnovsky! Statt dessen würde er jetzt nach Hause gehen und das alles zu Papier bringen. Statt Caesara würde er seine Aufzeichnungen haben.

»Moment...«, rief er und lief ihr ins Foyer nach.

Sie drehte sich um und lächelte. »Ich dachte, Sie müßten ganz schnell weg, um Professor Ellman zu besuchen.«

»Ich möchte einen Vorschlag machen. Wie wär's, wenn wir, falls irgend möglich, mit diesem Quatsch aufhören und noch was trinken würden?«

»Beides wäre nett.«

»Wo sollen wir's versuchen?«

»Warum nicht dort, wo alle Schriftsteller hingehen?«

»In der New York Public Library? Zu dieser nachtschlafenden Zeit?«

Sie war jetzt dicht neben ihm, hatte sich bei ihm eingehakt und steuerte dem Ausgang zu. Die Limousine stand immer noch da. Der Fahrer wußte mehr über Zuckerman als Zuckerman über sich selber. Oder auch mehr über die magische Anziehungskraft Miss O'Sheas.

»Nein«, sagte sie, »ich meine das Lokal in der Second Avenue, auf das alle so wild sind.«

»*Elaine*? Ich glaube, mit *mir* sollten Sie da lieber nicht hingehen. Als ich mit meiner Frau dort war...« – eines Abends hatte er mit Laura in dem Lokal gegessen, nur um mal zu sehen, was dort los war – »... saßen wir so dicht beim Klosett, wie es für jemanden, der dort nicht gerade die Handtuch-Lizenz hat, überhaupt möglich ist. Sie sollten lieber mit Salinger hingehen, wenn er mal wieder in der Stadt ist.«

»Salinger läßt sich doch nur im *El Morocco* blicken, Nathan.«

Am Eingang des Lokals standen die Leute paarweise Schlange, und an der Bar warteten Gäste in Viererreihen auf einen freien Tisch, aber diesmal wurde Zuckerman samt Begleiterin vom Geschäftsführer mit offenen Armen empfangen und zu einem Tisch geleitet – so weit von der Toilette entfernt, daß es ziemlich ungünstig gewesen wäre, wenn er dringend dorthin gemußt hätte.

»Ihr Stern ist aufgegangen«, flüsterte Caesara.

Alle starrten sie an, während sie so tat, als säße sie noch allein mit Zuckerman im Auto. »Leute, die auf der Straße Schlange stehen, um eingelassen zu werden. Man könnte meinen, es sei ein Bordell à la Sade. Ich verabscheue solche Lokale.«

»Tatsächlich? Warum wollten Sie dann unbedingt herkommen?«

»Ich dachte, es könnte ganz interessant sein, zu sehen, wie *Sie* es verabscheuen.«

»Ich? Für mich ist das ein großartiger Abend.«

»Das merke ich daran, daß Sie ständig mit den Zähnen knirschen.«

»Seit ich mit Ihnen hiersitze, kann ich direkt spüren, wie mein Gesicht immer mehr verschwimmt. Ich komme mir vor wie das verschwommene Verkehrsschild auf dem Zeitungsfoto eines Frontalzusammenstoßes. Passiert Ihnen das immer, wenn Sie ausgehen?«

»Nein. Nicht im Regen von Connemara.«

Obzwar sie noch nichts bestellt hatten, erschien ein Kellner mit Champagner. Im Auftrag eines Herrn, der lächelnd an einem Ecktisch saß.

»Für Sie oder für mich?« fragte Zuckerman Caesara und erhob sich andeutungsweise, um sich für die Aufmerksamkeit zu bedanken.

»Ganz gleich für wen«, sagte Caesara, »jedenfalls

sollten Sie hinübergehen – man könnte es Ihnen ankreiden, wenn Sie's nicht tun.«

Zuckerman schlängelte sich zwischen den Tischen hindurch, um dem Spender die Hand zu drücken. Ein vergnügter, stämmiger, braungebrannter Mann, der die neben ihm sitzende braungebrannte Dame als seine Frau vorstellte.

»Sehr freundlich von Ihnen«, sagte Zuckerman.

»Ist mir ein Vergnügen. Ich muß Ihnen ein Kompliment machen – Miss O'Shea sieht wirklich fabelhaft aus.«

»Danke sehr.«

»Sie hat bloß hereinzukommen brauchen, in diesem Kleid – und schon ist jeder von ihr hingerissen. Sie sieht wunderbar aus. Sie hat nach wie vor das gewisse Etwas. Die tragische Königin des Sex. Nach all diesen Jahren. Da haben Sie wirklich ganze Arbeit geleistet.«

»Wer war gemeint?« fragte Caesara, als Zuckerman an den Tisch zurückkam.

»Sie.«

»Worüber habt ihr gesprochen?«

»Er hat mir ein Kompliment über Ihr fabelhaftes Aussehen gemacht. Ich bin entweder Ihr Friseur oder Ihr Agent.«

Der Kellner entkorkte den Champagner, und die beiden tranken dem Ecktisch zu. »Und jetzt, Nathan, möchte ich wissen, wer all diese Berühmtheiten sind –

abgesehen natürlich von Ihnen selber. Wer ist der berühmte Mann dort drüben?«

Er wußte, daß sie es wußte – alle Welt wußte es –, aber warum sollten sie beide nicht endlich ein bißchen Spaß haben? Schließlich waren sie *deshalb* in dieses Lokal und nicht in die Public Library gegangen.

»Das«, sagte er, »ist ein Romanschriftsteller. Das Rauhbein des Establishments.«

»Und der Mann, mit dem er trinkt?«

»Das ist ein hartgesottener Journalist mit einem weichen Herzen. O'Platitudo, der treue Sekundant des Romanschreibers.«

»Oh, ich hab' doch gewußt«, sagte Caesara mit dem berühmten Tonfall, »daß Zuckerman nicht bloß mit guten Manieren und sauberen Schuhen aufwarten kann. Weiter!«

»Das dort ist der *auteur*, der Intellektuelle der Unbedarften. Und das treuherzige Mädchen ist seine ständige Begleiterin, die Unbedarfte der Intellektuellen. Der da drüben ist der Chefredakteur, der Jude der Gojim, und der Mann dort, der Sie mit seinen Blicken verschlingt, ist der Bürgermeister von New York, der Goi der Juden.«

»Und Sie sollten – nur für den Fall, daß er eine Szene macht – wissen, daß der Mann an dem Tisch dahinter, der Sie so verstohlen mustert, der Vater meines jüngsten Kindes ist.«

»Ach wirklich?«

»Das muß er sein, denn ich habe plötzlich so ein flaues Gefühl im Magen.«

»Warum? Wie mustert er *Sie* denn?«

»Überhaupt nicht. Würde er nie tun. Ich war seine ›Mätresse‹. Ich habe mich ihm hingegeben, und das wird er mir nie verzeihen. Er ist nicht nur ein Scheusal, sondern auch ein großer Moralist. Der Sohn einer bigotten Bäuerin, die Jesus gar nicht genug für all ihre Leiden danken kann. Ich erwartete ein Kind von ihm und erlaubte ihm nicht, es als seines anzuerkennen. Er wartete mit einem Anwalt vor der Entbindungsstation. Er hatte Dokumente mitgebracht, denen zufolge das Kind *seinen* ehrbaren Familiennamen tragen sollte. Lieber hätte ich es in der Wiege erwürgt. Er führte sich derart auf, daß man die Polizei holen mußte, um ihn hinauszuwerfen. Stand alles in der *Los Angeles Times*.«

»Mit seiner wuchtigen Brille und dem seriösen Anzug hätte ich ihn nicht erkannt. Die romanische Lebenskraft.«

»Der romanische Scheißdreck. Der scheinheilige romanische Narr und Lügner.«

»Wie sind Sie denn an ihn geraten?«

»Na, wie gerate ich denn schon an solche verschlagenen Spinner und Lügner? Natürlich bei meinen Dreharbeiten mit diesen Knallprotzen. Man fühlt sich einsam während der Außenaufnahmen, in irgendeinem gräßlichen Hotel, in einem fremden Ort, wo man die Landessprache nicht versteht – in dem betreffenden Fall bestand die Aussicht, die ich von meinem Fenster aus hatte, aus zwei Abfalleimern, an denen Ratten herumkrochen. Ja, und dann fängt es zu regnen an, und du wartest tagelang darauf, daß die nächste Szene gedreht werden kann, und wenn der Knallprotz dir mit seinem Charme die Zeit vertreiben möchte und du nicht sechzehn Stunden am Tag in deinem Zimmer hocken und lesen willst, und wenn du beim Essen in diesem gräßlichen Provinzhotel Gesellschaft haben möchtest...«

»Sie hätten das Kind abtreiben lassen können.«

»O ja. Ich hätte die drei Kinder abtreiben lassen können. Aber dazu bin ich nicht erzogen worden. Ich bin dazu erzogen worden, Mutter zu werden. Entweder das – oder Nonne. Zu etwas anderem werden irische Mädchen nicht erzogen.«

»In den Augen der Welt haben Sie's aber weit gebracht.«

»Sie auch. Berühmt zu sein, ist eine sehr harte Sache, Nathan. Um das zu verkraften, muß man ein dickeres Fell haben als ich. Dazu muß man einer dieser grandiosen, scheinheiligen Narren sein.«

»Freuen Sie sich nie darüber, Ihr Gesicht auf all diesen Plakaten zu sehen?«

»Als ich zwanzig war, habe ich mich darüber gefreut. Sie können sich gar nicht vorstellen, wie gern ich damals in den Spiegel geschaut habe. Ich habe mich betrachtet und gedacht, es kann doch gar nicht möglich sein, daß jemand ein so makelloses Gesicht hat.«

»Und jetzt?«

»Ich bin mein Gesicht ein bißchen leid geworden. Ich habe es allmählich satt, wie die Männer darauf reagieren.«

»Wie denn?«

»Es verleitet sie zum Beispiel dazu, mir *solche* Fragen zu stellen, stimmt's? Und sie behandeln mich wie einen sakralen Gegenstand. Alle schrecken davor zurück, mich anzufassen. Vermutlich sogar der Verfasser von *Carnovsky*.«

»Aber es muß doch auch welche geben, die, eben weil Sie ein sakraler Gegenstand sind, darauf brennen, Sie anzufassen.«

»Das stimmt. Und meine Kinder sind ihre Sprößlinge. Zuerst schlafen sie mit deinem Image, und wenn sie das gehabt haben, schlafen sie mit deiner Maskenbildnerin. Sobald ihnen aufgeht, daß dein wirkliches Ich nicht mit dem übereinstimmt, was die Welt in dir sieht, sind diese armen Tröpfe schrecklich enttäuscht. Ich kann das verstehen. Wie oft kann es denn schon ein tolles Erlebnis sein, die kniende neunzehnjährige Novizin aus jenem rührenden alten Film zu deflorieren, wenn sie in Wirklichkeit fünfunddreißig und Mutter dreier Kinder ist? Ich bin eben nicht mehr naiv genug. Mit zwanzig fand ich es aufregend, aber jetzt erscheint es mir nicht mehr so wichtig. Ihnen? Vielleicht bin ich am Ende meiner fabelhaften Zukunft angelangt. Es macht mir nicht mal mehr Spaß, diese erbärmlichen, lächerlichen Figuren zu beobachten. Es war ein schlechter Einfall, hierherzukommen. *Mein* schlechter Einfall. Wir sollten lieber gehen. Es sei denn, Sie finden es hier besonders amüsant.«

»Ach, ich bin hier bereits auf meine Kosten gekommen.«

»Vielleicht sollte ich dem Vater meines Kindes guten Tag sagen. Bevor wir gehen. Finden Sie nicht auch?«

»In solchen Dingen habe ich keine Erfahrung.«

»Glauben Sie nicht, daß alle Anwesenden nur darauf warten, ob ich es über mich bringe?«

»Ich halte es für möglich, daß einige genau darauf warten.«

Ihr Selbstvertrauen, das ihn bei der Dinnerparty im Hause Schevitz so verblüfft hatte, war so gut wie verschwunden; jetzt wirkte sie weniger selbstsicher als die jungen Fotomodelle, die draußen auf dem Gehsteig mit ihren Begleitern darauf warteten, eingelassen zu werden und jemanden wie Caesara O'Shea zu Gesicht zu bekommen. Dennoch stand sie auf und ging quer durchs Lokal, um dem Vater ihres Kindes guten Tag zu sagen, während Zuckerman am Tisch sitzenblieb und den für ihren Friseur bestimmten Champagner trank. Er bewunderte ihren Auftritt: Angestarrt von diesen auf Stars versessenen Gaffern, vollbrachte sie eine schauspielerische Meisterleistung. Er bewunderte diese ganze pikante Mischung aus Sauce und Stew: den selbstironischen Schmus, die eingefleischte Eitelkeit, den kalten Haß, die Verspieltheit, den Schneid, die Tollkühnheit, die Gerissenheit. Und die rigorose Schönheit. Und den Charme. Und die Augen. Ja, es reichte, um einen Mann zeitlebens auf Trab und um die Konzentration auf seine Arbeit zu bringen.

Beim Hinausgehen fragte er sie: »Wie war er denn?«

»Sehr kühl. Sehr distanziert. Sehr höflich. Er verschanzt sich hinter seiner perfiden Verbindlichkeit. Entweder *das* oder Grausamkeit – das ist seine wahre Natur. Übrigens hat er nicht nur seine neue junge Mätresse dabei, sondern auch Jessica, Unsere Heilige Jungfrau vom Radcliffe College. Tochter der ersten ach so glücklichen Masochistin, die in seinen Armen einen Film gemacht hat. Angeblich weiß das unschuldige junge Ding noch nicht, was für ein lächerlicher, widerlicher, spleeniger Typ dieser ›liebe Vater‹ ist.«

»Wie sind Sie bloß in das alles hineingeraten?« fragte er, als sie im Auto saßen. »Wo Sie doch dazu erzogen wurden, entweder Mutter oder Nonne zu werden.«

»Was meinen Sie mit ›das alles‹?« erwiderte sie scharf. »Showbusiness? Masochismus? Hurerei? Wie ich in das alles hineingeraten bin? Sie reden wie ein Mann, der mit einer Prostituierten im Bett liegt.«

»Also noch so ein lächerlicher, widerlicher, meschuggener Typ.«

»Oh, tut mir leid, Nathan!« Sie griff nach seinem Arm und hielt ihn so fest umklammert, als ob sie beide ihr Leben lang zusammengewesen wären. »Ich bin in das alles so unschuldig hineingeraten, wie es jedem jungen Mädchen passieren könnte. Als ich im Gate Theatre die Anne Frank spielte. Damals war ich neunzehn. Ich habe halb Dublin zu Tränen gerührt.«

»Das wußte ich nicht.«

Sie waren wieder am Hotel Pierre angelangt. »Möchten Sie mit hinaufkommen? Aber natürlich möchten Sie«, sagte Caesara. Keine falsche Bescheidenheit bezüglich der eigenen magischen Anziehungskraft, andrerseits aber auch keine Großspurigkeit: eine Tatsache war eben eine Tatsache.

Er folgte ihr ins Foyer, und wieder war ihm zumute, als verschwämme sein Gesicht, sobald das ihre die Blicke derer auf sich zog, die gerade das Hotel verließen. Er dachte an die neunzehnjährige Caesara und ihr Debüt als die bezaubernde Anne Frank; und an die Fotografien von Filmstars ähnlich der bezaubernden Caesara, welche Anne Frank neben ihrem Bett auf dem Dachboden an die Wand geheftet hatte. Daß Anne Frank in dieser Verkleidung zu ihm kommen mußte! Daß sie ihm, in einem Gewand aus Schleiern und Holzperlen und Kakadufedern, im Hause seines Agenten begegnet war! Daß er mit ihr ins *Elaine* gehen mußte, wo sie begafft wurde! Daß sie ihn einlud, mit in ihre Penthouse-Suite zu kommen! Ja, dachte er, das Leben hat seine eigenen frivolen Einfälle, wie es mit ernsthaften Typen wie Zuckerman umzugehen hat.

Man braucht bloß zu warten, und plötzlich lehrt es einen alles über die Kunst des Possenspiels.

Das erste, was ihm in ihrem Salon auffiel, war ein Stoß nagelneuer Bücher, der auf der Kommode lag. Drei waren von ihm – Taschenbuchausgaben von *Höhere Bildung*, *Gemischte Gefühle* und *Revidierte Absichten*. Neben den Büchern stand eine Vase mit zwei Dutzend Teerosen. Er überlegte, von wem sie die wohl bekommen hatte, und als sie ihren Schal ablegte und im Bad verschwand, schlich er zur Kommode hinüber und las die Karte: »Für meine irische Rose. In Liebe und Liebe und Liebe – F.« Als sie zurückkam, saß er in dem Ohrensessel, von dem aus man über den Park zu den Wolkenkratzern auf der Westseite des Central Park hinübersehen konnte, und blätterte in dem Buch, das aufgeschlagen auf dem Tisch neben dem Sessel gelegen hatte. Ausgerechnet ein Werk von Søren Kierkegaard. *Die Krise und eine Krise im Leben einer Schauspielerin*.

»Und was *ist* die Krise im Leben einer Schauspielerin?« fragte er.

Sie machte ein trauriges Gesicht und setzte sich ihm gegenüber auf ein kleines Sofa. »Älter zu werden.«

»Nach Kierkegaards Meinung oder nach Ihrer?«

»Nach seiner *und* meiner.« Sie streckte die Hand aus, und er reichte ihr das Buch hinüber. Sie suchte nach einer bestimmten Passage. »›Denn wenn sie...‹« – die Schauspielerin – »›... auch erst dreißig Jahre alt ist, so ist sie im Grunde erledigt!‹«

»In Dänemark vielleicht, um 1850. An Ihrer Stelle würde ich mir das nicht so zu Herzen nehmen. Warum lesen Sie das?«

Ob »F.« ihr das Buch zusammen mit den Rosen geschickt hatte?

»Warum sollte ich *nicht*?« fragte Caesara.

»Natürlich, warum nicht? Wahrscheinlich sollte das jeder lesen. Was haben Sie sonst noch unterstrichen?«

»Was man eben unterstreicht. Alles, was einen *selber* betrifft.«

»Darf ich mal sehen?« Er beugte sich hinüber, um ihr das Buch aus der Hand zu nehmen.

»Möchten Sie einen Drink?«

»Nein, danke. Ich sehe mir lieber das Buch an.«

»Von hier aus kann man quer über den Park bis zu dem Haus sehen, in dem Mike Nichols wohnt. Da drüben, wo die Lichter sind, das ist seine Drei-Etagen-Wohnung. Kennen Sie ihn?«

»Caesara, jeder kennt Mike Nichols. In dieser Stadt ist es wirklich nichts Besonderes, Mike Nichols zu kennen. Also, darf ich mir jetzt das Buch ansehen? Ich habe noch nie davon gehört.«

»Sie machen sich über mich lustig. Weil ich den Kierkegaard hingelegt habe, um Sie zu beeindrucken. Aber Ihre Bücher habe ich auch hingelegt, um Sie zu beeindrucken.«

»Lassen Sie mich doch mal sehen, *was* Sie so interessant finden.«

Endlich gab sie ihm das Buch zurück. »Aber *ich* möchte jetzt etwas trinken.« Sie stand auf und schenkte sich aus einer angebrochenen Flasche, die neben den Blumen stand, ein Glas Wein ein. Lafite-Rothschild – ebenfalls von F.? »Ich hätte mir denken können, daß Sie versuchen würden, mich einzustufen.«

»›Und sie‹«, las Zuckerman vor, »›die als Weib hinsichtlich ihres Namens empfindlich ist – wie ein Weib –, sie weiß, daß ihr Name auf aller Lippen ist, selbst wenn sie sich den Mund mit dem Taschentuch abwischen.‹ Wissen Sie das auch?«

»Ja. Und daß ich noch Unerfreulicheres weiß, brauche ich Ihnen wohl nicht zu sagen.«

»Sagen Sie's trotzdem.«

»Nicht nötig. Nur, daß meiner Mutter nicht gerade so etwas vorschwebte, als sie mich, mit meinem Peter-Pan-Kragen, damals aus Dublin zum Vorsprechen für ein Stipendium an der ›Royal Academy of Arts‹ begleitete.«

Das Telefon läutete, doch sie ignorierte es. F.? oder G.? oder H.?

»›Sie weiß, daß sie Gegenstand für aller bewunderndes Gerede ist‹«, las Zuckerman ihr vor, »›auch für das derer, welche in äußerster Verlegenheit sind, irgend etwas zum Schwatzen zu finden. So lebt sie also Jahr um Jahr dahin. Dies scheint so herrlich, dies sieht so aus, als wäre es etwas; möchte sie aber in edlerem Sinne von der köstlichen Natur dieser Bewunderung leben, aus ihr sich Aufmunterung holen, von ihr sich stärken und entflammen lassen zu immer neuer Anstrengung – denn selbst das ausgezeichnetste Talent, und insbesondere ein Weib, kann sich in einer schwächeren Stunde mißmutig umsehen nach einer Äußerung wirklichen dankbaren Verständnisses –, so wird sie, was sie natürlich selber oft schon verspürt hat, in einem solchen Augenblick erst so recht fühlen, wie hohl dies alles ist und wie ungerecht es ist, sie um diese bürdevolle Herrlichkeit zu beneiden.‹ Die Mühsal der vergötterten Frau«, fügte Zuckerman hinzu. Und wieder begann er nach unterstrichenen Passagen zu suchen.

»Sie können sich das Buch gern ausleihen, Nathan. Aber Sie dürfen natürlich auch hierbleiben und es durchlesen.«

Zuckerman lachte. »Und was tun Sie inzwischen?«

»Was ich immer tue, wenn ich einen Mann zu mir einlade und er sich hinsetzt und zu lesen beginnt. Ich stürze mich aus dem Fenster.«

»Ihr Problem, Caesara, ist Ihr literarischer Geschmack. Hätten Sie, wie andere Schauspielerinnen, bloß Harold Robbins herumliegen, dann fiele es einem leichter, Ihnen volle Aufmerksamkeit zu widmen.«

»Ich dachte, ich könnte Sie mit meinem Grips beeindrucken; statt dessen sind Sie von Kierkegaards Grips beeindruckt.«

»Diese Gefahr besteht immer.«

Wieder begann das Telefon zu läuten. Diesmal hob

sie den Hörer ab, legte ihn aber gleich wieder auf. Dann griff sie nochmals danach und rief die Telefonzentrale des Hotels an. »Bitte bis zum Mittag keine Anrufe mehr... Gut. Ich weiß. Ich *weiß*. Ich habe die Nachricht erhalten. Tun Sie bitte, was ich sage – ich wäre Ihnen wirklich dankbar. Ja, ich habe sämtliche Nachrichten erhalten, *vielen Dank.*«

»Möchten Sie, daß ich gehe?« fragte Zuckerman.

»Möchten *Sie* das denn?«

»Natürlich nicht.«

»Okay. Wo waren wir stehengeblieben? Ach ja. Jetzt sind Sie an der Reihe. Was ist die Krise im Leben eines Schriftstellers? Welche Hürden muß *er* in puncto Publikum überwinden?«

»Zunächst mal die Interesselosigkeit. Und dann, wenn er Glück hat, das Interesse. Bei Ihnen gehört es zum Beruf, von den Leuten begafft zu werden, aber ich kann mich nicht daran gewöhnen, daß sie mich anstarren. Ich ziehe es vor, meinem Exhibitionismus in einiger Entfernung zu frönen.«

»Mary sagt, daß Sie gar nicht mehr ausgehen mögen.«

»Sagen Sie Mary, ich sei auch vorher nur selten ausgegangen. Schließlich habe ich diesen Beruf nicht gewählt, um die Massen zur Raserei zu bringen.«

»Sondern?«

»Sie meinen, *was* ich erreichen wollte? Nun, ich war eben auch ein braver Junge mit einem Peter-Pan-Kragen und habe an alles geglaubt, was ich von Aristoteles über Literatur lernte. Die Tragödie bewirkt, daß Mitleid und Furcht sich erschöpfen, indem sie diese Affekte aufs äußerste erregt. Die Komödie versetzt das Publikum in eine sorglose, beschwingte Stimmung, weil sie ihm zeigt, daß es lächerlich wäre, die Nachahmung der Handlung ernst zu nehmen. Leider hat mich Aristoteles im Stich gelassen. Er hat nichts über das absurde Theater gesagt, in dem ich zur Zeit eine Hauptrolle spiele – eben wegen der Literatur.«

»Aber es ist doch nicht alles absurd. Das kommt Ihnen bloß so vor, weil sie so spannungsgeladen sind.«

»Und von wem stammt *dieses* Epitheton? Ebenfalls von Mary?«

»Nein, von mir. Ich leide an der gleichen Krankheit.«

»In *diesem* Kleid?«

»In diesem Kleid. Lassen Sie sich davon nicht täuschen.«

Wieder begann das Telefon zu läuten.

»Er scheint sich am Wachtposten vorbeigeschmuggelt zu haben«, sagte Zuckerman und schlug das Buch auf, um sich die Zeit zu vertreiben, bis Caesara entschieden hatte, ob sie den Anruf beantworten würde oder nicht. *Nunmehr also die Metamorphose*, las er. *Was das Grundwesen dieser Schauspielerin ausmachte, ist nicht das gewesen, was man gewöhnlich weibliche Jugendlichkeit nennt. So verstanden, ist diese Jugendlichkeit das Opfer der*

Jahre; mag die Zeit noch so rücksichtsvoll, noch so sorgsam sein in ihrem Nehmen, sie nimmt gleichwohl dies zeitlich Vergängliche. Indes, es war da in dieser Schauspielerin eine wesentliche Genialität, welche zu der Idee der weiblichen Jugendlichkeit ein Verhältnis hatte. Dies ist eine Idee, und eine Idee ist etwas ganz anderes als . . .

»Lesen Sie deshalb in diesem kleinen Buch, weil Sie beweisen wollen, daß Sie mit dem notorischen Typ in Ihrem eigenen Buch nichts gemein haben?« fragte sie, als das Telefon zu läuten aufgehört hatte. »Oder weil Sie mich nicht begehrenswert finden?«

»Ganz im Gegenteil. Ihre Anziehungskraft ist überwältigend, und Sie können sich gar nicht vorstellen, wie lasterhaft ich bin.«

»Dann leihen Sie sich das Buch und lesen Sie's zu Hause.«

Kurz vor vier Uhr morgens ging er, den Kierkegaard in der Hand, durch die menschenleere Hotelhalle. Sobald er aus der Drehtür kam, fuhr Caesaras Limousine vor, und Caesaras Chauffeur, der Geck, der *Carnovsky* las, salutierte durchs offene Fenster. »Soll ich Sie wo absetzen, Mr. Zuckerman?«

Auch das noch? War er angewiesen worden, bis vier Uhr zu warten? Oder notfalls die ganze Nacht? Caesara hatte Zuckerman aufgeweckt und gesagt: »Ich glaube, dem Morgengrauen setze ich mich lieber allein aus.« »Kommen die Porträtmaler schon so früh?« »Nein.

Aber all das Zähneputzen und Toilettespülen kann ich jetzt einfach nicht verkraften.« Reizende Überraschung. Erste schwache Spur von dem Mädchen mit dem Peter-Pan-Kragen. Zuckerman mußte zugeben, daß auch er sich ziemlich groggy fühlte.

»Klar«, sagte er zum Chauffeur, »Sie können mich nach Hause fahren.«

»Klettern Sie rein.« Aber er selbst kletterte nicht raus, um die Autotür zu öffnen, wie er es getan hatte, als Miss O'Shea dabei war. Naja, dachte Zuckerman, vielleicht hat er inzwischen das Buch zu Ende gelesen.

Während sie langsam die Madison Avenue hinauffuhren, las Zuckerman unter der Lampe in der weichen Rückenlehne ihren Kierkegaard... *Sie weiß, daß ihr Name auf aller Lippen ist, selbst wenn sie sich den Mund mit dem Taschentuch abwischen.* Er wußte nicht, ob nur das erregende Gefühl dieser neuen Beziehung zu einer Frau, der Reiz von so viel Unbekanntem – und so viel Glamour – daran schuld waren, oder ob er es tatsächlich geschafft hatte, sich innerhalb von nur acht Stunden zu verlieben – jedenfalls verschlang er diesen Satz, als wäre *sie* es gewesen, die den Autor dazu angeregt hatte. Er konnte nicht an sein Glück glauben. Aber ganz so unglücklich schien die Sache ja auch nicht zu sein. »Nein, nicht völlig absurd. Vieles spricht dafür, die Massen aufzureizen, wenn's das ist, was auch dich aufgereizt hat. Ich werde mich nicht darüber mokieren, wie ich hierhergekommen bin.« Das sagte er, im Geist, zu ihr, dann wischte er sich, ein bißchen verdattert, den Mund ab. Kommt alles von der Literatur. Kaum zu fassen. Es wäre ihm zwar unangenehm gewesen, so etwas zu Dr. Leavis zu sagen, aber er hatte keineswegs das Gefühl, ein Sakrileg begangen zu haben.

Als sie vor Zuckermans Wohnung hielten, weigerte sich der Chauffeur, zehn Dollar anzunehmen. »Nein, nein, Mr. Z. War mir eine Ehre.« Dann zog er eine Firmenkarte aus seiner Brieftasche und überreichte sie Zuckerman durchs Autofenster. »Wenn wir mal etwas für Ihr Sicherheitsbedürfnis tun können, Sir.« Dann brauste er davon, und Zuckerman trat unter die Straßenbeleuchtung, um die Karte zu lesen:

TARIFE

	pro Stunde
Bewaffneter Fahrer und Limousine	27.50
Unbewaffneter Fahrer und bewaffnete Begleitperson mit Limousine	32.50
Bewaffneter Fahrer und bewaffnete Begleitperson mit Limousine	36.50
Zusätzliche bewaffnete Begleitperson	14.50

Minimum: Fünf Stunden
Kreditkarten der größeren Kreditanstalten werden anerkannt.
(212) 555-8830

Den Rest der Nacht verbrachte er damit, ihr Buch zu lesen. Um neun Uhr rief er im Hotel an und wurde darauf hingewiesen, daß Miss O'Shea bis zum Mittag keine Anrufe entgegennehmen werde. Er hinterließ seinen Namen und überlegte, was er mit sich und seiner Hochstimmung anfangen sollte, bis er sich um zwei Uhr mit Caesara zu einem Spaziergang im Park treffen würde – sie hatte gesagt, allein schon so ein Spaziergang wäre Glück genug. *Die Krise und eine Krise im Leben einer Schauspielerin* und die beiden anderen, ebenfalls in diesem Bändchen enthaltenen Schriften über Schauspielkunst konnte er sich nicht noch einmal zu Gemüte führen. Er hatte sämtliche Texte schon zweimal durchgelesen – das zweite Mal um sechs Uhr morgens, wobei er Eintragungen in die Kladde gemacht hatte, die er für Lektürenotizen benützte. Er konnte nicht aufhören, über Caesara nachzudenken, doch das war immer noch besser, als zu versuchen, alles mitzukriegen, was die Leute über ihn selber dachten, sagten und schrieben – dabei konnte man in eine Art Übersättigungszustand geraten. »Man sollte doch meinen«, hatte er im Arbeitszimmer zu den leeren Bücherregalen gesagt, »daß ich nach dem Wein zum Dinner, dem Champagner im *Elaine* und dem Geschlechtsverkehr mit Caesara meine Hausaufgaben ohne weiteres auf den Vormittag verschieben und mich ein bißchen ausruhen könnte.« Aber mit einem Füller, einem Schreibblock und einem Buch am Schreibtisch zu sitzen, war ihm dann eben doch nicht ganz so läppisch vorgekommen, wie im Bett zu liegen und, genau wie ihre anderen Fans, ihren Namen zu flüstern. Befriedigt war er von dieser Nachtarbeit allerdings nicht. Das erregende Gefühl, die ganze Nacht hindurch gute Arbeit leisten zu können, hatte er seit jenen Wochen, in denen er *Carnovsky* vollendete, nicht mehr gehabt. Und eine spritzige neue Idee für sein nächstes Buch hatte er auch nicht vorzuweisen. Alle spritzigen neuen Ideen waren weggepackt wie die Bücher in den einundachtzig Kartons. Aber immerhin: Er war wenigstens imstande gewesen, sich auf etwas anderes zu konzentrieren als auf das eigene, am Trog der Trivialitäten bis zum Bersten vollgestopfte Ich. Jetzt war er bis zum Bersten vollgestopft mit Gedanken an *sie*.

Er rief im »Pierre« an, wurde nicht verbunden und wußte wieder nicht, was er jetzt tun sollte. Mit dem Auspacken der halben Tonne Bücher anfangen – das war genau das Richtige! Bank Street – vorbei! Laura – vorbei! Hol diese ganze verpackte Intelligenz aus den Kartons! Und pack dann deine eigene aus!

Doch ihm kam eine noch bessere Idee. Andrés Schneider! Laß die Bücher verpackt und kauf dir einen Anzug! Für unseren Flug nach Venedig – für die Ankunft im »Cipriani«! (Caesara hatte, als er aufgebrochen war, zugegeben, daß sie nur in einem einzigen Hotel der Welt morgens wirklich gern aufwachte, nämlich im »Cipriani«.)

In seiner Brieftasche fand er die Karte von Andrés Schneider, die seines Hemdenschneiders, die seines

Weinlieferanten sowie die seines Jaguarhändlers. Sie waren Zuckerman bei einem Lunch im »Oak Room« feierlich überreicht worden – an dem Tag, an dem André die Filmrechte für *Carnovsky* endgültig an Paramount verkauft hatte, wodurch Zuckermans Einkommen im Jahre 1969 auf etwas über eine Million stieg, sich also auf rund neunhundertfünfundachtzigtausend mehr belief, als er jemals in einem Jahr verdient hatte. Als er damals diese Firmenkarten in seine Brieftasche steckte, hatte er eine große Karteikarte herausgezogen, auf die er, am Abend zuvor, für André einen Satz aus einem Brief von Henry James getippt hatte. *All das ist alles andere als das Leben, wie ich es empfinde, wie ich es sehe, wie ich es kenne, wie ich es kennen möchte.* Doch Zuckermans Agent fand das weder erbaulich noch amüsant. »Die Welt gehört dir, Nathan, versteck dich vor ihr nicht hinter Henry James. Schlimm genug, daß *er* sich hinter so etwas versteckt hat. Geh zu Mr. White, sag ihm, wer dich geschickt hat, und laß dich von ihm so ausstatten, wie er Gouverneur Rockefeller einkleidet. Hör endlich auf, wie ein junger Spund in Harvard auszusehen, und übernimm die Rolle, die dir von der Geschichte bestimmt ist.«

Und so bestellte er an diesem Vormittag – während er darauf wartete, daß Caesara aufstand – bei Mr. White sechs Anzüge. Wenn du schon wegen eines einzigen ins Schwitzen gerätst, warum dann nicht gleich sechs? Und warum denn ins Schwitzen geraten? Er hatte die

Moneten. Jetzt brauchte er nur noch die richtige Einstellung dazu.

»Auf welcher Seite tragen Sie?« wollte Mr. White wissen. Es dauerte einen Moment, bis Zuckerman den Sinn dieser Frage verstand und sich darüber klar wurde, daß er es nicht wußte. Falls sich aus *Carnovsky* überhaupt irgendwelche Schlüsse ziehen ließen, dann hatte er sich sechsunddreißig Jahre lang intensiver als die meisten Leute für das Schicksal seiner Geschlechtsorgane interessiert, aber ob sie, wenn er – jenseits aller Fleischeslust – seinem Alltagsgeschäft nachging, mehr zur linken oder mehr zur rechten Seite neigten, davon hatte er keine Ahnung.

»Eigentlich auf keiner«, erwiderte er.

»Danke, Sir«, sagte Mr. White und machte eine Notiz.

Für den neuen Hosenschlitz waren Knöpfe vorgesehen. Nach Zuckermans Erinnerung war es ein großer Tag im Leben eines kleinen Jungen, wenn man ihm endlich zutraute, daß er einen Reißverschluß zuziehen konnte, ohne daß sich etwas darin verfing, und wenn er daraufhin dem Hosenschlitz mit Knöpfen Lebewohl sagen durfte. Doch als Mr. White, ein Engländer, dessen Manieren ebenso untadelig waren wie seine äußere Erscheinung, sich laut überlegte, ob Mr. Zuckerman nicht doch lieber zu Knöpfen überwechseln sollte, schaltete Zuckerman sofort, wischte sich das Gesicht ab und antwortete: »Aber ja. Unbedingt.« Alles genau so wie beim Gouverneur. Und wie bei Dean Acheson. Dessen Bild neben den Fotos anderer Prominenter an Mr. Whites holzgetäfelter Wand hing.

Als Maß genommen worden war, halfen ihm Mr. White und ein älterer Assistent in seine Jacke, ohne sich im geringsten anmerken zu lassen, daß sie einen alten Fetzen anfassen mußten. Sogar der Assistent trug den richtigen Anzug für eine Vorstandssitzung der »American Telephone and Telegraph Company«.

Als zögen sie sich in die Schatzkammer der Bodleian Library zurück, begaben sich die drei sodann dorthin, wo die Stoffballen aufbewahrt wurden. Anzugstoffe, die Mr. Zuckerman für die Stadt und für seinen Club zu empfehlen seien; für Aufenthalte auf dem Land und fürs Weekend; fürs Theater, für die Oper, für Dinnerparties. Der Assistent nahm jeden Ballen aus dem Regal, damit Mr. Zuckerman den Stoff zwischen die Finger nehmen und sich von der Qualität überzeugen konnte. In Nordamerika, so wurde er belehrt, sei es auf Grund der extrem unterschiedlichen klimatischen Verhältnisse ratsam, zwölf Anzüge zu besitzen, um für jede Eventualität gerüstet zu sein. Trotzdem wollte Mr. Zuckerman nur sechs. Er war bereits in Schweiß gebadet.

Dann die Futterstoffe. Lavendelfarben für den grauen Anzug. Goldfarben für den braunen Anzug. Ein gewagtes Blumenmuster für den rustikalen Köper... Dann die Fasson. Zweiteilig oder dreiteilig? Zweireihig oder einreihig? Auf zwei oder auf drei Knöpfe gearbeitet? Revers *so* breit oder *so* breit? Mittelschlitz oder Seitenschlitze? Innentaschen des Jacketts – eine oder zwei, und wie tief? Hintere Hosentaschen – Knopf links oder lieber rechts? Und werden Sie Hosenträger verwenden, Sir?

Würde er welche verwenden, bei der Ankunft im »Cipriani«?

Sie berieten gerade über die Fasson seiner Beinkleider – Mr. White äußerste höchst respektvoll die Meinung, der Aufschlag der Köperhose sollte ein klein wenig abstehen –, als Zuckerman feststellte, daß es endlich Mittag geworden war. Dringendes Telefonat, erklärte er. »Aber gewiß, Sir.« Die beiden zogen sich zurück, und Zuckerman rief, umgeben von Stoffballen, im »Pierre« an.

Aber sie war fort. Ausgezogen. Eine Nachricht für Mr. Zuckerman? Nein. Hatte sie *seine* Nachricht erhalten? Ja. Wo war sie zu erreichen? Die Rezeption hatte keine Ahnung – doch Zuckerman kam plötzlich der erleuchtende Gedanke. Zu André und Mary war sie umgezogen! Sie hatte das Hotel verlassen, um jenen unerwünschten Verehrer abzuschütteln. Sie hatte ihre Wahl getroffen und sich für *ihn* entschieden!

Er täuschte sich. Sie hatte sich für den anderen entschieden.

»*Nathan*«, sagte Mary Schevitz, »ich habe den ganzen Vormittag versucht, dich zu erreichen.«

»Ich bin beim Schneider, Mary, um mich für jede Eventualität einzukleiden. Wo ist sie denn, wenn sie nicht bei euch ist?«

»Nathan, du mußt das verstehen – sie ist unter Tränen abgereist. Ich habe sie noch nie so fassungslos gesehen. Es hat mich fast umgebracht. Sie sagte: ›Nathan Zuckerman ist das beste, was mir seit einem Jahr passiert ist.‹«

»Also, wo ist sie? Warum ist sie abgereist?«

»Sie ist nach Mexico City geflogen. Von dort aus fliegt sie nach Havanna. Nathan, mein Lieber, ich habe nichts von der Sache gewußt. Niemand hat davon gewußt. Es ist das bestgehütete Geheimnis der Welt. Sie hat es mir nur verraten, um mir klarzumachen, wie traurig sie deinetwegen ist.«

»*Was* hat sie dir verraten?«

»Daß sie eine Affäre hat. Seit März. Mit Fidel Castro. Nathan, du darfst es keinem Menschen erzählen. Sie will mit ihm Schluß machen; sie weiß, daß es zu nichts führen kann. Es tut ihr leid, daß sie sich überhaupt darauf eingelassen hat. Aber er ist ein Mann, der sich nicht abwimmeln läßt.«

»Wie alle Welt weiß.«

»Seit ihrer Ankunft in New York mußte sein UN-Botschafter alle fünf Minuten bei ihr anrufen. Und heute morgen erschien der Botschafter im Hotel und bestand darauf, daß sie mit ihm frühstückte. Und dann rief sie mich an, um mir mitzuteilen, daß sie abreisen werde, abreisen müsse. Ach, Nathan, ich mache mir schreckliche Vorwürfe.«

»Wirklich nicht nötig, Mary. Kennedy konnte ihn nicht bremsen, Johnson konnte es nicht, und Nixon wird ihn auch nicht bremsen können. Wie solltest *du* das schaffen? Oder ich?«

»Und dabei seid ihr beide so ein zauberhaftes Paar gewesen. Hast du schon die *Post* gelesen?«

»Ich bin noch nicht aus dem Schneideratelier herausgekommen.«

»Es steht in der Leonard-Lyons-Kolumne. Daß ihr beide im *Elaine* wart.«

Später rief ihn seine Mutter an und erzählte, daß sie es im Radio gehört hatte. Der eigentliche Grund ihres Anrufs war, daß sie feststellen wollte, ob er wirklich nach Irland geflogen sei, ohne sich telefonisch von ihr zu verabschieden.

»Natürlich hätte ich dich vorher angerufen«, versicherte er ihr.

»Du fliegst also nicht?«

»Nein.«

»Vor einer Minute hat Bea Wirth angerufen, um mir zu sagen, daß sie es im Fernsehen gehört hat. Nathan Zuckerman ist unterwegs nach Irland, wo er sich auf Caesara O'Sheas fürstlichem Landsitz aufhalten wird. Die Nachricht kam in der Virginia-Graham-Sendung. Ich habe gar nicht gewußt, daß sie eine Freundin von dir ist.«

»Das ist zuviel gesagt.«

»Hab' ich mir schon gedacht. Wo sie doch so viel älter ist als du.«

»Ist sie nicht. Aber das spielt doch keine Rolle.«

»Sie *ist* älter als du, Liebling. Daddy und ich haben Caesara O'Shea schon vor Jahren im Kino gesehen – da hat sie eine Nonne gespielt.«

»Eine Novizin. Sie war damals fast noch ein Kind.«

»Was in den Zeitungen stand, klang aber nicht so, als ob sie noch ein Kind gewesen wäre.«

»Naja, vielleicht nicht.«

»Aber sonst ist alles in Ordnung? Fühlst du dich wohl?«

»Mir geht's gut. Wie geht's Dad?«

»Ein bißchen besser. Und das sage ich nicht bloß zu meinem eigenen Trost. Mr. Metz besucht ihn jetzt jeden Nachmittag, um ihm die *Times* vorzulesen. Er hat den Eindruck, daß Daddy alles genau versteht. Er merkt es daran, daß Daddy jedesmal in Wut gerät, wenn er den Namen Nixon hört.«

»Das ist ja fabelhaft, was?«

»Aber daß du abgereist wärst, ohne anzurufen – ich habe zu Bea gesagt, das kann einfach nicht wahr sein. Nicht im Traum würde Nathan daran denken, so weit wegzufahren, ohne es mir zu sagen – für den Fall, daß ich ihn, Gott bewahre, Daddys wegen erreichen müßte.«

»Das stimmt.«

»Aber wieso hat Virginia Graham gesagt, du seist abgereist? Im Fernsehen noch dazu!«

»Jemand muß ihr eine Lüge aufgetischt haben.«

»Tatsächlich? Aber wieso denn?«

Sehr geehrter Mr. Zuckerman,

Seit mehreren Jahren plane ich die Produktion einer Fernsehserie (in Farbe), bestehend aus Dreißig-Minuten-Filmen mit dem Titel Ein Tag im Leben von... Die Grundidee, eigentlich ein Abklatsch der klassischen griechischen Tragödie, besteht darin, daß chronologisch über die Aktivitäten einer bekannten Persönlichkeit berichtet wird, und gewährt den Zuschauern einen intimen Einblick in das Leben eines Menschen, dem sie normalerweise wohl kaum begegnen würden. Meine Produktionsfirma, »Renowned Productions«, ist finanziell abgesichert und kann die Erstsendung sofort in Angriff nehmen. Es geht, kurz gesagt, darum, daß wir eine Berühmtheit, die das Interesse von Millionen von Zuschauern erregen wird, einen ganzen Tag lang mit der Kamera begleiten, vom Frühstück bis zum Schlafengehen. Um einen Tag ohne langweilige Momente zeigen zu können, werden wir durchschnittlich vier Tage lang völlig ungezwungene, ungeprobte Szenen drehen.

Ich habe Sie als unsere erste Berühmtheit ausgewählt, weil ich mir Ihren Tagesablauf ausgesprochen interessant vorstelle. Dazu kommt, daß bereits ein breites Publikum an Ihnen und Ihrem Leben »hinter den Kulissen« interessiert ist. Ein ehrliches Porträt, das Sie bei der Arbeit und beim Vergnügen zeigt, würde, glaube ich, jedem etwas geben. Meiner Ansicht nach dürfte eine solche Produktion Ihrer Karriere förderlich sein – und meiner auch.

Bitte teilen Sie mir mit, was Sie davon halten. Falls Sie einverstanden sind, schicke ich zwei Reporter, die sich die nötigen Vorausinformationen beschaffen werden.

Hochachtungsvoll!
Gary Wyman
Generaldirektor

Sehr geehrter Mr. Wyman,
Ich glaube, Sie unterschätzen, wie viele Tage, Wochen und Jahre Sie filmen müßten, um Einen Tag im Leben von... *mir zeigen zu können, der keine langweiligen Momente hat. Ein ehrliches Porträt meines Lebens »hinter den Kulissen« würde vermutlich Millionen von Zuschauern einschläfern und Ihrer Karriere keineswegs förderlich sein, sondern sie ruinieren. Fangen Sie lieber mit jemand anderem an. Tut mir leid.*

Hochachtungsvoll!
Nathan Zuckerman

Sehr geehrter Mr. Zuckerman,
Ich habe einen Kurzroman geschrieben, der ungefähr 50 000 Wörter umfaßt. Es ist eine Liebesgeschichte im Collegemilieu, mit unverblümtem Sex, hat aber auch Humor und andere interessante Aspekte sowie einen originellen Plot. Genau wie in Ihrem neusten Buch sind sexuelle Handlungen ein

wesentlicher Bestandteil des Romangeschehens, also unerläßlich.

Ich wollte den Roman eigentlich an den Playboy-Verlag schicken, habe dann aber davon abgesehen, weil es unangenehme Folgen haben könnte. Meine Frau und ich leben im Ruhestand, wir wohnen in einer Seniorensiedlung in Tampa und sind dort sehr glücklich. Wenn das Buch ein Erfolg wäre und die Leute hier erführen, daß ich es geschrieben habe, dann würden wir sofort unsere Freunde verlieren und vermutlich unsere Wohnung verkaufen und wegziehen müssen.

Es wäre mir arg, wegen des Buches gar nichts zu unternehmen, denn ich glaube, daß es für diejenigen, die freimütigen Sex mögen, eine unterhaltsame Lektüre wäre, und desgleichen für Leser, die nichts dagegen einzuwenden haben, vorausgesetzt, das Buch hat ihnen darüber hinaus etwas Interessantes zu bieten. Sie sind ein anerkannter Schriftsteller und können, wie Sie es ja bereits getan haben, ein Buch dieser Art veröffentlichen, ohne sich wegen möglicher Anfeindungen Sorgen machen zu müssen.

Bitte lassen Sie mich wissen, ob ich Ihnen das Manuskript schicken darf und an welche Adresse. Falls es Ihnen gefällt, könnten Sie es dann, als Investition, direkt von mir kaufen und es unter anderem Namen veröffentlichen.

Hochachtungsvoll!
Harry Nicholson

Das Telefon.

»Also los!« rief Zuckerman. »Wer sind Sie? Nicholson?«

»Im Moment verlangen wir bloß fünfzigtausend. Weil die Sache noch nicht über die Bühne gegangen ist. Eine Entführung ist ein kostspieliges Unternehmen. Es erfordert Planung, es erfordert Denkarbeit, es erfordert bestens geschultes Personal. Wenn wir Ernst machen müssen, reichen fünfzigtausend bei weitem nicht aus, um die Kosten zu decken. Wenn ich mich über Wasser halten will, kommen Sie bei einer Entführung wie dieser nicht unter dreihunderttausend Dollar davon. Bei einer Entführung, die im ganzen Land Schlagzeilen machen wird, gehen wir ein enormes Risiko ein, deshalb muß jeder Beteiligte entsprechend bezahlt werden. Ganz zu schweigen von der nötigen Ausrüstung. Ganz zu schweigen davon, wie lange sich die Sache hinziehen wird. Aber wenn Sie wollen, daß wir damit Ernst machen, tun wir's. Wenn Sie jetzt wieder auflegen, werden Sie schon sehen, wie schnell es geht. Meine Leute stehen Gewehr bei Fuß.«

»Wo denn, Sie Flasche?« Es klang nämlich noch immer so ähnlich, als wollte der Anrufer die Stimme eines Boxers kurz vor dem k.o. imitieren – um Zuckerman die Entführung seiner Mutter anzudrohen. »Hören Sie mal«, sagte Zuckerman, »das ist wirklich ein schlechter Scherz.«

»Ich will fünfzigtausend Dollar in bar. Andernfalls

wird das Unternehmen planmäßig durchgeführt, und dann müssen Sie mindestens dreihunderttausend berappen. Ganz zu schweigen von den Strapazen, denen Ihre alte Dame ausgesetzt sein wird. Nehmen Sie sich's zu Herzen, Zuck. Haben Sie ihr mit diesem Buch nicht schon genug angetan? Machen Sie's nicht noch schlimmer, als es ohnehin schon ist. Lassen Sie's nicht soweit kommen, Zuckerjunge, daß sie den Tag verflucht, an dem Sie geboren wurden.«

»Hören Sie, das ist Anruf Nummer drei, und mittlerweile ist daraus ein widerlicher, sadistischer, psychopathischer Witz...«

»Erzählen Sie mir bloß nichts von widerlichen Witzen! Und werfen Sie mir keine Schimpfwörter an den Kopf, Sie arrogantes Arschloch! Sie Angeber! Nicht nach allem, was Sie Ihrer Familie angetan haben, Sie herzloser Bastard – und alles im Namen der Großen Kunst! Ich mit meinem Alltagsleben bin ein hundertmal besserer Mensch als Sie – Sie Scheißkerl! Das weiß jeder, der mich kennt. Ich verabscheue Gewalttätigkeit. Ich verabscheue Leid und Not. Was sich gegenwärtig in diesem Land abspielt, macht mich krank. In Robert Kennedy hatten wir eine große Führerpersönlichkeit, und dann hat ihn dieser verrückte arabische Schweinehund erschossen. Robert Kennedy, der fähig gewesen wäre, das Steuer herumzureißen! Aber was für ein Mensch ich in den Augen anderer Leute bin, geht Sie nichts an. Ich muß mich, weiß Gott, nicht – wie Sie –

vor meinem eigenen Vater rechtfertigen. Aber jetzt rede ich mit Ihnen ausschließlich über Geld, und das ist nicht widerlicher, als wenn Sie mit Ihrem Steuerberater telefonieren. Sie verfügen über die fünfzigtausend Dollar, und ich möchte sie haben. So einfach ist das. Ich kenne niemanden in vergleichbaren finanziellen Verhältnissen, der es sich zweimal überlegen würde, fünfzigtausend Dollar zu berappen, um seiner Mutter eine so schreckliche Erfahrung zu ersparen. Angenommen, sie hätte Krebs – würden Sie das auch für einen widerlichen Witz halten und sie das alles erdulden lassen, statt Ihr dickes Bankkonto anzuzapfen? Herrgott nochmal, Sie haben doch gerade eine weitere knappe Million bekommen – für die Fortsetzung! Ist Ihnen das für ein einziges Jahr noch nicht genug? Nach allem, was der Öffentlichkeit weisgemacht wird, sind Sie so etepetete, daß Sie sich die Nase zuhalten, wenn Sie Wechselgeld von einem Taxifahrer in die Hand nehmen müssen. Sie Schwindler! Sie Heuchler! Ihr Talent kann ich Ihnen nicht wegnehmen, aber Sie wissen ja, wenn's darum geht, aus anderen Kapital zu schlagen, haben Sie bereits einiges auf dem Kerbholz – also fühlen Sie sich bloß nicht erhaben über mich! Wenn es um *meine* Mutter ginge, gäbe es jedenfalls keine lange Debatte. Ich würde handeln, und zwar sofort. Allerdings hätte *ich* meine Mutter gar nicht in Gefahr gebracht. Dafür habe ich kein Talent. Ich brächte es nicht fertig, aus meiner Familie Kapital zu schlagen und sie vor aller Welt lächerlich zu machen, wie Sie es getan haben. Für so etwas bin ich nicht begabt genug.«

»Folglich tun Sie jetzt *das*«, sagte Zuckerman und überlegte gleichzeitig, was *er* jetzt tun sollte. Was hätte Joseph Conrad getan? Oder Leo Tolstoj? Oder Anton Tschechow? Damals im College, zu Beginn seiner schriftstellerischen Laufbahn, hatte er ständig solche Überlegungen angestellt. Jetzt aber nützte ihm das nicht viel. Überleg dir lieber, was Al Capone getan hätte.

»Stimmt«, sagte der Anrufer, »folglich tue ich jetzt *das*. Aber ich tue es nicht mit Gewalt und mute niemandem *mehr* zu, als er verkraften kann. Ich stelle Nachforschungen an. Und im Hinblick auf meine Geschäftsunkosten kann man meine Forderungen bestimmt nicht als exorbitant bezeichnen. Ich bin nicht darauf aus, jemandem Leid zuzufügen. Leid ist etwas, das ich verabscheue. Ich habe so viel Leid sehen und erleben müssen, daß es mir vollauf reicht. Nein, mir geht's nur darum, daß das Geld, das ich in diese Sache investiert habe, und die Arbeitsstunden, die dafür nötig waren, einen angemessenen Gewinn abwerfen. Und daß ich bei dem, was ich tue, verantwortungsbewußt bleibe. Nicht jeder geht so verantwortungsbewußt vor wie ich, das dürfen Sie mir glauben. Nicht jeder durchdenkt das alles so genau. Manche Entführer benehmen sich wie Idioten, manche wie Schulkinder – und dann ist die Sache natürlich im Arsch. Mein Stolz erlaubt mir so etwas nicht.

Meine Gewissenhaftigkeit läßt dergleichen nicht zu. Genau das will ich unter allen Umständen vermeiden. Und ich vermeide es, wenn die Gegenseite ebenso gewissenhaft ist wie ich. Ich bin schon seit vielen Jahren in diesem Geschäft, und bisher ist dabei noch niemand zu Schaden gekommen, der es nicht selber so gewollt hat, weil er zu geldgierig war.«

»Wo haben Sie gehört, ich hätte gerade eine Million an der ›Fortsetzung‹ verdient?«

Ein Tonbandgerät müßte er haben! Leider war das kleine Sony-Gerät in Lauras Büro in der Bank Street. Alles, was er jetzt dringend gebraucht hätte, war dort.

»Ich habe es nicht ›gehört‹. Das entspricht nicht meinen Arbeitsmethoden. Ich habe es direkt vor mir, in Ihrer Akte. Ich lese es Ihnen vor. *Variety*, Ausgabe vom letzten Mittwoch. *Der unabhängige Produzent Bob ›Sleepy‹ Lagoon zahlte fast eine Million . . .*«

»Das ist doch eine Lüge. Dieser ›unabhängige Lagoon‹ macht Eigenreklame, ohne einen Cent dafür bezahlen zu müssen. Eine Fortsetzung existiert überhaupt nicht.«

Verhielt er sich jetzt richtig – so, wie es in den Zeitungen empfohlen wurde? Vernünftig mit dem Kidnapper reden, ihn ernst nehmen, ihn wie deinesgleichen, wie einen Freund behandeln?

»Das deckt sich aber keineswegs mit dem, was Mr. Lagoon meinen Leuten erzählt hat. Komisch, aber ich neige dazu, meinem Personal in dieser Angelegenheit mehr Glauben zu schenken als Ihnen.«

»Mein lieber Mann – Lagoon betreibt Eigenreklame, basta!« Es ist Pepler, dachte er. Es ist Alvin Pepler, der jüdische Marineinfanterist!

»Ha, ha, ha. Genau das hab' ich vom bissigen Satiriker der amerikanischen Literatur erwartet.«

»Also, wer sind Sie?«

»Ich möchte fünfzigtausend in US-Währung. Und zwar in Hundertdollarscheinen. Nicht markiert, wenn ich bitten darf.«

»Und woher soll ich fünfzigtausend Dollar in nicht markierten Scheinen bekommen?«

»Oh, das läßt sich schon eher hören, jetzt machen wir Fortschritte. Sie gehen ganz einfach in Ihre Bank an der Rockefeller Plaza und heben das Geld ab. Wann – das lassen wir Sie später wissen. Dann gehen Sie einfach weiter. Ist ganz leicht. Schafft man sogar ohne akademischen Grad. Stecken Sie das Geld in Ihre Brieftasche, verlassen Sie die Bank und gehen Sie ganz einfach die Straße entlang. Alles weitere erledigen wir. Keine Polizei, Nathan. Falls Sie nach Polente riechen, wird's unangenehm. Ich verabscheue Gewalttätigkeit. Meine Kinder dürfen nicht fernsehen, weil so viel Gewalttätigkeit gezeigt wird. Jack Ruby, Jack Idiot Ruby ist Amerikas Schutzheiliger geworden! Ich ertrage es kaum mehr, in diesem Land zu leben – wegen der Gewalttätigkeit. Sie sind nicht der einzige, der gegen diesen zum Himmel stinkenden Krieg ist. Ein Alptraum ist das, eine nationale Schande. Ich werde alles tun, was in meiner Macht steht, um Gewaltanwendung zu vermeiden. Aber wenn ich die Polente wittere, fühle ich mich bedroht, und dann werde ich wie ein Bedrohter handeln müssen. Und das bezieht sich auf den Bullengestank in Miami Beach ebenso wie auf den Bullengestank in New York.«

»Freundchen«, sagte Zuckerman und änderte seine Taktik, »zu viele zweitklassige Filme. Der Jargon, das Lachen und alles andere. Imitiert, nicht überzeugend. Schlechte Kunst.«

»Ha, ha, ha. Vielleicht, Zuck. Ha, ha, ha. Vielleicht aber auch Wirklichkeit. Wir melden uns wieder, um den Zeitpunkt zu vereinbaren.«

Diesmal war es nicht der Romanautor, der als erster den Hörer auflegte.

III Oswald, Ruby und andere

Von den vorderen Fenstern seiner neuen Wohnung aus konnte Zuckerman das Bestattungsinstitut Frank E. Campbell an der Madison Avenue sehen, in dem die reichsten, die glamourösesten und die prominentesten New Yorker Verblichenen für die endgültige Beseitigung aufbereitet werden. Am Morgen nach der Sache mit Alvin Pepler und den anonymen Anrufen war in der Kapelle dieses Instituts eine bekannte Persönlichkeit der Unterwelt aufgebahrt, Nick »the Prince« Seratelli, der tags zuvor in einem Spaghettirestaurant in *downtown* Manhattan an einem Gehirnschlag – statt im Kugelhagel – gestorben war. Gegen neun Uhr morgens hatten sich vor Campbells Türen bereits ein paar Neugierige eingefunden, um die Prominenz aus der Unterhaltungsbranche, die Sportler, Politiker und Verbrecher zu begaffen, die hier erscheinen würden, um einen letzten Blick auf den »Prinzen« zu werfen. Durch die Ritzen seiner Jalousien beobachtete Zuckerman, wie zwei berittene Polizisten sich mit drei bewaffneten Streifenbeamten unterhielten, die den in der Einundachtzigsten Straße gelegenen Seiteneingang des Bestattungsinstituts bewachten. Am Haupteingang in der Madison Avenue hatten bestimmt noch weitere Ordnungshüter Wache bezogen, und in der näheren Umgebung latschten vermutlich ein Dutzend Kriminalbeamte in Zivil herum. So eine Polizeibewachung hatte sich Zuckerman die ganze Nacht für seine Mutter gewünscht.

Es war erst die dritte oder vierte Gala, die bei Campbell veranstaltet wurde, seit Zuckerman nach *uptown* Manhattan umgezogen war. Doch da täglich ganz normale, uninteressante Beerdigungen stattfanden, hatte er sich schon fast daran gewöhnt, die Versammlung von Leidtragenden und den Leichenwagen drüben am Seiteneingang des Instituts zu ignorieren, wenn er morgens seine Wohnung verließ. Leicht fiel ihm das allerdings nicht, schon gar nicht an Vormittagen, an denen die Sonne über der East Side auftauchte und den Leidtragenden direkt ins Gesicht schien, wie irgendwelchen beneidenswerten Urlaubern auf einer Kreuzfahrt in der Karibik. Und auch nicht an Vormittagen, an denen der Regen auf ihre Schirme trommelte, während sie auf den Beginn des Trauerzuges warteten. Nicht einmal an den vielen diesigen Tagen ohne Sonnenschein und Regen fiel es ihm leicht, sie zu übersehen. Bisher war es ihm bei jedem Wetter schwergefallen, sich einfach darüber hinwegzusetzen, daß jemand in einer Kiste verstaut wurde.

Die Särge wurden tagsüber angeliefert, mit einem Gabelstapler abgeladen und dann im Frachtenaufzug in den Keller des Bestattungsinstituts befördert. Abwärts und nochmals abwärts – der erste Probelauf. Die von den Kränzen für den Friedhof oder das Krematorium abgefallenen Blumen wurden von dem livrierten schwarzen Portier zusammengekehrt, sobald der Leichenzug außer Sehweite war. Die welken Blütenblätter, die der Portier nicht erwischt hatte, wurden am folgenden Dienstag oder Donnerstag von der städtischen Straßenreinigung zusammen mit allem möglichen anderen Abfall entfernt.

Die Leichen wurden, in dunklen Säcken auf schmalen Tragbahren liegend, zum Bestattungsinstitut transportiert, meist gegen Abend, wenn die Straßenbeleuchtung schon brannte. Ein Sanitätsauto, zuweilen auch ein Kombiwagen, fuhr auf den für Campbell reservierten Parkplatz, dann wurde der Sack durch den Seiteneingang ins Haus expediert. Das dauerte immer nur Sekunden, und dennoch kam es Zuckerman in den ersten Monaten nach seinem Umzug so vor, als ginge er immer genau in diesem Moment dort vorbei. In den oberen Stockwerken des Bestattungsinstituts brannte ständig Licht. Ganz gleich, wie spät Zuckerman in sein Wohnzimmer ging, um die Lampen auszuknipsen – die bei Campbell waren immer eingeschaltet. Und nicht etwa, weil dort jemand zu später Stunde noch las oder nicht einschlafen konnte. Lampen, die niemanden wachhielten außer Zuckerman, weil er sogar im Bett noch an sie denken mußte.

Manchmal passierte es Zuckerman, daß er im Vorbeigehen von jemandem aus der auf die Sargträger und den Sarg wartenden Trauerversammlung angestarrt wurde. Weil er Zuckerman war oder weil er hinübergegafft hatte? Keine Ahnung – aber da er es unter diesen Umständen nicht für angebracht hielt, daß sich jemand durch ihn oder sein Buch ablenken ließ, lernte er innerhalb weniger Wochen, den Schock zu überwinden, daß das erste, was er jeden Tag praktisch gegenüber seiner Haustür zu sehen bekam, eine Trauerversammlung war, und eilte – als ob der Tod ihn kaltließe – weiter, um sich die Morgenzeitung und ein Zwiebelbrötchen zu besorgen.

Er war die ganze Nacht wachgeblieben, nicht nur, weil bei Campbell die Lampen brannten. Er wartete, ob der Entführer nochmals anrufen oder ob mit diesem üblen Scherz jetzt endlich Schluß sein würde. Um drei Uhr morgens war er nahe daran, nach dem Telefon neben seinem Bett zu greifen und Laura anzurufen. Um vier Uhr war er nahe daran, mit der Polizei zu telefonieren. Um sechs Uhr war er nahe daran, in Miami Beach anzurufen. Um acht Uhr stand er auf und spähte aus dem vorderen Fenster; als er den berittenen Polizisten vor dem Bestattungsinstitut sah, dachte er an seinen Vater. Auch um drei und um vier und um sechs Uhr hatte er an seinen Vater gedacht. Das tat er oft, wenn er die Lampen bei Campbell die ganze Nacht brennen sah. Ein Lied mit dem Titel *Zena, Zena* ging ihm nicht aus dem Kopf. Während der Arbeit zu pfeifen, war in seiner Familie sehr beliebt gewesen, und sein Vater hatte, nachdem ein Jahrzehnt lang *Bei mir bist du schön* sein Lieblingssong gewesen war, jahrelang *Zena, Zena* gepfiffen. »Dieses Lied«, erklärte Dr. Zuckerman seiner Familie, »wird mehr Sympathie für die Sache der Juden wecken als sonst etwas in der Geschichte der Menschheit.« Sogar die Plattenaufnahme hatte sich der Fußpfleger besorgt – so ungefähr die fünfte Schallplatte seines Lebens. Nathan, damals Collegestudent im zweiten Jahr, verbrachte die Weihnachtsferien zu Hause, und jeden Abend wurde nach dem Essen *Zena, Zena* gespielt. »Das ist das Lied«, sagte Dr. Zuckerman, »das den Staat Israel auf die Landkarte bringen wird.« Unglücklicherweise hatte Nathan in seinem »Humanities«-Kursus gerade etwas über den Kontrapunkt gelernt, und als Dr. Zuckerman den Fehler beging, seinen ältesten Sohn jovial zu fragen, wie ihm denn diese Musik gefiele, erhielt er die Antwort, Israels Zukunft werde durch die internationale Machtpolitik bestimmt und nicht dadurch, daß man die Gojim mit »jüdischem Kitsch« füttere. Worauf Dr. Zuckerman mit der Faust auf den Tisch geschlagen hatte. »Da täuschst du dich aber! Was *das* betrifft, so fehlt es dir einfach an Verständnis für die Gefühle der einfachen Leute.« Während dieser Weihnachtsferien war er immer wieder mit Nathan aneinandergeraten, nicht bloß wegen *Zena, Zena*. Aber Mitte der sechziger Jahre, als er ihm die Lieder aus *Anatevka*, gesungen von den Barry Sisters, vorspielte, war ihr Zwist so gut wie beigelegt.

Dr. Zuckerman war zu diesem Zeitpunkt in Miami Beach bereits an den Rollstuhl gefesselt, und sein ältester Sohn – mittlerweile ein anerkannter Schriftsteller und schon lange mit dem Studium fertig – hatte ihm, nachdem sie sich gemeinsam sämtliche Melodien des Musicals angehört hatten, erklärt, sie seien wirklich fabelhaft. »In der Synagoge«, sagte Nathans Mutter, »hat der Kantor letzte Woche nach dem Gottesdienst den Titelsong für uns gesungen. Man hätte eine Stecknadel fallen hören können.« Seit seinem ersten Schlaganfall nahm Dr. Zuckerman zusammen mit seiner Frau an den Freitagabendgottesdiensten teil. Zum ersten Mal in seinem Leben. Damit der Rabbi, der ihn einmal beerdigen würde, für ihn kein gänzlich Unbekannter war. So etwas hätte natürlich niemand sagen dürfen. »Diese Barry Sisters«, verkündete Dr. Zuckerman, »und diese Schallplatte werden mehr für die Juden tun als irgend etwas seit *Zena, Zena*.« »Da kannst du recht haben«, sagte Nathan. Warum auch nicht? Er hatte »Humanities, Kursus 2«, längst absolviert, und daß er mit seinem ersten Buch der Sache der Juden geschadet habe, gehörte mittlerweile nicht mehr zu den Zwangsvorstellungen seines Vaters; und *Carnovsky* war erst in drei Jahren fällig.

Anstatt Laura, die Polizei oder Florida anzurufen, gebrauchte Zuckerman seinen Verstand; um zehn Uhr beschloß er, mit André zu telefonieren, der sicher wissen würde, was von diesen Drohungen zu halten war.

Seine chevaleresken, kontinentaleuropäischen Manieren, sein welliges silberweißes Haar und sein Alte-Welt-Akzent – all dies hatte ihm den etwas abschätzigen Beinamen »der Oberkellner« eingebracht. Aber diejenigen, für die er tätig war, oder richtiger gesagt: denen er dazu verhalf, tätig zu sein, schätzten André Schevitz höher ein. Er betreute nicht nur eine stattliche Anzahl von Romanautoren verschiedener Nationalität, sondern kümmerte sich auch um den Größenwahn, die Trunksucht, die Satyriasis und die Steuertragödien weltberühmter Filmstars. Auf Anhieb flog er ab, um bei Außenaufnahmen mit ihnen Händchen zu halten, und alle paar Monate machte er es sich zum Prinzip, kleine Kinder in allen Teilen des Landes zu besuchen, deren Muttis gerade in Spanien bei Dreharbeiten für Familienepen waren und deren Pappis sich in Liechtenstein um ihre Briefkastenfirmen kümmern mußten. Im Sommer verbrachte jedes Kind, das auf Grund einer – im *National Enquirer* mit einer Schlagzeile bedachten – häuslichen Katastrophe so gut wie verwaist war, die Schulferien unweigerlich bei André und Mary in Southampton; an heißen Augusttagen war es nichts Ungewöhnliches, zwei oder drei Miniaturausgaben der meistfotografierten Gesichter im Filmgeschäft am Schevitzschen Swimmingpool Wassermelonen vertilgen zu sehen. Zuckermans erste schmerzliche Scheidung – die von Betsy – war völlig schmerzlos und zu einem lächerlich niedrigen Preis von Andrés (und Mr.

Rockefellers) Anwalt gedeichselt worden; und vor zwei Jahren hatte ihm Andrés High-Society-Arzt das Leben gerettet; und den Genesungsurlaub nach dem Blinddarmdurchbruch und der Bauchfellentzündung hatte Zuckerman im Schevitzschen Gästehaus verbracht: Umsorgt von einem Dienstmädchen und einer Köchin des Ehepaares Schevitz – und an den Wochenenden von seiner Laura –, hatte er auf der Sonnenterrasse gedöst, im Swimmingpool herumgeplanscht und die zwanzig Pfund, die er im Krankenhaus abgenommen hatte, wieder zugelegt. Und er hatte mit der Arbeit an *Carnovsky* begonnen.

Ach was, diese Drohungen waren ja doch bloß einer der üblichen schlechten Scherze! Um das gesagt zu bekommen, brauchte er seinen Agenten wirklich nicht zu belemmern. Zuckerman holte sich eine neue Kladde, und statt André anzurufen, begann er aufzuzeichnen, was er von den Vorfällen des vergangenen Tages im Gedächtnis behalten hatte. Das *war* nun einmal sein Geschäft: sehen und glauben – nicht kaufen und verkaufen. Rein persönlich gesehen, mochte das bedrückend sein, aber geschäftlich gesehen? Du meine Güte, geschäftlich gesehen war der gestrige Tag einfach fabelhaft! So ein gutes Geschäft müßte er jeden Tag machen. *Haben wir nicht Ihre Zähne reinigen lassen? Und diese schicken neuen Anzüge? Und der Dermatologe? Alvin, wir sind doch keine abgebrühten Verbrecher – wir sind im Showbusiness. Wir machen uns große Sorgen um Sie,* beteuert er *mir, wir haben beschlossen, Sie auf unsere Kosten zum Psychiater zu schicken. Wir möchten, daß Sie Dr. Eisenberg konsultieren, bis Sie Ihre Neurose überwunden haben und wieder ganz Sie selbst sind. Unbedingt, sagt Schachtman. Ich bin bei Dr. Eisenberg, warum sollte Alvin nicht auch zu Dr. Eisenberg gehen?*

Über eine Stunde lang zeichnete er jede empörte Äußerung auf, die Pepler über seine Entthronung gemacht hatte, dann brach er plötzlich in Schweiß aus, rief André im Büro an und berichtete in aller Ausführlichkeit von den anonymen Anrufen – bis hin zum »Ha, ha, ha«.

»Daß du allen Versuchungen, die ich dir auf den Weg gestreut habe, widerstehen willst – das kann ich verstehen«, sagte André, wobei er, um der ironischen Wirkung willen, den mitteleuropäischen Tonfall übertrieb. »Daß du dich gegen die Wendung, die dein Leben genommen hat, zur Wehr setzt, daß du nicht imstande bist, dich mit all diesen Veränderungen abzufinden – das kann ich ebenfalls verstehen. Du bist derjenige, der über die Stränge geschlagen hat, aber was passiert, wenn du über die Stränge schlägst, kann wirklich jeden von uns in Erstaunen setzen. Ganz besonders jemanden, der so aufgewachsen ist wie du. Dein Papa sagt, sei ein guter Junge, deine Mama sagt, sei lieb, und die Universität von Chicago trichtert dir vier Jahre lang humanistische Entscheidungstheorie für Fortgeschrittene ein – wie hättest du also jemals eine Chance haben können, ein vernünftiges Leben zu führen? Dich mit sechzehn dorthin zu schicken! Das ist genau so, wie wenn man ein wildes Affenbaby von den Ästen herunterholt, es in der Küche füttert und mit im Bett schlafen läßt, ihm erlaubt, mit dem Lichtschalter zu spielen und Hemdchen und Höschen mit Taschen anzuziehen, und ihm später, wenn es groß und haarig und selbstbewußt geworden ist, ein Diplom in Westlicher Zivilisation überreicht – und dann, zurück in den Urwald! Ich kann mir lebhaft vorstellen, was für ein reizendes Affenbaby du in der Universität von Chicago gewesen bist. Wie du im Seminar auf den Tisch gehämmert und englische Sätze an die Tafel geschrieben und die anderen Studenten angefaucht hast, sie hätten alles falsch verstanden – du mußt dich dort an allen Ecken und Enden herumgetrieben haben. So ähnlich wie in diesem aufreibenden kleinen Buch.«

»André, was soll das? Jemand droht, meine Mutter zu entführen!«

»Ich wollte damit sagen, daß es eine grausame, nicht wiedergutzumachende Handlungsweise ist, ein Dschungeläffchen in ein Seminaräffchen zu verwandeln. Ich kann verstehen, warum du nie mehr am heimatlichen Wasserloch glücklich sein wirst. Aber Paranoia – das ist eine andere Sache. Was ich meine, was ich dich fragen möchte, ist dies: Willst du dich so weit in die Paranoia hineintreiben lassen, bis sie dich dorthin bringt, wo Paranoiker landen?«

»Die Frage ist, wie weit werden *sie* sich von diesem aufreibenden kleinen Buch treiben lassen?«

»Nathan, wer sind ›sie‹? Tu mir einen Gefallen – dreh nicht durch!«

»Ich habe gestern abend drei Anrufe von einem Irren bekommen, der mir androhte, meine Mutter zu entführen. Ja, es klingt verrückt, *aber es ist tatsächlich passiert.* Und jetzt überlege ich, wie ich darauf reagieren soll, ohne etwas Verrücktes zu tun. Ich dachte, du mit deiner Weltläufigkeit und deinem bewundernswerten Zynismus hättest vielleicht einige Erfahrung in solchen Dingen.«

»Nein, habe ich nicht. Zu meinen Klienten zählen die reichsten und bekanntesten Stars der Welt, aber soviel ich weiß, ist so etwas noch keinem von ihnen ›passiert‹.«

»Mir bisher auch noch nicht. Das erklärt vielleicht, warum ich anders klinge als sonst.«

»Kann ich verstehen. Aber so klingst du schon seit geraumer Zeit. So klingst du, seit das alles begann. In meiner langjährigen Erfahrung mit überempfindlichen Primadonnen ist mir noch niemand untergekommen, der aus seinem Ruhm und Reichtum ein solches Fiasko gemacht hat. Ich habe schon alle möglichen Marotten miterlebt, aber so eine noch nie. Darunter zu leiden, daß man so viel Erfolg hat! Warum?«

»Unter anderem wegen der Irren, die mich anrufen.«

»Dann geh halt nicht ans Telefon! Sitz nicht daneben und warte darauf, daß es klingelt! Soviel zum Telefon. Und was diese Busfahrten betrifft – nimm ab sofort keinen Bus mehr! Und wenn wir schon dabei sind – hör endlich auf, in diesen schmuddeligen Imbißstuben zu essen! Du bist ein reicher Mann.«

»Wer sagt denn, daß ich in schmuddeligen Imbißstuben esse? Die *News* oder die *Post*?«

»*Ich* sage das. Stimmt es etwa nicht? Du kaufst dir in diesen dreckigen kleinen Grillbuden Hähnchen zum Mitnehmen und ißt sie in deiner halbleeren Wohnung mit den Fingern. Du versteckst dich in *Shloimie's Pastrami Haven* und tust so, als wärst du ein argloser Mr. Niemand von Nirgendwo. Aber jetzt verliert das allmählich den Reiz des Exzentrischen, Nathan, und beginnt unverkennbar nach Paranoia zu riechen. Was bezweckst du eigentlich damit? Versuchst du, die Götter zu beschwichtigen? Willst du denen droben im Himmel und denen drüben beim *Commentary* weismachen, daß du bloß ein schlichter, zurückhaltender Jeschiwa-*bocher* bist und nicht der hemmungslose Autor eines so unanständigen Buches? Ich kenne all diese Karteikarten, die du in der Brieftasche ständig mit dir herumträgst: erhebende Aussprüche berühmter literarischer Snobs, die behaupten, nur die Eitelkeit kleiner Geister werde durch Ruhm befriedigt. Glaub das bloß nicht! Einem Schriftsteller in deiner Position hat das Leben eine Menge zu bieten, wenn auch nicht gerade bei *Shloimie*. Und diese Omnibusse! Nathan, als erstes solltest du dir ein Auto samt Chauffeur zulegen. Auch Thomas Mann hatte einen Wagen mit Chauffeur.«

»Wer hat dir denn *das* erzählt?«

»Niemand. Ich bin mit ihm in diesem Wagen gefahren. Und du solltest ein Mädchen einstellen, das deine Post beantwortet und Besorgungen für dich erledigt. Und du brauchst jemanden, der deine schmutzige Wäsche in einem Kissenbezug die Madison Avenue entlangträgt – irgend jemand, bloß nicht du selber! Oder leiste dir wenigstens eine Wäscherei, die Wäschesäcke abholt und zustellt.«

»Die lehnen sich gegen die Klingel, wenn sie die Wäsche abholen – das reißt mich aus meiner Konzentration.«

»Wenn's bei dir klingelt, sollte eine Haushälterin an die Tür gehen. Du brauchst jemanden, der für dich kocht und Einkäufe macht und die Lieferanten abfertigt. Dann brauchst du nie mehr bei ›Gristede‹ einen Einkaufswagen herumzuschieben.«

»Das muß ich aber, wenn ich wissen will, was ein Pfund Butter kostet.«

»Und warum willst du das wissen?«

»André, zu ›Gristede‹ gehen die armen Schriftsteller, um etwas vom wirklichen Leben mitzubekommen, also nimm mir ›Gristede‹ nicht auch noch weg. Auf diese Weise kann ich dem Volk auf den Zahn fühlen.«

»Wenn du das schaffen willst, dann lern lieber, was

ich gelernt habe: wieviel ein Pfund menschliches Fleisch kostet. Ich meine das ernst. Du solltest einen Chauffeur haben, eine Haushälterin, eine Köchin, eine Sekretärin...«

»Und wo verkrieche ich mich, wenn die alle bei mir herumwimmeln? Wo soll ich dann tippen?«

»Zieh in eine größere Wohnung.«

»Hab' ich doch eben erst getan. André, das ist wirklich lachhaft! Ich bin gerade erst hier eingezogen. Die Wohnung ist ruhig und mehr als groß genug für mich, Einundachtzigste Straße, fünfhundert Dollar Monatsmiete, keineswegs ein Slum.«

»Du solltest eine Zwei-Etagen-Wohnung an der United Nations Plaza haben.«

»Ich *will* aber keine.«

»Nathan, du bist nicht mehr der blutjunge Intellektuelle, den ich aus den Seiten des *Esquire* herausgeklaubt habe. Du hast einen Erfolg zu verzeichnen, wie er nur ganz wenigen Schriftstellern beschieden ist – also hör auf, dich wie die erfolglosen zu benehmen. Zuerst hast du dich verkrochen, um deine Phantasie aufzuputschen, und jetzt verkriechst du dich, weil du die der anderen aufgeputscht hast. Und dabei ist Gott und die Welt darauf erpicht, mit dir zusammenzutreffen. Trudeau war hier und wollte dich kennenlernen. Abba Eban war hier und hat mir gegenüber deinen Namen erwähnt. Yves Saint Laurent gibt eine große Party, und sein Büro hat angerufen und nach deiner Nummer gefragt. Aber wie kann ich es wagen, ihnen deine Nummer zu geben? Würdest du denn überhaupt hingehen?«

»Hör mal, ich hab' doch bereits Caesara kennengelernt. Das reicht mir eine Weile. Übrigens, sag Mary, daß ich meinen Aus-und-vorbei-Brief aus Havanna bekommen habe. Sie kann diese Nachricht an *Women's Wear Daily* durchtelefonieren. Ich lasse ihnen durch Eilboten eine Fotokopie zustellen.«

»Wenigstens für *eine* Nacht hat dich Caesara aus deiner Zelle locken können. Ich wollte, ich hätte noch so einen reizvollen Köder in petto. Nathan, mein Junge, du sitzt in diesem Apartment und denkst, soweit ich das beurteilen kann, Tag für Tag über nichts anderes nach als über dich selber. Und wagst du dich mal auf die Straße, dann wird's bloß noch schlimmer. Jeder gafft dich an, jeder rückt dir auf die Pelle, alle wollen dich entweder an einem Bett festbinden oder dir ins Gesicht spucken. Man hat dich auf Gilbert Carnovsky festgenagelt, obwohl jeder, der auch nur ein bißchen Hirn im Kopf hat, wissen sollte, daß du niemand anders als du selber bist. Aber denk doch mal zurück, mein Lieber – es ist erst ein paar Jahre her, da hat es dich fast verrückt gemacht, wirklich du selber zu sein. Das hast du mir selbst gesagt. Es hat dich angeödet, ›anständige, verantwortungsbewußte Romane‹ zu schreiben. Es hat dich angeödet, hinter deiner ›trostlos tugendhaften Fassade‹ zu leben. Es hat dich angeödet, Nacht für

Nacht auf deinem Stuhl zu sitzen und Arbeitsnotizen für ein weiteres Werk von literarischem Rang zu machen. ›Wie viele Jahre meines Lebens soll ich denn noch damit verbringen, mich auf das Abschlußexamen vorzubereiten? Ich bin schon zu alt, um Semesterarbeiten zu schreiben.‹ Es hat dich angeödet, wie ein braver Sohn jeden Sonntag in Florida anzurufen, es hat dich angeödet, wie ein guter Staatsbürger Schluß-mit-dem-Krieg-Aufrufe zu unterschreiben, es hat dich angeödet, mit einer Frau, die immer nur Gutes tut, verheiratet zu sein. Die ganze Nation geriet aus den Fugen, aber du bist immer noch auf deinem Stuhl gesessen und hast deine Hausaufgaben gemacht. Na schön, du hast dein Romanexperiment erfolgreich durchgeführt und bist jetzt überall in diesem aus den Fugen geratenen Land berühmt dafür, daß du selber völlig aus den Fugen geraten bist – aber jetzt fühlst du dich erst recht angeödet. Mehr noch, du empörst dich darüber, daß nicht alle Welt weiß, wie anständig, verantwortungsbewußt und trostlos tugendhaft du in Wirklichkeit bist, und was für eine große Errungenschaft es für die Menschheit bedeutet, daß ein solches Muster an sittlicher Reife imstande ist, dem Lesepublikum einen Gilbert Carnovsky zu präsentieren. Du wolltest den Moralprediger in dir sabotieren, du wolltest deine noble, hochherzige Ernsthaftigkeit demütigen, und jetzt, da du es geschafft und das Wagnis wie ein echter Saboteur genossen hast – jetzt fühlst *du* dich gedemütigt, du Narr, weil niemand, außer dir selber, dies für eine zutiefst moralische und hochherzige Tat hält. ›Sie‹ mißverstehen dich. Und mit denen, die dich verstehen, mit denen, die dich seit fünf, zehn, fünfzehn Jahren kennen, willst du auch nichts mehr zu tun haben. Soviel ich weiß, triffst du dich mit keinem einzigen deiner Freunde. Die Leute rufen mich an und fragen, was eigentlich mit dir los ist. Deine besten Freunde glauben, du seist gar nicht in New York. Neulich rief mich jemand an und wollte wissen, ob es stimmt, daß du in Payne Whitney bist.«

»Ach, ich soll also in der Klapsmühle gelandet sein?«

»Nathan, du bist die neuste Berühmtheit dieses Jahrzehnts – die Leute werden alles mögliche über dich sagen. Ich möchte bloß wissen, warum du nicht wenigstens deine alten Freunde besuchst.«

Leicht zu erklären. Weil er ihnen nichts darüber vorjammern wollte, daß er die neuste Berühmtheit des Jahrzehnts geworden war. Weil das Problem, ein armer, mißverstandener Millionär zu sein, eigentlich kein Thema ist, worüber intelligente Menschen lange diskutieren können. Nicht einmal Freunde. Die am allerwenigsten, zumal wenn sie Schriftsteller sind. Er wollte nicht, daß sie darüber reden würden, daß er über seinen Vormittag beim Anlageberater redete, über seine Nacht mit Caesara O'Shea und davon, daß sie ihm um der Revolution willen den Laufpaß gegeben hatte. Und das war das einzige, worüber er reden konnte – jedenfalls mit sich selber. Er war kein geeigneter Gesprächspartner für jemanden, den er als Freund betrachtete. Er würde anfangen, darüber zu reden, wo er sich überall nicht mehr blicken lassen konnte, ohne Aufsehen zu erregen, und bald würde er sich seine Freunde zu Feinden machen. Er würde vom Rollmopskönig und den Klatschspalten und dem Dutzend verrückter Briefe pro Tag reden, und wer mochte sich so etwas denn schon anhören? Er würde anfangen, von den neuen Anzügen zu reden. Sechs Anzüge. Dreitausend Dollar für Anzüge ausgeben, in denen er zu Hause herumsitzen und schreiben würde. Wo er doch, notfalls, auch nackt am Schreibtisch sitzen konnte; oder, wie er es immer getan hatte, völlig zwanglos in Arbeitshemd und Jeans. Für dreitausend Dollar könnte er sich hundert Paar Jeans und vierhundert Arbeitshemden kaufen (das hatte er genau ausgerechnet). Er könnte sich sechzig Paar Brooks-Brothers-Wildlederschuhe kaufen, wie er sie seit damals, als er nach Chicago gegangen war, immer getragen hatte. Er könnte sich zwölfhundert Paar Sokken Marke Interwoven kaufen (vierhundert Paar blaue, vierhundert Paar braune, vierhundert Paar graue). Für dreitausend Dollar hätte er sich für den Rest seines Lebens einkleiden können. Statt dessen mußte er jetzt wöchentlich zweimal bei Mr. White zur Anprobe erscheinen und sich mit ihm über Schulterwattierung und Taillierung beraten – und wer würde denn schon zuhören mögen, wenn Zuckerman sich über dergleichen ausließ? Er konnte ja auch kaum zuhören, aber, allein mit sich selbst, brachte er es – leider – nicht fertig, den Mund zu halten. Lieber sollten sie glauben, er sei in Payne Whitney. Vielleicht gehörte er wirklich dorthin. Auch wegen dieser Fernsehmanie – unentwegt mußte er glotzen. In der Bank Street hatten sie sich nur die Nachrichten regelmäßig angehört: brennende Dörfer, brennender Dschungel, brennende Vietnamesen. Danach waren sie beide zu ihrer Nachtarbeit zurückgekehrt, sie zu ihren Kriegsdienstverweigerern, er zu seinen Werken von literarischem Rang. In den Wochen seit seiner Trennung von Laura hatte Zuckerman wahrscheinlich mehr Stunden vor dem Bildschirm verbracht als in all den Jahren, die seit der Ausstrahlung der ersten Testbilder – kurz bevor er die High School absolvierte – vergangen waren. Es gab sonst kaum etwas, worauf er sich konzentrieren konnte, und außerdem war es für ihn ein ganz eigentümliches Gefühl, im Bademantel auf seinem Orientteppich zu hocken, ein mitgebrachtes Grillhähnchen zu verspeisen und plötzlich zu hören, wie jemand im Fernsehen über *ihn* sprach. Er konnte sich einfach nicht daran gewöhnen. Eines Abends erzählte eine hübsche Rocksängerin, die er noch nie gesehen hatte, Johnny Carson von ihrer ersten und »Gott sei Dank letzten« Verabredung mit Nathan Zuckerman. Sie riß das Publikum zu Lachstürmen hin, als sie beschrieb, in welcher »Aufmachung« sie auf Zuckermans Rat zum Dinner erscheinen sollte, »um ihn anzumachen«. Und erst letzten Sonntag hatte er auf Kanal 5 gesehen, wie drei Psychotherapeuten, die in Clubsesseln saßen, und der Gastgeber der Sendung seinen Kastrationskomplex analysierten. Alle vier waren sich einig darüber, daß es bei Zuckerman piepte. Am nächsten Morgen mußte ihn André Anwalt besänftigend darauf hinweisen, daß er keine Verleumdungsklage einreichen könnte. »Ihr Piepmatz, Nathan, ist jetzt Allgemeingut geworden.«

In gewisser Weise hatten sie recht – er *war* im Irrenhaus.

»Die Drohungen, die Drohungen, die *Drohungen*!« rief Zuckerman. »André, was hältst du von diesen Drohungen? Es geht jetzt um *dieses* Thema.«

»Wenn die Drohungen so vorgebracht wurden, wie du es geschildert hast, kann ich sie, offen gesagt, nicht besonders ernst nehmen. Ich bin schließlich nicht du – du, der sich einbildet, alles sei ihm plötzlich außer Kontrolle geraten. Wenn dir wirklich so zumute ist, wie du klingst, dann ruf die Polizei an und laß dir sagen, was sie davon hält.«

»Aber *du* hältst das Ganze für einen Ulk.«

»Würde mich nicht wundern, wenn's einer wäre.«

»Und wenn nicht? Wenn meine Mutter im Kofferraum eines Autos irgendwo in den Everglades landet?«

»Wenn, wenn... Tu, was ich sage. Du willst meinen Rat – hier ist er: Ruf die Polizei an.«

»Und was kann die Polizei tun? Das ist die nächste Frage.«

»Ich habe keine Ahnung, was sie tun kann, wenn überhaupt noch nichts passiert ist. *Mir* geht es darum, dir diesen Verfolgungswahn auszureden. Das gehört zum Job eines Literaturagenten. Ich möchte, daß du wieder etwas innere Ruhe findest.«

»Wozu mir ein Anruf bei der Polizei wohl kaum verhelfen dürfte. Genausogut könnte ich gleich bei der Lokalredaktion anrufen. Verständige die Polizei, und morgen steht's in Leonard Lyons' Kolumne, wenn nicht sogar, groß aufgemacht, auf Seite eins. ERPRESSER BEDROHT MUTTER VON PORNO-AUTOR. Mrs. Carnovskys Entführung – für die Presse wäre das wirklich die Krönung der sechziger Jahre. Susskind wird drei Experten für eine genaue Analyse hinzuziehen müssen. ›Wer in unserer kranken Gesellschaft ist verantwortlich?‹ Sevareid wird uns sagen, was dies für die Zukunft der Freien Welt bedeutet. Reston wird einen Artikel über den Verfall aller Werte schreiben. Falls es wirklich passiert, ist das, was meine Mutter durchmachen wird, gar nichts im Vergleich zu dem, was dann alle anderen in diesem Land über sich ergehen lassen müssen.«

»Na, das klingt schon wieder ein bißchen mehr nach deinem alten, ironischen Ich.«

»Ach wirklich? Mein altes, ironisches Ich? Würde ich nicht wiedererkennen. Übrigens, wenn wir schon bei diesem Thema sind – wer ist Sleepy Lagoon? Was soll diese Meldung in *Variety*, er hätte eine Million Dollar für die Fortsetzung bezahlt?«

»Bob Lagoon. An deiner Stelle würde ich diese Million noch nicht ausgeben.«

»Er existiert also wirklich.«

»Hin und wieder.«

»Und Marty Paté? Wer ist das?«

»Keine Ahnung.«

»Nie von einem Produzenten namens Paté, East Sixty-second Street, gehört?«

»Paté wie in *de foie gras*? Bis jetzt noch nicht. Warum fragst du?«

Nein, lieber nicht näher darauf eingehen. »Kennst du eine Gayle Gibraltar?«

André lachte. »Klingt, als wärst du bereits mit der Fortsetzung beschäftigt. Klingt wie ein Phantasieprodukt Carnovskys.«

»Nein, nicht Carnovskys. Ich glaube, ich sollte einen Leibwächter engagieren. Für meine Mutter. Was meinst du?«

»Naja, wenn es dich beruhigt...«

»Aber für sie wird es nicht gerade beruhigend sein, was? Mir schaudert bei dem Gedanken, daß sie ihm gegenübersitzt und er zum Mittagessen sein Jackett auszieht und sie sein Pistolenhalfter sieht.«

»Warum läßt du es dann nicht lieber bleiben, Nathan? Warum wartest du nicht erst mal ab, ob dieser

Typ sich überhaupt wieder meldet? Wenn du keinen Anruf wegen der Übergabe des Lösegeldes erhältst, ist die Sache erledigt. Dann hat sich jemand einen üblen Scherz geleistet. Falls der Anruf erfolgt...«

»Dann verständige ich die Polizei, das FBI und wen die Zeitungen sonst noch empfehlen...«

»Richtig.«

»Aber auch wenn die Sache im Sand verläuft, muß meine Mutter bewacht werden.«

»Und du hast dann das Gefühl, das Richtige für sie getan zu haben.«

»Aber dann wird es dort in den Zeitungen stehen. Und dann könnte irgendein Verrückter auf die Idee kommen, selber mal so etwas auszuprobieren.«

»Du machst dir wegen solcher Verrückter zuviel Sorgen.«

»Aber sie existieren doch! Die Verrückten sind besser dran als wir. Sie florieren. Dies ist *ihre* Welt, André. Du solltest bloß mal meine Post lesen.«

»Nathan, du nimmst alles viel zu ernst; das reicht von deiner Post bis zu dir selber. Die Reihenfolge könnte allerdings auch umgekehrt sein. Und vielleicht ist es genau das, was der Entführer dir klarmachen will.«

»Er tut das alles zu meiner Belehrung, was? Du sagst das so, daß man auf dich selber tippen könnte.«

»Ich wollte, es wäre tatsächlich so. Ich wollte, ich wäre raffiniert genug, mir so etwas auszudenken.«

»Ich wollte, du wärst derjenige. Oder es wäre irgendein anderer, bloß nicht *der* – wer immer er ist.«

»Oder *nicht* ist.«

Sobald er aufgelegt hatte, begann Zuckerman nach der Firmenkarte zu suchen, die ihm von Caesara O'Sheas Chauffeur überreicht worden war. Er sollte jetzt wirklich dort anrufen und fragen, ob ihm die Firma einen bewaffneten Leibwächter in Miami empfehlen könnte. Er sollte selber nach Miami fliegen. Er sollte die FBI-Außenstelle in Miami anrufen. Er sollte nicht mehr in Imbißstuben essen. Er sollte seine Wohnung einrichten. Er sollte seine Bücher auspacken. Er sollte sein Geld aus dem Schuh holen und es von Wallace investieren lassen. Er sollte Caesara vergessen und sich eine neue Freundin zulegen. Es gab Hunderte von Nicht-ganz-so-verrückten-Julias, die nur darauf warteten, ihn mit in die Schweiz zu nehmen und ihm die Schokoladenfabriken zu zeigen. Er sollte aufhören, sich in Grillstationen Hähnchen zu besorgen. Er sollte sich mit U Thant treffen. Er sollte aufhören, all diese Talk-Show-Tocquevilles ernst zu nehmen. Er sollte aufhören, Anrufe von Spinnern ernst zu nehmen. Er sollte aufhören, seine Post ernst zu nehmen. Er sollte aufhören, sich selber ernst zu nehmen. Er sollte nicht mehr in Bussen fahren. Und er sollte André anrufen und ihm einschärfen, doch um Gottes willen Mary nichts von dem Entführer zu erzählen – sonst würde die ganze Geschichte in »Susy sagt« landen!

Statt dessen setzte er sich wieder an den Schreibtisch und trug alles, was der Entführer gesagt hatte, in seine Kladde ein. Trotz aller Sorgen mußte er lächeln, als er schwarz auf weiß vor sich sah, was er am Abend zuvor am Telefon gehört hatte. Ihm fiel etwas ein, das er über Flaubert gelesen hatte. Als dieser eines Tages aus seinem Arbeitszimmer kam und sah, wie seine Cousine, eine junge Ehefrau, ihre Kinder hütete, sagte er wehmütig: »*Ils sont dans le vrai.*« Ein Arbeitstitel, dachte Zuckerman und schrieb auf das weiße Einbandschildchen seiner Kladde die Worte *Dans le Vrai*. Diese Kladden, die er für seine Notizen benützte, hatten jene steifen, schwarz-weiß marmorierten Einbände, deren Anblick Generationen von Amerikanern bis in den Traum verfolgt und immer wieder an nicht gelernte Lektionen erinnert hat. Auf der Innenseite des Einbands, gegenüber der blau linierten ersten Seite, war die Tabelle, in die der Schüler seinen Stundenplan eintragen muß. Quer über die Rechtecke, die für die Eintragung des jeweiligen Unterrichtsfachs, Klassenzimmers und Lehrers gedacht sind, malte Zuckerman in Blockschrift seinen Untertitel: *Oder: Wie ich in meiner Freizeit ein Fiasko aus Ruhm und Reichtum machte.*

»*Zena, Zena,* 1950.«

Zuckerman wartete gerade an der Ecke gegenüber Campbell auf grünes Licht, als er direkt hinter sich jemanden diesen Titel nennen hörte. Er hatte, ohne sich dessen bewußt zu sein, die Melodie gepfiffen, und zwar nicht nur hier auf der Straße, sondern schon fast den ganzen Morgen. Immer wieder dasselbe Liedchen.

»Nach einem israelischen Volkslied, englischer Text von Mitchell Parish, Decca-Schallplatte, Gordon Jenkins and the Weavers.«

Eine Information, die ihm Alvin Pepler erteilte. Es war ein frischer, strahlender Tag, doch Pepler trug wieder seinen dunklen Regenmantel und -hut. Und ausgerechnet an diesem Morgen auch noch eine dunkle Brille. Ob ihm seit gestern abend jemand ein blaues Auge verpaßt hatte – irgendeine Berühmtheit, die rascher durchdrehte als Zuckerman? Oder trug er eine dunkle Brille, um sich selber wie eine Berühmtheit vorzukommen? Oder war die neuste Masche, daß er jetzt zu allem Unglück auch noch erblindet war? BLINDER QUIZKANDIDAT BITTET UM EINE SPENDE.

»Guten Morgen«, sagte Zuckerman und wich zurück.

»Früh aufgestanden für das große Ereignis?«

Einzeiler, begleitet von einem komischen Grinsen. Zuckerman zog es vor, nicht darauf zu antworten.

»Nicht zu fassen – da geht man aus dem Haus, um eine Kaffeepause zu machen, und landet mir nichts, dir nichts dort, wo Prinz Seratelli aufgebahrt ist.«

Wieso landest du, wenn du in der Zweiundsechzigsten Straße eine Kaffeepause machen willst, bei Seratelli in der Einundachtzigsten?

»Darum beneide ich euch New Yorker«, sagte Pepler. »Man geht in einen Fahrstuhl – das ist mir an meinem ersten Tag hier tatsächlich passiert – und plötzlich sieht man Victor Borge leibhaftig vor sich! Man will sich rasch die Spätausgabe besorgen, und wer steigt, direkt vor dir, aus einem Taxi? Um Mitternacht? Twiggy! Man kommt aus dem Waschraum einer Imbißstube, und da sitzen Sie beim Abendessen! Victor Borge, Twiggy und Sie – alles innerhalb meiner ersten achtundvierzig Stunden in New York. Der Polizist auf dem Pferd hat mir gesagt, dem Vernehmen nach soll Sonny Liston hierherkommen.« Er deutete auf die Polizeibeamten und die am Haupteingang des Bestattungsinstituts versammelten Zuschauer. Auch ein Fernsehteam war zur Stelle. »Aber bisher haben Sie noch nichts versäumt.«

Kein Wort darüber, daß Zuckerman gestern abend nicht vor der Baskin-Robbins-Eisdiele gewartet, sondern das Weite gesucht hatte. Und auch nichts über die Telefonanrufe.

Zuckerman vermutete, daß Pepler ihn verfolgt hatte. Dunkle Brille für dunkle Machenschaften. Schon bevor er seine Wohnung verlassen hatte, war ihm dieser Gedanke gekommen: Pepler in einem Hauseingang irgendwo in der Nachbarschaft versteckt und auf sein Opfer lauernd. Aber er konnte doch nicht zu Hause herumsitzen und auf einen Anruf warten, bloß weil der Entführer es von ihm verlangt hatte. Das wäre tatsächlich eine Verrücktheit gewesen. Zumal wenn dieser Spinner der Kidnapper war.

»Was kennen Sie denn sonst noch aus dem Jahr 1950?«

»Wie bitte?«

»Welche anderen Schlager von 1950?« wollte Pepler wissen. »Können Sie die fünfzehn Top-Hits aufzählen?«

Ob verfolgt oder nicht – jetzt mußte Zuckerman lächeln.

»Fehlanzeige. Ich könnte nicht mal die zehn Top-Hits des Jahres 1950 nennen.«

»Möchten Sie die Titel hören? Alle fünfzehn?«

»Ich bin in Eile.«

»Also, zunächst mal – 1950 gab es drei Top-Hits mit dem Wort *cake* im Titel. *Candy and Cake, If I Knew You Were Comin' I'd 'Ave Baked a Cake* und *Sunshine Cake.* Und jetzt die anderen, in alphabetischer Reihenfolge...« – wobei er sich stramm vor Zuckerman aufpflanzte – »... *Autumn Leaves, A Bushel and a Peck, C'est si bon, It's a Lovely Day Today, Music, Music, Music, My Heart Cries for You, Rag Mop, Sam's Song, The Thing, Zena, Zena* – womit ich vorhin begonnen habe – *Wilhelmina* und *You, Wonderful You.* Fünfzehn. Und dieser Hewlett Lincoln hätte Ihnen keine fünf nennen können. Ohne die richtigen Antworten in der Tasche nicht mal einen einzigen. Nein, in puncto All Time American Hit Parade ist Alvin Pepler ›Mr. Nicht-zu-Bremsen‹ gewesen. Bis sie mich gebremst haben, um diesen Goi groß herauszubringen.«

»Ich hatte *Rag Mop* vergessen.«

Pepler lachte sein herzliches, verständnisvolles Lachen. Du liebe Güte, er machte wirklich einen ganz harmlosen Eindruck. Die dunkle Brille? Eine Touristenmarotte. Die sich einbürgerte. »Pfeifen Sie was anderes«, sagte Pepler. »Irgend etwas. Kann so alt sein, wie Sie wollen.«

»Ich muß jetzt wirklich gehen.«

»Bitte, Nathan. Bloß um mich auf die Probe zu stellen. Um ganz sicherzugehen, daß ich Ihnen nichts vormache. Daß ich der leibhaftige Alvin Pepler bin!«

Also, es war Krieg, die Sirenen hatten geheult, und sein Vater, als Luftschutzwart für sämtliche Häuser seiner Straße zuständig, war vorschriftsmäßig innerhalb sechzig Sekunden ins Freie gerannt. Henry und Nathan saßen mit ihrer Mutter an dem wackligen Bridgetisch im Keller und spielten bei Kerzenlicht »Kasino«. Bloß eine Luftschutzübung, kein echter Alarm, niemals echter Alarm in Amerika, aber als zehnjähriger Amerikaner war man sich dessen natürlich nie ganz sicher. Sie könnten den Newarker Flugplatz verfehlen und das Haus der Familie Zuckerman treffen. Doch schon bald wurde Entwarnung gegeben, und Dr. Zuckerman kam, die Luftschutzwart-Mütze auf dem Kopf, pfeifend die Kellertreppe herunter und leuchtete den beiden Jungen mit seiner Taschenlampe zum Spaß direkt in die

Augen. Kein Flugzeug war gesichtet worden, keine Bomben waren gefallen, die altersschwachen Sonnenfelds am anderen Ende der Straße hatten ganz von selber die Verdunklungsrouleaus heruntergezogen und noch keiner der beiden Zuckerman-Söhne hatte ein Buch geschrieben oder eine Frau angerührt, geschweige denn sich von einer scheiden lassen. Warum also hätte Dr. Zuckerman nicht pfeifen sollen? Er schaltete das Licht ein und gab jedem von ihnen einen Kuß. »Ich spiel' mit«, sagte er.

Die Melodie, die sein Vater damals auf der Kellertreppe gepfiffen hatte, pfiff Nathan jetzt für Pepler. Statt wegzurennen.

Die ersten drei Töne genügten. »*I'll Be Seeing You*, 1943«, sagte Pepler. »Vierundzwanzigmal in der Hit-Parade, zehnmal als Nummer eins. Plattenaufnahmen von Frank Sinatra und von Hildegarde. Die fünfzehn Top-Hits von 1943 – sind Sie bereit, Nathan?«

O ja, er war bereit. *Dans le vrai* – wurde ja auch allmählich Zeit. André hatte ihm zu Recht den Kopf gewaschen: »Zuerst verkriechst du dich, um deine Phantasie aufzuputschen, und dann verkriechst du dich, weil du die der anderen aufgeputscht hast.« Was für Romanideen wird dir das einbringen? Wenn aus dem Highlife mit Caesara nichts geworden ist, warum es dann nicht mal da unten versuchen? Wo ist deine Neugier geblieben? Wo ist dein altes, ironisches Ich? An wem hast du welche strafbare Handlung begangen, daß du jetzt herumschleichst wie jemand auf der Flucht vor der Justiz? Die tugendhafte Masche ist nichts für dich! Ist es nie gewesen! Großer Fehler, jemals anderer Ansicht gewesen zu sein! *Davor* bist du geflohen – in dieses stupende *vrai*!

»Schießen Sie los, Alvin!« Waghalsige Ausdrucksweise, aber Zuckerman war's egal. Absichtlich waghalsig. Er war lange genug vor seiner eigenen Eruption in Deckung gegangen. Nimm hin, was dir gegeben worden ist! Akzeptiere, was du entfachst! Heiß die Geister, die dein Buch herbeigerufen hat, willkommen! Und das gilt auch für das Geld, das gilt auch für den Ruhm und das gilt auch für diesen »Engel der manischen Freuden«!

Der ohnehin nicht mehr aufzuhalten war.

»*Comin' in on a Wing and a Prayer. I Couldn't Sleep a Wink Last Night. I'll Be Seeing You. It's Love, Love, Love. I've Heard That Song Before. A Lovely Way to Spend an Evening. Mairzy Doats. Oh, What a Beautiful Mornin'*. Mornin', wohlgemerkt, nicht ›Morning‹, wie die meisten Leute meinen – allen voran Hewlett Lincoln. Obwohl ihm das nicht als Fehler angerechnet wurde. Nicht in dieser Quizsendung! *People Will Say We're in Love. Pistol Packin' Mama. Sunday, Monday or Always. They're Either Too Young or Too Old. Tico, Tico. You Keep Coming Back Like a Song. You'll Never Know*. Fünfzehn.« Er entspannte sich und sackte tatsächlich ein bißchen zusammen, weil man Hewlett in dieser Sendung so viel hatte durchgehen lassen.

»Wie schaffen Sie das bloß, Alvin?«

Pepler nahm die dunkle Brille ab, rollte mit den dunklen Augen (denen noch niemand ein Veilchen verpaßt hatte) und machte einen Witz:

»*It's Magic.*«

Zuckerman ging darauf ein. »Doris Day. Neunzehnhundert... sechsundvierzig.«

»Knapp daneben!« frohlockte Pepler. »Die richtige Antwort lautet: achtundvierzig. Tut mir schrecklich leid, Nathan. Das nächste Mal klappt's bestimmt besser. Text von Sammy Cohn, Musik von Jule Styne. Aus dem Film *Romance on the High Sea*. Warner Brothers. Mit Jack Carson und, natürlich, mit der ›göttlichen Dodo‹, Miss Doris Day.«

Jetzt hatte er Zuckerman tatsächlich zum Lachen gebracht. »Alvin, Sie sind phantastisch.«

Worauf Pepler wie aus der Pistole geschossen erwiderte: »*You're Sensational. You're Devastating. You're My Everything. You're Nobody Till Somebody Loves You. You're Breaking My Heart. You're Getting to Be a Habit with Me. You're...*«

»Das... das ist wirklich eine Show. Also wirklich, das ist fabelhaft!« Zuckerman lachte sich halb tot. Was Pepler keineswegs zu stören schien.

»*... a Grand Old Flag. You're a Million Miles from Nowhere (When You're One Little Mile from Home). You're My Thrill.* Soll ich aufhören?« Schweißtriefend und so beglückt, wie es ein Adrenalinsüchtiger nur sein kann, fragte er: »Soll ich aufhören, mein Junge, oder möchten Sie noch mehr Titel hören?«

»Nein«, ächzte Zuckerman, »keine mehr.« Ach, war das schön, wieder mal vergnügt zu sein! Und noch dazu hier draußen! In aller Öffentlichkeit! Entronnen! Frei! Durch Pepler aus der Gefangenschaft befreit! »Lassen Sie mich erst mal Luft holen. Bitte, Alvin, die Leute auf der anderen Straßenseite sind zu einer Beerdigung gekommen.«

»Straße«, verkündete Pepler. »*The Streets of New York*. Auf der anderen Seite: *Across the Alley from the Alamo*. Beerdigung. Darüber möchte ich erst mal nachdenken. Bitte: *Please Don't Talk About Me When I'm Gone*. Mehr: *The More I See You*. Keine: *No Other Love*. Und jetzt zu ›Beerdigung‹. Nein, dafür stehe ich mit meinem Renommee ein: In der Geschichte der amerikanischen Unterhaltungsmusik gibt es kein einziges Lied, in dem das Wort ›Beerdigung‹ vorkommt. Aus naheliegenden Gründen.«

Unbezahlbar! *Le vrai*. Nicht zu überbieten. In puncto zwecklose Details noch ergiebiger als der große James Joyce.

»Ich muß mich korrigieren«, sagte Pepler. »Es heißt *The More I See of You*. Aus dem Film *Diamond Horseshoe*. Twentieth Century Fox. 1945. Gesungen von Dick Haymes.«

Nicht mehr zu bremsen. Und warum sollte man das überhaupt versuchen? Nein, vor einem Phänomen wie

Alvin Pepler läuft man nicht davon, schon gar nicht, wenn man ein Romanautor mit einigem Grips ist. Wie weit war Hemingway gereist, um einen Löwen aufzuspüren! Zuckerman dagegen war bloß vor die Haustür gegangen. Yes, Sir, pack die Bücher weg! Raus aus dem Arbeitszimmer, hinaus auf die Straße! Endlich im Einklang mit dem Jahrzehnt! Oh, was für einen Roman man aus diesem Typ machen könnte! An dem bleibt alles kleben, was herumschwirrt. Wie Leim ist er, ein geistiger Fliegenfänger, verliert absolut nichts aus dem Gedächtnis. Sammelt sämtliche atmosphärischen Störungen. Was für ein *Romanautor* dieser Bursche werden könnte! Er ist es ja schon! Paté, Gibraltar, Perlmutter, Mosche Dayan – das ist der Roman, dessen Held er ist! Aus den Tageszeitungen und dem Bodensatz der Erinnerung zaubert er diesen Roman hervor. Dem es keineswegs an Überzeugungskraft, wenn auch vielleicht an gewissen Kunstgriffen mangelt. Wie der loslegt!

»*You'll Never Know*, Decca 1943. *Little White Lies*, Decca 1948.« Pepler zufolge die beiden Bestseller-Schallplatten von Dick Haymes. Was Zuckerman auch gar nicht bezweifelte.

»Perry Como?« fragte er. »*Seine* Bestseller?«

»*Temptation, A Hubba, Hubba, Hubba, Till the End of Time.* Alle drei RCA Victor, 1945. 1946: *Prisoner of Love.* 1947: *When You Were Sweet Seventeen.* 1949...«

Zuckerman hatte den Kidnapper völlig vergessen. Für eine Weile vergaß er alles. Seine Sorgen, seinen

Kummer. War doch sowieso alles bloß Einbildung, nicht wahr?

Pepler war bei Nat »King« Cole angelangt – »*Darling, je vous aime beaucoup*, 1955; *Ramblin' Rose*, 1962« –, als Zuckerman das nur einen Fingerbreit von seinem Mund entfernte Mikrofon entdeckte. Und dann die Kamera, die über jemandes Schulter hinweg auf ihn gerichtet war.

»Mr. Zuckerman, Sie sind heute morgen hierhergekommen, um Prinz Seratelli die letzte Ehre zu erweisen.«

»Was Sie nicht sagen!«

Er stellte fest, daß er den dunkelhaarigen, gutaussehenden, kräftig gebauten Reporter aus einer der lokalen Nachrichtensendungen kannte. »Sind Sie als Freund des Verstorbenen hergekommen oder als Freund der Familie?« wollte der Reporter wissen.

Eine umwerfende Komödie. Oh, was für ein Morgen! *Oh, What a Beautiful Mornin'!* Aus *Oklahoma*! Rodgers und Hammerstein. Sogar *er* wußte das.

Lachend winkte er ab. »Nein, nein, ich komme ganz zufällig hier vorbei.« Er deutete auf Pepler. »Mit einem Freund.«

Nur allzu deutlich hörte er, wie dieser Freund sich räusperte. Ohne die dunkle Brille stand er mit geschwellter Brust da und war offenbar drauf und dran, die Welt an alles zu erinnern, was sie ihm angetan hatte.

Zuckerman sah, daß die Menschenmenge drüben bei Campbell zu ihnen herüberstarrte.

Jemand rief schallend: »Wer ist das?«

»Koufax! Koufax!«

»Irrtum, Irrtum.« Zuckerman war jetzt ein bißchen unwirsch, doch zum Glück schien der aggressive Reporter endlich eingesehen zu haben, daß er sich getäuscht hatte. Er winkte dem Kameramann, aufzuhören.

»Entschuldigen Sie, Sir«, sagte er zu Zuckerman.

»Das ist doch gar nicht Koufax, du Trottel.«

»Wer isses denn?«

»Niemand.«

»Tut mir leid, Sir«, sagte der Reporter und lächelte verlegen zu Pepler hinüber, während das Team schleunigst wieder zum eigentlichen Schauplatz des Geschehens zurückkehrte. Drüben war eine Limousine vorgefahren. Alle vor dem Eingang Versammelten versuchten festzustellen, ob Sonny Liston im Wagen saß.

»Das«, sagte Pepler, wobei er auf den hinüberhastenden Fernsehreporter zeigte, »ist J. K. Cranford. Der frühere Nationalspieler aus der Mannschaft der Rutgers-Universität.«

Inzwischen war ein berittener Polizist zu den beiden herübergetrabt und beugte sich hinunter, um sie genau zu betrachten. »Hey, Mac«, sagte er zu Zuckerman, »wer sind Sie?«

»Kein Sicherheitsrisiko.« Zuckerman klopfte auf die

Brusttasche seiner Kordjacke, um zu beweisen, daß er kein Schießeisen bei sich trug.

Der Ordnungshüter zeigte sich amüsiert – allerdings längst nicht so amüsiert wie Zuckermans Kumpel. »Nein«, sagte er, »ich meine, was für 'ne Berühmtheit Sie sind? Sie waren doch kürzlich im Fernsehen, stimmt's?«

»Nein, nein. Die hatten den Falschen erwischt.«

»Sind Sie nicht letzte Woche in der Dina Shore-Show aufgetreten?«

»Ich nicht, Officer. Ich war zu Hause im Bett.«

Aber Pepler konnte einfach nicht zulassen, daß der stramme Polizist da oben auf dem Pferd sich derart lächerlich machte. »Sie wissen nicht, wer das ist? Das ist Nathan Zuckerman!«

Der Polizist sah halb erstaunt, halb gelangweilt zu dem Mann mit der dunklen Brille und der Regenausrüstung hinunter.

»Der *Schriftsteller*«, klärte Pepler ihn auf.

»Ach ja?« sagte der Polizist. »Was hat er denn geschrieben?«

»Das darf doch nicht wahr sein! Sie wissen nicht, was Nathan Zuckerman geschrieben hat?« Worauf er den Titel von Zuckermans viertem Buch so triumphierend verkündete, daß der kraftstrotzende, glattgestriegelte Gaul, obwohl auf öffentliche Ruhestörungen abgerichtet, heftig scheute und fest an die Kandare genommen werden mußte.

»Nie davon gehört«, sagte der Polizist, machte kehrt und trabte, als die Ampel auf Grün schaltete, forsch zu Campbell zurück.

Pepler, verächtlich: »Mit ›*New York's finest*‹ müssen die Pferde gemeint sein, nicht die Polizisten.«

Gemeinsam beobachteten sie, wie Nationalspieler J. K. Cranford da drüben einen kleinen Mann interviewte, der gerade aus einem Taxi aufgetaucht war. Manuel Soundso, erklärte Pepler. Der Jockey. Pepler war überrascht, daß er ohne seine glamouröse Ehefrau, die bekannte Tänzerin, erschienen war.

Nach dem Jockey ein silberhaariger Herr, der in seinem dunklen Anzug mit dunkler Weste sehr seriös wirkte. Auf Cranfords Fragen schüttelte er bedauernd den Kopf. Wollte sich nicht äußern. »Wer ist das?« fragte Zuckerman.

Ein Gangsteranwalt, erfuhr er. Erst kürzlich aus einer Bundesstrafanstalt entlassen. Mit seinem sonnengebräunten Gesicht kam er Zuckerman eher so vor, als hätte man ihn kürzlich von den Bahamas entlassen.

In den nächsten Minuten identifizierte Pepler jeden Trauergast, an den Cranford und sein Team sich heranpirschten.

»Sie sind eine Nummer für sich, Alvin.«

»Sie meinen, weil ich *so was* weiß? Sie hätten mich in ›Smart Money‹ sehen sollen! Das hier ist bloß eine *Kostprobe*. Hewlett hatte die Schiebung nötig, dieser Scharlatan! Wenn Schachtman sonntags mit den Antworten anrückte, mußte ich die Hälfte davon korrigieren, weil Fehler drin waren. Ich vergesse kein Gesicht, das ich einmal gesehen habe. Ich kenne das Gesicht jeder Person in der Welt, die jemals in der Zeitung abgebildet war, ganz gleich, ob es ein Kardinal ist, der Papst werden wollte, oder irgendeine Stewardess aus Belgien, die mit dem Flugzeug abgestürzt ist. Auch wenn ich es wollte, könnte ich nichts davon vergessen. Sie hätten mich auf meinem Höhepunkt erleben sollen, Nathan, während jener drei Wochen. Ich habe damals nur für die Donnerstage gelebt. ›Er ist phantastisch, er weiß alles.‹ So haben sie mich in der Sendung vorgestellt. Für die war das alles bloß der übliche Bockmist, mit dem das bescheuerte Publikum gefüttert wird. Das Schlimme ist, daß es wirklich so war. – Und was ich nicht wußte, konnte ich lernen. Man brauchte es mir bloß zu zeigen, man brauchte bloß auf den richtigen Knopf zu drücken, und schon kam eine Flut von Informationen heraus. Ich konnte zum Beispiel alle historischen Ereignisse aus Jahren mit der Zahl 98 nennen. Ich kann es immer noch. Das Jahr 1066 ist jedem ein Begriff, aber wie steht's mit 1098? Jeder weiß über 1492 Bescheid, aber über 1498? Savonarola in Florenz auf dem Scheiterhaufen verbrannt; erstes deutsches Pfandhaus in Nürnberg eröffnet; Vasco da Gama entdeckt den Seeweg nach Indien. Aber was soll's? Was hat es mir letztlich genützt? 1598: Shakespeare schreibt *Viel Lärm um nichts*; der koreanische Admiral Visunsin erfindet das gepanzerte Kriegsschiff. 1698: erste Papiermanufaktur in Nordamerika; Leopold von Anhalt-Dessau führt in der preußischen Armee den Stechschritt und den Ladestock aus Eisen ein. 1798: Casanova gestorben; Napoleon gewinnt die Pyramidenschlacht und damit die Herrschaft über Ägypten. Ich könnte den ganzen Tag so weitermachen. Und die ganze Nacht. Aber was hab' ich davon? Was nützt die ganze Lernerei, wenn sie brachliegen muß? In New Jersey haben die Leute damals endlich begonnen, Respekt vor dem Wissen, vor der Geschichte, vor den Wahrheiten des Lebens zu empfinden, statt bloß ihre eigenen, engstirnigen, voreingenommenen Ansichten gelten zu lassen. Und das alles meinetwegen! Und jetzt? Und jetzt? Wissen Sie, wo ich jetzt gerechterweise sein sollte? Da drüben! Ich sollte J. K. Cranford sein!«

Er lechzte so offensichtlich nach Zuckermans Zustimmung, daß dieser gar nichts anderes erwidern konnte als: »Warum eigentlich nicht?«

»Meinen Sie das wirklich?«

Und was sollte man auf eine so flehentliche Frage antworten? »Warum denn nicht?« sagte Zuckerman.

»O Gott, würden Sie mir einen Gefallen tun, Nathan? Würden Sie eine Minute opfern und etwas lesen, was ich geschrieben habe? Und mir dann Ihre ehrliche Meinung sagen? Das würde mir unendlich viel bedeuten. Nicht mein Buch. Etwas anderes. Etwas Neues.«

»Was denn?«

»Naja, es handelt sich um eine Literaturkritik.«

Sachte, sachte. »Sie haben mir gar nicht gesagt, daß Sie auch Literaturkritiker sind.«

Wieder ein Zuckerman-Einzeiler, den Pepler gebührend würdigte. Er wagte sogar eine entsprechende Retourkutsche. »Ich dachte, das wüßten Sie schon. Ich dachte, deswegen wären Sie gestern abend verduftet.« Doch als Zuckerman eisern schwieg, erklärte Pepler: »Ich möchte Sie eben auch mal ein bißchen aufziehen, Nathan. Als ich gestern aus der Eisdiele kam, habe ich eingesehen, daß Sie es eilig hatten, wegen Ihrer Besprechung. Na, Sie kennen mich ja: Ich habe dann auch Ihr Eis gegessen. Und die ganze Nacht dafür büßen müssen. Nein, keine Sorge, ich bin kein Literaturkritiker, nicht im üblichen Sinn. Aber gestern habe ich von der großen Umwälzung bei der *New York Times* gehört. Für Sie ist das natürlich kalter Kaffee, aber ich hab's erst letzte Nacht erfahren.«

»Was für eine Umwälzung?«

»Der Theaterkritiker soll gefeuert werden, und wahrscheinlich auch der Literaturkritiker. Daß es soweit kommen würde, war schon lange vorauszusehen.«

»Ach wirklich?«

»Wußten Sie das nicht?«

»Nein.«

»Ach wirklich? Ich hab's von Mr. Perlmutter erfahren. Er hat gute Beziehungen zu Sulzberger, dem die Zeitung gehört. Er kennt die ganze Familie. Ist Mitglied derselben Gemeinde.«

Perlmutter? Der legendäre chevalereske Vater des legendären Produzenten Paté? Mit Sulzberger ist er auch bekannt? Dieser Roman hat's in sich.

»Sie wollen sich also um den Job bewerben?«

Pepler wurde rot. »Aber nein, natürlich nicht. Ich bin nur ins Nachdenken geraten. Ob ich so was überhaupt schaffen könnte. ›Ich werde lernen und mich vorbereiten, und vielleicht kommt dann meine Chance.‹ Erstaunlich, auch für mich selber, daß ich nach allem, was ich durchgemacht habe, kein Zyniker geworden bin, sondern immer noch an diesem ›Land der unbegrenzten Möglichkeiten‹ hänge. Wie könnte es denn auch anders sein? Ich habe in zwei Kriegen für dieses Land gekämpft. Mir sind nicht nur seine Schlager vertraut, nein – alles. Sport und Spiel, die Zeit des Dampfradios, der Slang, die Sprichwörter, die Reklame, die berühmten Schiffe, die Verfassung, die großen Schlachten, Längen- und Breitengrade – fragen Sie mich etwas, und wenn's Amerikana ist, weiß ich's todsicher. Ohne daß mir die Antworten vorher zugesteckt wurden. Ich hab' sie *im Kopf!* Ich glaube an dieses Land. Allein schon deshalb, weil es ein Land ist, wo man sich auch nach der schändlichsten Niederlage wieder aufrappeln kann, wenn man nur die nötige Ausdauer hat. Wenn man nur den Glauben an sich selber nicht verliert. Sehen Sie sich doch die Geschichte dieses Landes an. Denken Sie an Nixon. Ist doch erstaunlich, was der alles überlebt hat! Fünfzehn Seiten habe ich in meinem Buch über diesen Schwindler geschrieben. Denken Sie an Johnson, diesen berühmten Dreckschleuderer! Was wäre denn ohne Lee Harvey Oswald aus Lyndon Johnson geworden? Er hätte in der Garderobe des Senats mit Immobilien gehandelt.«

Oswald? Hatte Alvin Pepler nicht soeben Lee Harvey Oswald erwähnt? Und hatte der anonyme Anrufer gestern abend nicht eine flüchtige Bemerkung über Ruby, »Jack Idiot Ruby«, gemacht und ihn als Amerikas neuen Schutzheiligen bezeichnet? Und auch auf Sirhan Sirhan angespielt? *In Robert Kennedy hatten wir eine große Führerpersönlichkeit, und dieser verrückte arabische Schweinehund hat ihn erschossen.* Das stand alles in Zuckermans Aufzeichnungen.

Höchste Zeit zu gehen.

Andererseits – was hatte er *hier* zu befürchten? Wimmelte es hier nicht von Polizisten? Aber auch in Dallas hatte es von Polizisten gewimmelt, und was hatte es dem Präsidenten genützt?

Ach, war der Status des Präsidenten etwa mit dem zu vergleichen, den der Autor von *Carnovsky* jetzt in Amerika hatte?

»... meine Buchbesprechung.«

»Ja?« Er hatte den Faden verloren. Und Herzklopfen bekommen.

»Ich habe erst nach Mitternacht mit dem Schreiben begonnen.«

Nach deinem letzten Telefonanruf, dachte Zuckerman. Ja, ja, der Mann, der vor mir steht, ist der Entführer meiner Mutter. Wer denn sonst?

»Ich bin noch nicht dazu gekommen, auf den Roman als solchen einzugehen. Das hier sind lediglich erste Eindrücke. Falls sie zu sehr nach Gehirnakrobatik klingen – ich weiß schon, warum. Ich muß eben das Kunststück fertigbringen, kein Wort darüber zu schreiben, was eigentlich gar kein Geheimnis ist, jedenfalls nicht für mich: daß dieses Buch in vieler Hinsicht ebenso die Geschichte meines Lebens wie die Geschichte Ihres Lebens ist.«

Es war also – ausgerechnet! – eine Rezension von Zuckermans Buch. Wirklich höchste Zeit, zu gehen. Vergiß Oswald und Ruby. Wenn der Löwe mit seiner Rezension von *Das kurze, glückliche Leben des Francis Macomber* zu Hemingway kommt, ist's höchste Zeit, den Dschungel zu verlassen und nach Hause zurückzukehren.

»Ich meine damit nicht bloß Newark. Wie viel das für mich bedeutet hat, versteht sich von selbst. Ich meine... das, was einem nachhängt. Die psychischen Probleme...« – er wurde rot – »... eines netten jüdischen Jungen. Ich glaube, daß sich jeder auf seine Weise mit diesem Buch identifiziert hat. Deshalb ist es so ein Bombenerfolg. Was ich meine, ist... wenn ich jemals genug Talent gehabt hätte, einen Roman zu schreiben, dann wäre es *Carnovsky* geworden.«

Zuckerman sah auf die Uhr. »Alvin, ich muß jetzt wirklich gehen.«

»Und meine Buchbesprechung?«

»Die können Sie mir zuschicken.« Weg von der Straße, zurück ins Arbeitszimmer! Höchste Zeit, die Bücher auszupacken.

»Aber ich hab' sie doch bei mir.« Pepler zog ein kleines Ringbuch aus der Brusttasche. Er schlug sofort die richtige Seite auf und hielt sie Zuckerman hin.

Zuckerman stand direkt vor einem Briefkasten. Genau wie gestern abend hatte Pepler ihn an einem Briefkasten »festgenagelt«. Gestern abend! *Dieser Mann ist wahnsinnig. Und auf mich fixiert. Wer ist er denn hinter dieser dunklen Brille? Ich! Er glaubt, er sei ich!*

Zuckerman unterdrückte den Impuls, das Notizheft in den Briefkasten zu werfen und einfach wegzugehen – eine Berühmtheit, frei und ungebunden. Er sah auf das Notizbuch hinunter und las. Sein Leben lang hatte er gelesen. Was sollte er denn jetzt zu befürchten haben?

Ein Marcel Proust aus New Jersey, lautete die Überschrift von Peplers Rezension.

»Über den ersten Absatz bin ich noch nicht hinausgekommen«, erklärte er. »Aber wenn Sie meinen, daß ich den richtigen Einstieg gefunden habe, schreibe ich's heute abend bei Paté fertig. Perlmutter kann es dann am Freitag Sulzberger zeigen.«

»Hm.«

Pepler merkte, wie skeptisch dieses »Hm« klang. Und beeilte sich, Zuckerman zu beschwichtigen. »Blödere Heinis als ich schreiben Buchbesprechungen, Nathan.«

Eine Bemerkung, gegen die bestimmt nichts einzuwenden war. Peplers Einzeiler brachte Zuckerman zum Lachen. Und mal lauthals zu lachen, dagegen hatte Zuckerman absolut nichts, wie seine Fans bestätigen konnten. Und so machte er sich denn, den Briefkasten im Rücken, ans Lesen. Eine Seite mehr oder weniger würde ihn nicht umbringen.

Die Handschrift war winzig, minuziös, pedantisch, alles andere als gefühlsbetont. Und daß der Stil der Mensch sei, traf hier gewiß nicht zu.

»Erzählende Literatur ist keine Autobiographie, dennoch wurzelt sie meiner Überzeugung nach in gewisser Hinsicht im Autobiographischen, mag der Zusammenhang mit tatsächlichen Ereignissen noch so geringfügig, vielleicht sogar überhaupt nicht vorhanden sein. Wir sind schließlich die Summe unserer Erfahrungen, und Erfahrung beinhaltet nicht nur, was wir tatsächlich tun, sondern auch, was wir uns insgeheim vorstellen. Ein Autor kann nicht über etwas schreiben, worüber er nichts weiß, und der Leser muß den Stoff für glaubwürdig halten, doch so dicht auf den Fersen der eigenen, unmittelbaren Erfahrung zu schreiben, birgt Gefahren in sich: einen Mangel an Härte vielleicht; die Neigung, Nachsicht zu üben; einen Drang, die Einstellung des Autors zur Umwelt zu rechtfertigen. Distanz dagegen bewirkt entweder, daß eigene Erfahrungen verschwommen werden oder aber sich vertiefen. Bei den meisten von uns sind sie glücklicherweise verschwommen. Bei Schriftstellern jedoch, die sich davon abhalten lassen, alles auszuplaudern, bevor sie es verdaut haben, vertiefen sie sich.«

Bevor Zuckerman etwas sagen konnte (nicht, daß er es damit eilig gehabt hätte), erläuterte Pepler seine Methode. »Ich gehe zuerst auf das autobiographische Problem ein und erst danach auf den Inhalt des Buches. Damit befasse ich mich heute abend. Ich habe alles schon genau durchdacht. Ich möchte mit meiner eigenen literarischen Theorie beginnen, mit meiner eigenen Kurzfassung von Leo Tolstojs *Was ist Kunst?*, in englischer Übersetzung erstmals 1898 erschienen. Haben Sie was auszusetzen?« fragte er, als ihm Zuckerman das Notizbuch zurückgab.

»Nein. Ist in Ordnung. Ein guter Anfang.«

»Das ist nicht Ihre wahre Meinung.« Er schlug das Notizbuch auf und betrachtete seine Handschrift – so sauber, so lesbar, so ganz und gar das, was die Lehrerin so ganz und gar nicht von dem dicklichen, unbeholfenen Jungen auf der letzten Bank erwartet hätte. »Was ist daran auszusetzen? Sie müssen's mir sagen. Wenn ich Mist gebaut habe, möchte ich nicht, daß Sulzberger das zu lesen bekommt. Ich will die Wahrheit wissen. Ich habe mein Leben lang für die Wahrheit gekämpft und gelitten. Bitte keine Schmeicheleien. Und kein Geschwafel. Was habe ich falsch gemacht? Damit ich lernen und Fortschritte machen und meinen rechtmäßigen Platz wieder einnehmen kann!«

Nein, Pepler hatte es nicht einfach abgeschrieben. Es war zwar völlig egal, aber offensichtlich hatte er diesen Brei selber zusammengerührt – das eine Auge auf die *New York Times* gerichtet, das andere auf Leo Tolstoj. Um Mitternacht, nach dem letzten schurkischen »Ha, ha, ha«. *Ich werde alles tun, was in meiner Macht steht, um Gewaltanwendung zu vermeiden. Aber wenn ich mich bedroht fühle, werde ich wie ein Bedrohter handeln müssen.* So stand es in Zuckermans Notizheft.

»Wie gesagt, es ist nicht schlecht, beileibe nicht.«

»O doch! Sie wissen, daß es schlecht ist! Sagen Sie mir doch, warum! Wie soll ich etwas dazulernen, wenn Sie's mir nicht sagen?«

Zuckerman ließ sich erweichen. »Na schön, Alvin, ich würde den Stil nicht gerade lakonisch nennen.«

»Nein?«

Zuckerman schüttelte den Kopf.

»Ist das schlecht?«

Zuckerman versuchte nachdenklich zu klingen. »Nein, ›schlecht‹ ist das natürlich nicht...«

»Aber auch nicht gut. Okay. Verstehe. Aber die Gedanken, die ich vermitteln will? Den Stil kann ich im nächsten Entwurf ausfeilen, falls ich Zeit dazu habe. Miss Diamond kann ihn in Ordnung bringen, wenn Sie meinen, daß er das nötig hat. Aber meine Gedanken, der gedankliche Inhalt als solcher...«

»Der gedankliche Inhalt«, sagte Zuckerman düster, als Pepler ihm das Notizbuch nochmals in die Hand drückte. Drüben bei Campbell wurde gerade eine ältere Dame von J. K. Cranford – statt von Alvin Pepler – interviewt. Hager, gut aussehend, auf einen Stock gestützt. Seratellis Witwe? Seratellis Mutter? Wenn ich doch diese alte Dame wäre, dachte er. Alles, bloß keine Diskussion über den »gedanklichen Inhalt«.

Erzählende Literatur, las Zuckerman nochmals, *ist keine Autobiographie, dennoch wurzelt sie meiner Überzeugung nach im Autobiographischen, mag der Zusammenhang mit tatsächlichen Ereignissen...*

»Kümmern Sie sich jetzt nicht um den Stil«, sagte Pepler. »Lesen Sie's diesmal nur auf den gedanklichen Inhalt hin.«

Zuckerman starrte blindlings auf den Text hinunter. Und hörte den Löwen zu Hemingway sagen: »Lesen Sie's nur auf den gedanklichen Inhalt hin.«

»Ich hab's bereits auf beides hin gelesen.« Er legte Pepler die Hand auf die Brust und schob ihn sanft zurück. Bestimmt nicht der beste Einfall, aber was blieb ihm denn anderes übrig? Auf diese Weise konnte er sich vom Briefkasten entfernen. Wieder gab er das Notizbuch zurück. Pepler sah aus, als hätte er einen Schlag auf den Kopf bekommen.

»*Und?*«

»Und?« wiederholte Zuckerman.

»Die Wahrheit! Wir sprechen hier über mein *Leben*, über meine Chance, nochmals eine Chance zu bekommen. Ich muß die Wahrheit wissen!«

»Also, die Wahrheit ist...« – doch als er sah, daß Pepler der Schweiß übers Gesicht rann, überlegte er sich's anders – »... daß es sich durchaus für eine Zeitung eignen könnte.«

»Aber? Das klingt nach einem großen Aber, Nathan. Aber *was*?«

Zuckerman zählte die Polizisten drüben bei Campbell. Zu Fuß: vier. Beritten: zwei. »Naja, ich glaube nicht, daß man in die Wüste gehen und sich auf eine Säule stellen muß, um auf solche ›Gedanken‹ zu kommen.«

»Peng!« Erregt begann Pepler, mit dem Notizbuch auf seine Handfläche zu klatschen. »Sie können wirklich aus der Hüfte schießen. Auweia! Ihr Buch ist kein Zufallstreffer, das steht fest. Ich meine die Satire. Mann o Mann!«

»Hören Sie mal zu, Alvin. Möglich, daß Sulzberger ganz wild auf Ihre Rezension sein wird. Ich bin sicher, daß seine und meine Maßstäbe völlig verschieden sind. Seien Sie jetzt nicht entmutigt, sondern lassen Sie's Perlmutter mal bei ihm versuchen.«

»Ach was«, sagte Pepler deprimiert. »Wenn's ums Schreiben geht, sind Sie die Autorität.« So heftig, als stieße er sich ein Messer in die Brust, steckte er das Notizbuch in die Tasche.

»Da dürften die Meinungen auseinandergehen.«

»Kommen Sie mir bloß nicht mit diesem Wer-bin-ich-denn-schon-Geschwafel. Spielen Sie nicht den Bescheidenen. Wir wissen, wer erstklassig ist und wer nicht.« Worauf er das Notizbuch wieder herauszog und mit der anderen Hand erregt darauf zu klatschen begann. »Die Stelle, wo ich sage, der Schriftsteller sollte sich davon abhalten lassen, alles auszuplaudern, bevor er's verdaut hat – wie finden Sie *die*?«

Zuckerman, der Satiriker, schwieg.

»Ist das auch Mist? Behandeln Sie mich nicht gönnerhaft – *sagen* Sie's mir!«

»Natürlich ist es kein ›Mist‹.«

»Aber?«

»Aber es klingt nach Effekthascherei, nicht wahr?« So ernsthaft und von jeglicher Gönnerhaftigkeit so weit entfernt wie es ein Literat nur sein kann, fuhr Zuckerman fort: »Ich frage mich, ob es die Mühe wert ist.«

»Da irren Sie sich. Ich war nicht auf Effekthascherei aus. Es ist mir ganz spontan eingefallen. Wortwörtlich so, wie ich's hingeschrieben habe. Es ist der einzige Satz, den ich *nicht* ausradiert habe – nicht *ein* Wort.«

»Dann liegt's vielleicht *daran*.«

»Ich verstehe.« *Was* er verstand, unterstrich Pepler

mit heftigem Kopfnicken. »Wenn mir etwas leichtgefallen ist, taugt es nichts, und wenn mir etwas schwergefallen ist, taugt es auch nichts.«

»Ich habe nur diesen einen Satz gemeint.«

»Ach sooo«, sagte Pepler ominös. »Aber er ist ganz zweifellos das Schlechteste, das Allerletzte – dieser Satz übers Ausplaudern.«

»Möglich, daß Sulzberger es anders sieht.«

»Ich pfeife auf Sulzberger! Ich frage nicht ihn, sondern Sie! Und was Sie mir gesagt haben, ist folgendes: Erstens – der Stil ist Mist; zweitens – der gedankliche Inhalt ist Mist; drittens – mein bester Satz ist der größte Mist. Was Sie mir gesagt haben, ist, daß gewöhnliche Sterbliche wie ich sich gar nicht erst erdreisten sollten, etwas über Ihr Buch zu schreiben. Darauf läuft es doch wohl hinaus – *auf Grund eines einzigen Abschnitts meines ersten Entwurfs.*«

»Aber nicht doch!«

»Aber nicht doch!« äffte Pepler ihn nach. Er hatte die dunkle Brille abgenommen, um Zuckerman mit gouvernantenhafter Miene zu mustern. »Aber nicht doch!«

»Werden Sie nicht gehässig, Alvin. Immerhin haben Sie darauf bestanden, die Wahrheit zu hören.«

»Immerhin. Immerhin.«

»Hören Sie mal«, sagte Zuckerman, »wollen Sie die *ganze* Wahrheit?«

»Ja!« Aufgerissene Augen, hervorquellende Augen,

flackernde Augen in einem knallroten Gesicht. »Ja! Aber die *objektive* Wahrheit. Unbeeinflußt von der Tatsache, daß Sie dieses Buch nur geschrieben haben, weil Sie die Möglichkeit dazu hatten! Weil Ihnen jede erdenkliche Chance geboten wurde! Weil diejenigen, die nicht so gut dran waren, es nicht schreiben konnten! Unbeeinflußt von der Tatsache, daß die Komplexe, über die Sie geschrieben haben, zufällig *meine* sind, und daß Sie das wußten – und das alles gestohlen haben!«

»Wie bitte? Was soll ich gestohlen haben?«

»Das, was meine Tante Lottie Ihrer Tante Essie und diese Ihrer Mutter und diese Ihnen erzählt hat. Über mich. Über meine Vergangenheit.«

Wirklich allerhöchste Zeit, zu verschwinden.

Rotes Licht. Kam denn ausgerechnet jetzt kein grünes Licht mehr? Da sich jede weitere Kritik oder Belehrung erübrigte, wandte sich Zuckerman zum Gehen.

»Newark!« Pepler, dicht hinter ihm, feuerte dieses Wort direkt auf sein Trommelfell ab. »Was wissen Sie Muttersöhnchen denn schon über Newark! Ich habe dieses Scheißbuch gelesen! Newark – das heißt für Sie, sonntags im Chinarestaurant Chop Suey essen! Und bei der Schulaufführung Leni-Lenape-Indianer spielen! Und Onkel Max im Unterhemd, wie er nachts die Rettiche gießt! Und Nick Etten Baseball-As bei den ›Bears‹! Nick Etten! Idiotisch! *Idiotisch!* Newark – das ist ein Nigger mit 'nem Messer! Newark, das ist 'ne Hure mit Siff! Newark, das sind Junkies, die in deinen

Hausgang scheißen! Und alles bis auf die Grundmauern niedergebrannt! Newark, das sind Italiener und Konsorten vom Selbstschutzkomitee, die mit Reifenhebern Jagd auf Nigger machen! Newark, das bedeutet Bankrott! Asche! Schutt und Dreck! Schaffen Sie sich dort mal ein Auto an, dann wissen Sie *alles* über Newark! Dann können Sie *zehn* Bücher über Newark schreiben! Die schlitzen dir die Kehle auf, bloß wegen deiner Gürtelreifen! Wegen einer Bulova-Uhr schneiden die dir den Hodensack ab! Und aus Spaß und Tollerei auch noch den Pimmel – wenn er weiß ist!«

Die Ampel schaltete auf Grün. Zuckerman steuerte auf den berittenen Polizisten zu. »Und Sie – Sie lamentieren darüber, daß Ihre Mammi Ihnen zu Hause in Newark nicht dreimal täglich den Hintern abwischen wollte! Newark ist erledigt, Sie Idiot! Barbarische Horden und der Untergang Roms – das ist Newark! Aber was wissen Sie auf der ach so feinen Eastside von Manhattan denn schon *davon*? Sie verhohnepipeln Newark und stehlen *mein* Leben...«

Vorbei an dem tänzelnden Pferd und der gaffenden Menge, vorbei an J. K. Cranford und seinem Kamerateam (»Hallo, Nathan!«), vorbei an dem livrierten Portier und hinein ins Bestattungsinstitut.

Das große Foyer wirkte wie ein Broadway-Theater während der Premierenpause: Geldgeber und Bürger in ihrer besten Garderobe und eine so angeregte Unterhaltung, als ob der erste Akt ein toller Heiterkeitserfolg gewesen und das Stück auf dem besten Weg wäre, ein Hit zu werden. Er steuerte einen leeren Winkel an, und sofort kam einer der jungen Bestattungsdirektoren durch die Menge auf ihn zu. Zuckerman hatte ihn schon des öfteren auf der Straße gesehen, meist nachmittags, wenn sich der junge Mann durch das Fenster eines Lastwagens mit dem Sarglieferanten unterhielt. Eines Abends hatte er ihn beobachtet, als er, die Zigarette im Mundwinkel und die Krawatte aufgebunden, die Seitentür aufhielt, weil gerade eine Leiche gebracht wurde. Als der vordere Bahrenträger an der Schwelle stolperte, hatte sich der Körper in dem Sack ein wenig bewegt, und Zuckerman hatte an seinen Vater gedacht.

Anläßlich Prinz Seratellis feierlicher Aufbahrung trug der junge Bestattungsdirektor einen Cutaway und eine Nelke im Knopfloch. Kräftige Kinnbacken, athletische Figur, hohe Tenorstimme. »Mr. Zuckerman?«

»Ja?«

»Kann ich Ihnen behilflich sein?«

»Nein, nein, danke sehr. Will ihm nur die letzte Ehre erweisen.«

Der junge Mann nickte. Ob er ihm das abkaufte, stand auf einem anderen Blatt. Unrasiert wie er war, sah Zuckerman nicht gerade würdevoll aus.

»Falls Sie es vorziehen, Sir, können Sie nachher den hinteren Ausgang benützen.«

»Nein, nein. Ich möchte mich nur etwas sammeln. Geht schon in Ordnung.«

Den Blick auf die Tür gerichtet, wartete Zuckerman in Gesellschaft von Gangstern, Ex-Sträflingen und anderen Berühmtheiten. Man hätte meinen können, er werde tatsächlich von einem zweiten Oswald verfolgt und sei tatsächlich ein zweiter Kennedy oder Martin Luther King. Aber war er denn für Pepler nicht genau *das*? Was war Oswald denn gewesen, bevor er abdrückte und Schlagzeilen machte? (Und nicht etwa im Feuilleton.) War er weniger empört, weniger stur, weniger gekränkt gewesen als Pepler? Weniger bekloppt und irgendwie eindrucksvoller? War er »sinnvoller« motiviert gewesen? Nein! Peng, peng, du bist tot. Einen anderen Sinn hatte diese Tat nicht gehabt. Du bist du, ich bin ich, und darum, nur darum mußt du sterben. Selbst die professionellen Killer, mit denen Zuckerman in diesem Moment Tuchfühlung hatte, waren weniger gefährlich. Nicht, daß er sonderlich daran interessiert gewesen wäre, sich noch länger in ihrer Gesellschaft herumzutreiben. Unrasiert, in seinem abgewetzten Kordanzug, seinem Rollkragenpullover und den abgetragenen Wildlederschuhen, hätte man ihn leicht für einen neugierigen Reporter halten können, statt für jemanden, der immer noch für sein Abschlußexamen lernte. Zumal er eifrig Notizen auf einen Frank E. Campbell-Prospekt machte, während er darauf wartete, freie Bahn für einen raschen Abgang zu haben. Noch ein Schriftsteller mit dringlichen »Gedanken«.

»Auf der Suche nach den vergessenen Schlagern. Meine saure Gurke seine *madeleine*. Warum ist P. nicht der Proust der Popmusik statt der des Karteikastens? Die Ereignislosigkeit des Schreibens, damit konnte er sich nicht abfinden. Wer kann das schon? Erinnerungsmanie ohne Erkenntnismanie. Versinken ohne innere Distanz. Erinnerung ohne logischen Zusammenhang (abgesehen von Dostojewskischer Verzweiflung über Ruhm). Für ihn gibt es keine ›verlorene Zeit‹. Alles Gegenwart. Bei P. Erinnerung an Dinge, die er nicht erlebt hat, bei Proust an alles, was er erlebt hat. Menschenkenntnis aus der ›People‹-Seite der *Times*. Noch ein Bewerber um einen Logenplatz im *Elaine*. Aber: das tyrannische Ego, die Dreistigkeit, die ihm eigene Robustheit – was für Eigenschaften! Käme zu dieser nicht zu bremsenden Energie, zu diesem Fliegenfänger-Gedächtnis auch noch Talent hinzu... aber das weiß er ja selber. Die Talentlosigkeit ist es, die ihn verrückt macht. Diese wilde Energie, diese irre Hartnäckigkeit, dieses Lechzen nach Anerkennung – die Produzenten haben zu Recht vermutet, daß er die Nation zu Tode ängstigen würde. Der Jude, den man nicht ins Wohnzimmer lassen kann. Was das Amerika Johnny Carsons jetzt von mir denkt. Was *ist* dieses Peplersche Sperrfeuer? Ein Überfluß an Zeitgeist? Ein Newarker Poltergeist? Stammesrache? Stille Teilhaberschaft? P. als mein Pop-Alter ego? So ungefähr kommt es P. vor. Ihm, der aus anderer Leute Phantasie jetzt die Phantasie anderer gemacht hat. Buch: *Die Rache des Vrai* – die Formen, die deren Faszination annimmt, der Gegenzauber, der über mich gesprochen wird.«

Als er den jungen Bestattungsdirektor entdeckte, gab er ihm ein Zeichen: Er hob die Hand – nicht allzu hoch allerdings.

Er würde den hinteren Ausgang benützen, ganz gleich, wie dunkel und dumpfig die unterirdischen Gänge sein mochten, durch die er entkommen wollte.

Doch er wurde nur in einen hellen, teppichbelegten, von Zellentüren gesäumten Korridor geführt. Kein Unhold stürzte sich auf ihn, um Maß zu nehmen. Es hätte ein Büro des Finanzamts sein können.

Sein junger Begleiter deutete auf die Zelle, die sein Büro war. »Würden Sie bitte einen Moment warten, Sir? Möchte etwas von meinem Schreibtisch holen.« Er kam mit einem Exemplar von *Carnovsky* zurück. »Würden Sie bitte... ›Für John P. Driscoll‹... Oh, wirklich furchtbar nett von Ihnen.«

Auf der Fifth Avenue gelang es ihm, ein Taxi zu bekommen. »Bank Street. Treten Sie drauf!« Der Fahrer, ein älterer Schwarzer, amüsierte sich über diesen Gangsterjargon und beförderte Zuckerman, offenbar aus purem Spaß, in Rekordzeit nach Greenwich Village. Gleichwohl hatte Nathan unterwegs genug Zeit, um sich auszumalen, was ihm bei Laura bevorstand. *Ich möchte nicht an den Kopf geworfen bekommen, wie langweilig ich drei Jahre lang gewesen bin.* Du bist nicht drei Jahre langweilig gewesen. *Du findest mich nicht mehr reizvoll, Nathan. So simpel ist das.* Reden wir über Sex? Also gut. *Darüber ist nichts mehr zu sagen. Ich bin dazu fähig, und du bist es auch. Es gibt bestimmt Leute, die wir beide ersuchen könnten, uns das zu bestätigen. Was du sonst noch zu sagen hast, will ich nicht hören. Dein gegenwärtiger Zustand läßt dich vergessen, wie sehr ich dich gelangweilt habe. Meine unaffektierte Art, wie du es nennst, hat dich gelangweilt. Die Art und Weise, wie ich etwas erzähle, hat dich gelangweilt. Meine Gesprächsthemen und meine Ansichten haben dich gelangweilt. Meine Arbeit hat dich gelangweilt. Meine Freunde haben dich gelangweilt. Wie ich mich anziehe, hat dich gelangweilt. Meine Art, zu lieben, hat dich gelangweilt. Und nicht mit mir zu schlafen, hat dich noch mehr gelangweilt.* Deine Art, zu lieben, hat mich nicht gelangweilt. Ganz und gar nicht. *O doch, das hat sie. Irgend etwas hat dich gelangweilt, Nathan. Du läßt dir das immer sehr deutlich anmerken. Wenn du unbefriedigt bist, benimmst du dich keineswegs unaffektiert, um diesen Ausdruck zu gebrauchen.* Es war der falsche Ausdruck. Tut mir leid, daß ich das gesagt habe. *Nicht nötig. Genau das hast du gemeint. Nathan, hör auf, dir etwas vorzumachen. Du warst zu Tode gelangweilt und mußt jetzt ein völlig neues Leben beginnen.* Ich habe mich getäuscht. Ich brauche dich. Du hast mir Auftrieb gegeben. Ich liebe dich. *Bitte versuch nicht, mich durch derart leichtfertige Erklärungen zu zermürben. Auch ich habe eine schwierige Zeit hinter mir. Ich kann nur hoffen, daß das Schlimmste vorbei ist. Es muß vorbei sein. Diese ersten paar Wochen mit dir könnte ich kein zweites Mal ertragen.* Die fand ich ebenfalls unerträglich, aber so, wie's jetzt ist, kann ich's auch nicht ertragen, und ich habe nicht vor, mich damit abzufinden, daß es so weitergehen soll. *Das mußt du aber. Bitte versuch nicht, mich zu küssen, versuch nicht, mich festzuhalten, sag mir nie wieder, daß du mich liebst. Wenn du mich auf diese Weise mürb machen willst, bin ich gezwungen, dich ganz aus meinem Leben zu streichen.* Erklärt es sich nicht vielleicht daraus? Was du »mürb machen« nennst, Laura... *Nein danke, einmal ist genug für mich. Es reicht, wenn man einmal gesagt bekommt, man sei nicht die Richtige. Möglich, daß du unter den Nachwirkungen der Trennung leidest, aber ich habe mich nicht verändert. Ich bin immer noch diejenige, die nicht zu dir paßt. Ich bin hoffnungslos vernünftig und seelisch durch nichts zu erschüttern, wenn nicht sogar ernstlich gehemmt. Ich habe immer noch meine Managermentalität und meine stocknüchterne Ausdrucksweise und meinen christlichen Wohltätigkeitsfimmel – und das alles ist nichts für dich. Ich habe die »tugendhafte Masche« nicht aufgegeben.* Auch das war ein falscher Ausdruck. Ich habe *mir* schlimmere Vorwürfe gemacht als dir. *Läuft das nicht auf dasselbe hinaus? Daraus erklärt sich letztlich, warum ich dir so »langweilig« wurde.* Auch das war ein falscher Ausdruck. Laura, ich habe einen schrecklichen Fehler gemacht. Diese Ausdrücke waren grausam falsch. *Nein, sie waren grausam richtig, und das weißt du auch. Nach diesen Ehefrauen, die sich an dich klammerten, war ich einfach perfekt. Keine Tränen, keine Gefühlsausbrüche, keine Euphorie, keine Szenen in Restaurants oder auf Parties. Du konntest arbeiten, ohne dich um mich kümmern zu müssen. Du konntest dich konzentrieren und dich, sooft du wolltest, in deine eigene Welt zurückziehen. Ich hatte nicht mal den Wunsch, Kinder zu bekommen. Ich mußte meine eigene Arbeit bewältigen. Mir brauchtest du keine Unterhaltung zu bieten, und ich dir auch nicht – abgesehen von den paar Minuten am Morgen, wenn wir im Bett unsere Aufwachspielchen spielten. Die ich geliebt habe. Ich fand es herrlich, Lorelei zu sein, Nathan. Ich fand alles herrlich – länger als du. Aber das ist vorbei. Jetzt brauchst du eine neue Dramenfigur.* Ich brauche nichts dergleichen. Ich brauche dich. *Laß mich ausreden. Du schnauzt mich an, ich sei ein biederer, frömmlerischer, angelsächsisch-protestantischer »Polyanna«-Typ und spräche niemals alles aus, was ich denke. Laß mich ausreden, dann braucht es nie mehr gesagt zu werden. Du möchtest dich regenerieren, das ist notwendig für deine Arbeit. Was jetzt für dich zu Ende ist, bedeutet auch das Ende deiner Beziehung zu jemandem wie mir. Du willst unser gemeinsames Leben nicht mehr. Das bildest du dir jetzt bloß ein, weil bisher nichts an dessen Stelle getreten ist, abgesehen von dem Wirbel, der um dein Buch gemacht wird. Aber sobald du einen Ersatz für unser Zusammenleben gefunden hast, wirst du einsehen, daß ich recht hatte, dich nicht zu mir zurückkehren zu lassen. Und daß du völlig recht hattest, zu gehen: Nachdem du ein solches Buch geschrieben hattest, mußtest du gehen. Eben deshalb hast du es ja geschrieben.*

Und was sollte er darauf erwidern? Alles, was sie sagen würde, klang so aufrichtig und überzeugend, und alles, was er sagen würde, so unaufrichtig und lahm. Er konnte nur hoffen, daß sie es nicht schaffen würde, ebenso gute Argumente gegen ihn ins Feld zu führen, wie er selber es in diesem Augenblick tat. Aber er kannte sie zu gut, um wirklich an diese Chance zu glauben. Ach, seine tapfere, geradlinige, ernsthafte, gutherzige Lorelei! Und er hatte sie über Bord geworfen. Indem er ein Buch über – angeblich – jemand anderen schrieb, der sich aus Zwängen, die ihm zur Gewohnheit geworden waren, befreien wollte.

In der Bank Street belohnte er den Heldenmut, den der Taxifahrer auf dem West Side Highway bewiesen hatte, mit einem Fünfdollar-Trinkgeld. Genausogut hätte er ihm hundert Dollar geben können. Er war zu Hause.

Aber Laura nicht. Er läutete und läutete, dann rannte er zum Nachbarhaus und die Betonstufen zur Souterrainwohnung hinunter. Er hämmerte an die Tür. Rosemary, die pensionierte Lehrerin, spähte lange durch den Spion, bevor sie mit dem Aufschließen der verschiedenen Schlösser begann.

Laura war in Pennsylvania, um in Allenwood mit Douglas Muller über seine bedingte Haftentlassung zu sprechen. Rosemary hatte eine ihrer Sicherheitsketten noch vorgelegt, als sie ihm das mitteilte. Dann hakte sie, etwas zögernd, auch diese Kette aus.

Allenwood war die mit einem Minimum an Sicherheitsmaßnahmen operierende Haftanstalt, in die die Bundesregierung nichtgewalttätige Straftäter einwies. Douglas, einer von Lauras Klienten, war ein junger Jesuit, der seinen Priesterstatus aufgegeben hatte, um sich ohne Rückendeckung durch ein geistliches Amt dem Einziehungsbefehl zu widersetzen. Im vergangenen Jahr hatte er Zuckerman, der ihn zusammen mit Laura im Gefängnis besuchte, anvertraut, daß ihn noch etwas anderes dazu bewogen hätte: In Harvard, wohin er von seinem Orden geschickt worden war, um nahöstliche Sprachen zu studieren, hatte er seine Unschuld verloren. »Das kann passieren«, erklärte er, »wenn man in Cambridge ohne Kragen herumläuft.« Einen Kragen trug Douglas nur, wenn er für Cesar Chavez oder gegen den Krieg demonstrierte; ansonsten lief er in Arbeitshemd und Jeans herum. Er war ein schüchterner, nachdenklicher Mittelwestler Mitte der Zwanzig. Wie rückhaltlos er sich der großen, Selbstverleugnung fordernden Sache geweiht hatte, konnte man nur seinen eisklaren, blaßblauen Augen ansehen.

Douglas hatte von Laura etwas über den Roman erfahren, den Zuckerman damals gerade vollendete, und erzählte, als der Autor ihn besuchte, zu dessen Belustigung einige Anekdoten über den erfolglosen Kampf, den er als Oberschüler gegen die Sünde der Selbstbefleckung geführt hatte. Verlegen lächelnd und errötend, berichtete er Zuckerman von den Tagen in Milwaukee, an denen er morgens unverzüglich seine nächtlichen Exzesse gebeichtet hatte und bereits eine Stunde später erneut zur Beichte erschien. Nichts und niemand, weder im Diesseits noch im Jenseits, konnte ihn davon heilen. Weder die Kontemplation der Leiden Christi noch die Verheißung der Auferstehung, und auch nicht der verständnisvolle Beichtvater der Jesuitenschule, der es schließlich ablehnen mußte, ihm innerhalb von vierundzwanzig Stunden die Absolution öfter als einmal zu erteilen. Als Rohmaterial verwertet und mit Nathans eigenen Erinnerungen verschmolzen, landeten einige von Douglas' besten Stories in der Lebensgeschichte Carnovskys, der als Heranwachsender im jüdischen New Jersey aufs Onanieren nicht weniger versessen ist als es der junge Douglas im katholischen Wisconsin war. Den Erhalt des signierten Exemplars der ersten Auflage, das der Autor nach Allenwood schickte, hatte der Häftling mit einem kurzen mitfühlenden Brief bestätigt: »Sagen Sie dem armen Carnovsky, daß ich Gott darum bitte, ihm Kraft zu verleihen. P. Douglas Muller.«

»Sie kommt morgen zurück«, sagte Rosemary und wartete an der Tür darauf, daß Nathan den Rückzug antreten würde. Sie benahm sich, als wäre er gewaltsam in ihre Diele eingedrungen, und schien entschlossen, ihn keinen Schritt weiter hereinkommen zu lassen.

In Rosemarys Dielenschrank wurden Lauras Briefordner aufbewahrt. Diese Dokumente vor dem Zugriff des FBI zu schützen, war für die einsame alte Frau eine Art Lebenszweck geworden. Genau wie Laura selbst. Seit drei Jahren bemutterte Laura Rosemary wie eine Tochter: Sie ging mit ihr zum Augenoptiker, begleitete sie zum Friseur, gewöhnte ihr das Einnehmen von Schlaftabletten ab, hatte ihr den großen Kuchen zum siebzigsten Geburtstag gebacken...

Zuckerman mußte sich hinsetzen, als er an diese endlose Liste und an die Frau dachte, die so viele gute Taten verzeichnen konnte.

Rosemary setzte sich ebenfalls, wenn auch höchst ungern. Der Lehnstuhl, auf dem sie Platz nahm, war der dänische aus Zuckermans Arbeitszimmer, der alte Lesesessel, den er zurückgelassen hatte. Der abgewetzte marokkanische Polsterschemel hatte ebenfalls ihm gehört, bevor er nach *uptown* Manhattan umgezogen war.

»Wie ist Ihre neue Wohnung, Nathan?«

»Einsam. Sehr einsam.«

Sie nickte, als hätte er »sehr nett« gesagt. »Und Ihre Arbeit?«

»Meine Arbeit? Fürchterlich. Nullkommanull. Hab' seit Monaten nichts geschafft.«

»Und wie geht's Ihrer lieben Mutter?«

»Weiß Gott, wie's ihr momentan geht.«

Rosemarys Hände hatten schon immer gezittert, und Zuckermans Antworten waren nicht dazu angetan, dem abzuhelfen. Sie sah immer noch so aus, als hätte sie eine kräftige Mahlzeit nötig. Laura war oft nur deshalb herübergekommen, weil sie sich vergewissern wollte, daß Rosemary zur Essenszeit überhaupt etwas zu sich nahm.

»Rosemary, wie geht's Laura?«

»Ach, sie macht sich Sorgen um den jungen Douglas. Sie hat wegen seiner bedingten Haftentlassung nochmals beim Kongreßabgeordneten Koch vorgesprochen, aber anscheinend besteht nicht viel Hoffnung. Douglas ist in diesem Gefängnis ziemlich deprimiert.«

»Kann ich mir vorstellen.«

»Dieser Krieg ist kriminell. Unverzeihlich. Ich könnte weinen, wenn ich sehe, was die Allerbesten unter den jungen Männern dieses Landes erdulden müssen.«

Laura hatte Rosemary radikalisiert – bestimmt keine leichte Aufgabe. Beeinflußt von ihrem unverheirateten, inzwischen verstorbenen Bruder, der Colonel bei der Air Force gewesen war, hatte sich Rosemary früher die Publikationen der »John Birch Society« zuschicken lassen. Jetzt bewahrte sie Lauras Briefordner auf und machte sich Sorgen um das Wohlergehen von Lauras Kriegsdienstverweigerern. Und hielt Nathan Zuckerman für... ja, wofür eigentlich? Scherte er sich jetzt denn auch darum, was Rosemary Ditson von ihm hielt?

»Und wie geht's Laura, wenn sie sich gerade mal keine Sorgen um Douglas macht? Wie kommt sie mit allem anderen zurecht?«

Ihm war zu Ohren gekommen, daß drei führende Köpfe der »Bewegung« sich sehr zielstrebig um Lauras Gunst bemühten: ein gutaussehender Philanthrop mit einem enormen sozialen Gewissen, der erst seit kurzem geschieden war; ein bärtiger Bürgerrechtsanwalt, der ohne Begleitung überall in Harlem herumlaufen konnte – ebenfalls seit kurzem geschieden; und ein stämmiger Pazifist, der kein Blatt vor den Mund nahm, eben erst mit Dave Dellinger aus Hanoi zurückgekehrt und noch unverheiratet war.

»Mit Ihren Anrufen machen Sie ihr das Leben schwer.«

»Ach wirklich?«

Rosemary hielt die Armlehnen ihres Sessels – *seines* Sessels – umklammert, um zu verhindern, daß ihre Hände zitterten. Sie hatte zwei Pullover an, und obwohl es ein sehr milder Mai war, stand dicht neben ihr ein kleiner elektrischer Heizofen. Zuckerman erinnerte sich an den Tag, an dem Laura dieses Gerät gekauft hatte.

Es fiel Rosemary nicht leicht, ihm zu sagen, was gesagt werden mußte, doch sie riß sich zusammen und rückte damit heraus. »Begreifen Sie denn nicht, daß es die Arme jedesmal um zwei Monate zurückwirft, wenn sie Ihre Stimme auf dem Anrufbeantworter hört?«

Der ungewöhnlich heftige Ton ihrer Frage überraschte ihn.

»Aber wieso denn?«

»Sie dürfen das nicht tun, Nathan. Bitte! Sie haben Laura verlassen – das war Ihre Sache. Aber jetzt müssen Sie aufhören, sie zu quälen, und sie ihr eigenes Leben führen lassen. Sie rufen bei ihr an, nach allem, was Sie ihr angetan haben – bitte lassen Sie mich ausreden...«

»Sprechen Sie nur weiter«, sagte er, obwohl er gar nicht versucht hatte, sie zu unterbrechen.

»Ich möchte mich da nicht einmischen. Ich bin bloß eine Nachbarin. Die Sache geht mich nichts an. Also lassen wir das.«

»*Was* geht Sie nichts an?«

»Ach... was Sie in Ihren Büchern schreiben. Außerdem würden Sie mit Ihrem Renommee ja doch nicht auf jemanden wie mich hören... Aber daß Sie imstande waren, Laura so etwas anzutun...«

»Was meinen Sie damit?«

»Was Sie in diesem Buch über sie geschrieben haben.«

»Über Laura? Sie meinen doch nicht etwa Carnovskys Freundin?«

»Verschanzen Sie sich doch nicht hinter diesem ›Carnovsky‹-Gerede. Vermischen Sie es bitte nicht *damit*.«

»Ich muß schon sagen, Rosemary, es erschüttert

mich, daß eine Frau, die über dreißig Jahre lang in New Yorker Schulen Englischunterricht erteilt hat, nicht imstande ist, zwischen dem Illusionisten und der Illusion zu unterscheiden. Sie verwechseln wohl den Bauchredner mit seiner dämonischen Puppe.«

»Verschanzen Sie sich jetzt nicht auch noch hinter sarkastischen Bemerkungen! Ich bin zwar eine alte Frau, aber immer noch ein vollwertiger Mensch.«

»Ja, glauben Sie – ausgerechnet Sie – denn wirklich, daß *die* Laura, die wir beide so gut kennen, irgend etwas mit der Frau gemeinsam hat, die ich in meinem Buch geschildert habe? Glauben Sie wirklich, daß sich da drüben so etwas zwischen Laura, mir und dem Fotokopiergerät abgespielt hat? Genau das hat sich *nicht* abgespielt.«

Ihr Kopf begann ein bißchen zu zucken, aber sie ließ sich nicht beirren. »Ich habe keine Ahnung, wozu Sie Laura verleitet haben könnten. Sie sind sieben Jahre älter – ein erfahrener Mann, der schon dreimal verheiratet war. Sie sind ein Mann, dem es nicht an Einfallskraft mangelt.«

»Also wirklich, das ist ziemlich töricht von Ihnen. Finden Sie nicht? Als ob Sie in diesen drei Jahren nicht auch mich gut genug kennengelernt hätten!«

»Dieser Meinung bin ich jetzt nicht mehr. Den höflichen, verbindlichen Nathan – den habe ich kennengelernt. Den Charmeur.«

»Den Schlangenbeschwörer.«

»Wenn Sie so wollen. Falls es Sie interessiert – ich habe Ihr Buch gelesen. Bis mir davon übel wurde. Ich bin sicher, daß Sie jetzt, mit so viel Publicity und so viel Geld, genug Frauen nach Ihrem Geschmack finden können. Aber Laura steht nicht mehr in Ihrem Bann, und Sie haben kein Recht, noch einmal zu versuchen, sie zu ködern.«

»Das klingt, als hielten Sie mich eher für Svengali als für Carnovsky.«

»Am Telefon flehen Sie ›Laura, Laura, ruf bei mir an!‹ – und dann liest sie die Zeitung und entdeckt darin *das*.«

»Entdeckt *was*?«

Sie gab ihm zwei Zeitungsausschnitte, die auf dem Tisch neben ihrem Sessel gelegen hatten:

»Ich weiß, ich weiß, im Grunde wollen Sie ja doch nur erfahren, wer was mit wem treibt. Also, NATHAN ZUCKERMAN und CAESARA O'SHEA sind nach wie vor Manhattans deliziösestes Zweigespann. Sie nahmen gemeinsam, *sehr* gemeinsam, an der kleinen Dinnerparty teil, die der Agent ANDRÉ SCHEVITZ und seine Frau MARY gaben, und auf der KAY GRAHAM mit WILLIAM STYRON plauderte, und TONY RANDALL mit LEONARD BERNSTEIN, und LAUREN BACALL mit GORE VIDAL, und Nathan und Caesara immer bloß miteinander.«

Die zweite Meldung war flotter geschrieben, entsprach aber noch weniger dem Sachverhalt, wie Zuckerman ihn in Erinnerung hatte.

»Nach Duchin-Rhythmen tanzten im *Maisonette*: der unartige Romanautor Zuckerman, die Sexbombe O'Shea...«

»Ist das hier das ganze Dossier? Wer war denn so aufmerksam, so etwas für Laura auszuschneiden? Sie, Rosemary? Ich kann mich nicht erinnern, daß Laura sich sonderlich für die Skandalpresse interessiert hätte.«
»Wie ein Mann Ihres Bildungsniveaus, ein Mann, der so reizende Eltern und eine so großartige schriftstellerische Begabung hat, Laura so etwas antun konnte...«
Er stand auf, um zu gehen. Das war doch lachhaft. Alles war lachhaft. Ebensogut hätte Manhattan »ein anderer Teil des Waldes« und Nathan Zuckermans Menschenwürde einem Oberon und einem Puck ausgeliefert sein können. Ihnen ausgeliefert von ihm selber! Diese hilflose alte Dame ins Gebet zu nehmen, ihr die Rolle einer Stellvertreterin all dessen aufzuzwingen, was *ihn* fast verrückt machte... nein, nein, es hatte wirklich keinen Zweck, damit fortzufahren.
»Ich versichere Ihnen«, fuhr er fort, »daß ich nichts getan habe, was Laura schaden könnte.«

»Sogar Sie würden anders darüber denken, wenn Sie noch in dieser Straße wohnten und sich anhören müßten, was ich alles über diese wunderbare Frau zu hören bekomme.«

»Ach so, Sie meinen die Lästerzungen? Wer tratscht denn? Der Blumenhändler? Der Lebensmittelkaufmann? Die netten Damen in der Konditorei? Hören Sie darüber hinweg, genau wie Laura.« Er hatte mehr Vertrauen zu Laura als zu sich selber. »Ich glaube nicht, daß ich dazu geboren bin, den Lebensmittelhändler moralisch aufzurüsten. Laura würde mir zustimmen.«

»*So* funktioniert das also bei Ihnen«, sagte sie empört. »Sie reden sich tatsächlich ein, daß eine so wunderbare junge Frau wie Laura kein Feingefühl hat!«

Die Diskussion wurde immer lauter und beschämender und dauerte weitere zehn Minuten. Zuckermans Umwelt wurde von Stunde zu Stunde borniertter, und er selber auch.

*

Sie kam ans Fenster, um ihn endgültig aus Lauras Leben verschwinden zu sehen. Er stieg die Betonstufen hinauf und eilte in Richtung Abingdon Square davon. An der Ecke machte er kehrt, lief zurück und sperrte Lauras Wohnung auf. Ihre und seine Wohnung. Fünf Monate verflossen, und noch immer trug er die Schlüssel bei sich.

»Daheim!« rief er und rannte ins Schlafzimmer. Alles noch genau so, wie er es hinterlassen hatte! Die Antikriegsplakate, die nachimpressionistischen Posters, auf dem Bett die Patchwork-Decke von Lauras Großmutter. Dieses Bett! Was hatte er in diesem Bett nicht alles aus seiner Indifferenz ihr gegenüber gemacht! Als wäre er tatsächlich Carnovsky mit seiner Zwangsvorstellung! Als hätte ausgerechnet er, der Autor, all denen, die von der Lektüre dieses Buches angesteckt wurden, vorangehen müssen. Als ob Rosemary recht hätte und keinerlei Illusion im Spiel gewesen wäre.

Und jetzt: das Badezimmer. Da stand es, das Fotokopiergerät, drittes Mitglied ihrer *ménage à trois*. Er holte eine Makulaturseite aus dem Papierkorb neben der Badewanne, schrieb etwas auf die Rückseite und machte zehn Fotokopien. ICH LIEBE DICH. FRIEDEN! Doch als er damit in sein ehemaliges Arbeitszimmer hinüberging, entdeckte er dort einen ordentlich auf den Fußboden gebreiteten Schlafsack und daneben einen Rucksack mit den aufgemalten Initialen »W.K.«. Er hatte hier nichts anderes vorzufinden erwartet als das große, kahle Zimmer, in dem bald wieder sein Schreibtisch und sein Stuhl stehen würden, und die vier Wände mit den leeren Regalen, in denen er eines schönen Tages seine Bücher wieder in alphabetischer Reihenfolge aufstellen wollte. Aber die Regale waren nicht gänzlich leer. Auf dem Brett neben dem Schlafsack lag ein Stoß Taschenbücher. Er sah sie durch, eins nach dem andern: Dietrich Bonhoeffer, Simone Weil, Danilo Dolci, Albert Camus... Er öffnete den Wandschrank, in dem er früher sein Schreibmaschinenpapier gestapelt und seine Anzüge aufgehängt hatte. Leer, bis auf ein ungebügeltes graues Jackett und ein weißes Hemd. Den Priesterkragen entdeckte er erst, als er das Hemd aus dem Schrank nahm und bei Licht betrachtete, um (angeblich) festzustellen, welche Halsweite sein Nachfolger hatte.

Ein Priester hatte seinen Platz eingenommen. Pater W.K.

Er ging in Lauras Büro, um ihren tadellos aufgeräumten Schreibtisch und ihre tadellos geordneten Bücher zu betrachten. Und um festzustellen, ob er sich bezüglich des Priesters getäuscht hatte und ob sein gerahmtes Foto vielleicht doch noch neben dem Telefon stand. Nein. Er zerriß die Fotokopien, die er eigentlich in den Kasten für eingehende Post legen wollte, und stopfte die Papierfetzen in seine Tasche. Er würde nie mehr in die prekäre Situation geraten, sich von Laura gelangweilt zu fühlen. Mit einem, der, wie er selber, der Sünde verfallen war, hätte er es vielleicht aufnehmen können, aber bestimmt nicht mit einem frommen Priester – zweifellos wieder einem jener jungen Männer, die, wie Douglas Muller, gegen die Macht des Bösen ankämpften. Und er wollte auch nicht zugegen sein, wenn Laura mit Pater W.K. von dem Besuch bei Douglas im Gefängnis Allenwood zurückkehrte. Wie hätten die beiden denn jemanden mit *seinen* Problemen ernst nehmen können? Wie konnte er es denn?

Er benützte Lauras Telefon, um sich bei seinem Auftragsdienst zu melden. Sie beide hatten immer vermutet, daß Lauras Telefon angezapft war, aber jetzt hatte zumindest *er* keine Geheimnisse mehr: War ja alles in Leonard Lyons' Klatschspalte nachzulesen. Jetzt wollte er sich bloß erkundigen, ob der Entführer wegen des Lösegeldes angerufen oder ob Pepler in dieser Runde die Maske fallengelassen hatte.

Nur eine einzige Nachricht, von seiner Tante Essie. *Dringend. Ruf mich umgehend in Miami Beach an.*

Es war also passiert. Während er unterwegs war und die ganze Angelegenheit vergessen hatte. Während er unterwegs war und so tat, als handelte es sich bloß um einen verrückten Streich, den Alvin Pepler ihm spielen wollte! Er hatte nicht auf den Anruf des Kidnappers warten, hatte sich nicht in der Wohnung herumdrücken wollen – er, eine so prominente Persönlichkeit! –, nur um nochmals zum Narren gehalten zu werden. Und nun *war* es geschehen. Seiner Mutter geschehen. Und das alles seinetwegen, seiner Berühmtheit wegen und wegen jener Figur in seinem Buch!

Es war *ihr* zugestoßen. Nicht der Mutter Carnovskys sondern seiner eigenen! Wer war sie denn, was war sie denn, daß ihr so etwas zustoßen mußte? Vor ihrem tyrannischen Vater zitternd, ihrer einsamen Mutter treu ergeben, ihrem anmaßenden Ehemann eine unvergleichlich loyale Lebensgefährtin – o nein, für ihren Ehemann viel mehr als das! Treue war für sie eine Selbstverständlichkeit, Treue konnte sie ihm mit auf den Rücken gebundenen Händen schenken. (Nathan sah ihre mit Stricken gefesselten Hände vor sich, ihren mit einem Lappen geknebelten Mund, ihre an einen Pfahl geketteten nackten Beine.) Wie viele Nächte hatte sie sich um die Ohren geschlagen, um sich die Geschichten über die ärmliche Kindheit ihres Mannes anzuhören, ohne jemals zu gähnen oder zu seufzen oder zu rufen: »Nicht schon wieder du und Papa und die Hutfabrik!« Nein, sie strickte Pullover, polierte Bestekke, wendete Krägen und hörte sich widerspruchslos zum hundertsten Mal an, wie es ihm im letzten Moment gelungen war, der Hutfabrik zu entkommen. Einmal im Jahr stritten sie miteinander. Wenn die dikken Wintervorleger weggeräumt wurden, wollte er ihr jedesmal von neuem erklären, wie sie in Teerpappe aufgerollt werden mußten, und jedesmal endete diese Szene mit Gebrüll und Tränen. Der Ehemann brüllte, seine Frau weinte. Ansonsten aber opponierte sie nie gegen ihn; was er tat, war immer richtig.

Das also war die Frau, der so etwas zustoßen mußte.

Eines Tages, als Henry noch im Kinderwagen lag – 1937 mußte das gewesen sein –, hatte ihr ein Lastwagenfahrer zugepfiffen. Sie saß gerade mit den Kindern auf den Stufen vor der Haustür. Der Lastwagen fuhr langsamer, der Fahrer pfiff ihr zu. Nathan hatte nie den milchigen Geruch vergessen, der ihm aus Henrys Fläschchen in die Nase gestiegen war, als er von seinem Dreirad aus beobachtete, wie seine Mutter sich den Rock ihres Strandkleides über die Knie zog und die Lippen zusammenpreßte, um nur ja nicht zu lächeln. Als sie ihrem Mann beim Abendessen davon erzählte, lehnte er sich im Stuhl zurück und lachte. Eine begehrenswerte Frau hatte er? Er fühlte sich geschmeichelt. Männer bewunderten ihre Beine? Na, warum auch nicht? Es waren Beine, auf die man stolz sein konnte. Nathan, noch nicht ganz fünf, war entgeistert. Dr. Zuckerman nicht: Eine Frau, die *er* geheiratet hatte, konnte ja gar nicht wissen, was »fremdgehen« bedeutet.

Und ausgerechnet ihr hatte so etwas zustoßen müssen.

Einmal war seine Mutter mit einer Blume im Haar zu einer Party gegangen. Er mußte damals sechs oder sieben gewesen sein. Es hatte Wochen gedauert, bis er sich von diesem Schock erholt hatte.

Und was hatte sie sonst noch getan, um eine so furchtbare Strafe zu verdienen?

Ihre jüngere Schwester Celia war bei ihnen zu Hause gestorben. Sie war zu ihnen gekommen, um sich von einer Operation zu erholen. Seine Mutter hatte Tante Celia im Wohnzimmer auf und ab geführt – noch heute sah er Celia vor sich, eine furchterregende Vogelscheuche in Bademantel und Pantoffeln, gestützt auf den Arm seiner Mutter. Tante Celia hatte gerade die Lehrerbildungsanstalt absolviert und sollte vom Newarker Stadtschulamt als Musiklehrerin angestellt werden. Jedenfalls war das der Herzenswunsch aller: Celia war das große Talent in der Familie. Doch nach der Operation hatte sie nicht mehr genug Kraft, den Löffel zum Mund zu führen, geschweige denn, auf dem Klavier Akkorde anzuschlagen. Sie schaffte es nicht einmal, von der Schrankwand bis zum Radio zu gehen, ohne innezuhalten, um sich ans Sofa, dann an die zweisitzige Polsterbank und dann an den Sessel seines Vaters zu lehnen. Aber wenn man sie nicht im Wohnzimmer herumzerrte, würde sie Lungenentzündung bekommen und daran sterben. »Jetzt noch einmal, Celia, dann ist's genug, Liebes«, sagte seine Mutter. »Jeden Tag ein bißchen, dann kommst du bald zu Kräften. Bald wirst du wieder ganz gesund sein.« Danach wankte Celia zurück ins Bett, und seine Mutter schloß sich im Badezimmer ein und weinte. An den Wochenenden wurde Celia von seinem Vater auf und ab geführt. »Das geht ja schon sehr gut, Celia. Braves Mädchen!« Leise, aber fidel, seine dahinsiechende junge Schwägerin am Arm, pfiff Dr. Zuckerman *I Can't Give You Anything but Love, Baby*. Er erzählte allen Leuten, seine Frau habe die Beerdigung »wie ein Soldat durchgestanden«.

Was wußte diese Frau von der Grausamkeit, deren Menschen fähig sind? Wie sollte sie so etwas durchstehen können? Zerstückeln. Schlagen. Zerhacken. Zerstampfen. Dergleichen kannte sie nur aus ihrer Küchenarbeit. Nur bei der Zubereitung der Mahlzeiten für die Familie wandte sie Gewalt an. Ansonsten: Frieden.

Die Tochter ihrer Eltern, die Schwester ihrer Schwester, die Frau ihres Mannes, die Mutter ihrer Kinder. Was sonst noch? Sie wäre die erste gewesen, die eine solche Frage mit »nichts« beantwortet hätte. Es war ohnehin schon mehr als genug. Ihren ganzen *kojach* hatte es ihr abverlangt – ihre ganze Kraft.

Wo sollte sie die Kraft für *so etwas* hernehmen?

Aber sie war gar nicht entführt worden. Es ging um seinen Vater. Koronarthrombose. »Das ist das Ende«, sagte Essie am Telefon. »Komm so schnell du kannst.« Als Zuckerman in die Einundachtzigste Straße zurückkehrte – um eine Reisetasche zu packen, bevor er nach Newark fuhr, wo er zusammen mit seinem Bruder die Vier-Uhr-Maschine nach Miami Beach nehmen wollte –, hing ein großes braunes Kuvert zur Hälfte aus dem Briefkasten im Hausflur. Er hatte schon vor Wochen, als er einen durch Boten zugestellten Brief mit der Aufschrift »Itzig, Apartment 2 B« aus dem Briefkasten gezogen hatte, sein Namensschild entfernt und es durch ein Kärtchen mit seinen Initialen ersetzt. Kürzlich hatte er mit dem Gedanken gespielt, auch seine Initialen zu entfernen, es dann aber doch nicht getan, weil – weil er es einfach nicht tun *wollte*.

Quer über das Kuvert hatte jemand mit einem roten Filzschreiber die Worte »Prestige Paté International«

gemalt. In dem Umschlag steckte ein feuchtes, verfilztes Taschentuch. Das Taschentuch, das er Pepler, als dieser gestern abend das Sandwich vertilgte, zum Händeabwischen gegeben hatte. Kein Begleitschreiben. Nur, als eine Art Botschaft, ein muffiger, säuerlicher Geruch, den er leicht identifizieren konnte. Ein Beweis – falls das überhaupt nötig war – für das »alte Übel«, das Pepler mit Gilbert Carnovsky teilte und das ihm Zuckerman für jenes Buch gestohlen hatte.

IV Schau heimwärts, Engel!

Auf dem Tisch neben dem Bett lagen Fünfcent-Fotokopien sämtlicher Seiten sämtlicher Protestbriefe, die Dr. Zuckerman an Lyndon Johnson geschrieben hatte, als dieser Präsident war. Im Gegensatz zu seinen gesammelten Briefen an Hubert Humphrey war die mit einem weißen Gummiband zusammengehaltene Johnson-Akte fast so umfangreich wie *Krieg und Frieden*. Die Spärlichkeit und Kürze der Briefe an Humphrey zeigten – ebenso wie ihr Sarkasmus, ihre beleidigende Bitterkeit –, wie tief dieser seit damals, als er von den »Americans for Democratic Action« favorisiert wurde, in Dr. Zuckermans Achtung gesunken war. In der Regel war Humphrey pro Tag bloß mit einer einzigen verächtlichen Zeile und drei Ausrufungszeichen bedacht worden. Und zwar auf Postkarten, so daß jeder, der sie in die Hand bekam, erfahren konnte, was für ein Feigling der Vizepräsident geworden war. Gegenüber dem Präsidenten der Vereinigten Staaten jedoch – obschon ein arroganter, sturer Bastard – hatte sich Dr. Zuckerman auf Briefpapier mit gedrucktem Briefkopf bemüht, einen vernünftigen Ton anzuschlagen, wobei er sich bei jeder Gelegenheit auf Franklin D. Roosevelt berief und zur Erläuterung seiner Argumente gegen den Krieg (nicht immer zuverlässige) Zitate aus dem

Talmud sowie Aussprüche einer längst verstorbenen alten Jungfer namens Helen MacMurphy anführte. Miss MacMurphy war, wie die ganze Familie wußte (und wie alle Welt wußte, nämlich aus der Titelgeschichte von *Höhere Bildung*, Nathan Zuckerman, 1959), seine Lehrerin gewesen, als er in die achte Klasse ging. Im Jahre 1912 hatte sie Dr. Zuckermans Vater, der Arbeiter in einem Ausbeuterbetrieb war, einen Besuch abgestattet und verlangt, er sollte den gescheiten kleinen Victor in die High School statt in die örtliche Hutfabrik schicken, wo sich bereits sein älterer Bruder die Finger verkrüppelte, weil er täglich vierzehn Stunden als Stumpenmacher arbeiten mußte. Und wie alle Welt wußte, hatte sich Miss Murphy durchgesetzt.

Obzwar sich herausstellte, daß Lyndon Johnson weder über genug Zeit noch über – wie Mrs. Zuckerman es ausdrückte – »den selbstverständlichen Anstand« verfügte, um die Briefe des kränkelnden Mannes in Florida, der zeitlebens Demokrat gewesen war, zu beantworten, diktierte Dr. Zuckerman seiner Frau auch weiterhin so ungefähr jeden zweiten Tag drei bis vier Seiten, auf denen er dem Präsidenten Lektionen erteilte – über amerikanische Geschichte, über jüdische Geschichte und über seine persönliche Philosophie. Als er dann durch den Schlaganfall jeglicher Fähigkeit, zusammenhängend zu sprechen, beraubt worden war, hatte er offenbar keine Ahnung mehr, was in seinem Zimmer vor sich ging, ganz zu schweigen vom Oval

Office im Weißen Haus, wo jetzt sein Erzfeind Nixon das Mißgeschick der Nation lenkte. Doch dann begann sich sein Zustand wieder einmal zu bessern – sein Lebenswille, sagten die Ärzte zu Mrs. Zuckerman, sei wirklich erstaunlich. Mr. Metz besuchte den Patienten und las ihm Artikel aus der *New York Times* vor. Und eines Nachmittags konnte Dr. Zuckerman seiner Frau verständlich machen, daß sie ihm die Briefordner bringen sollte, die zu Hause auf dem Tisch neben dem Rollstuhl lagen. Von nun an saß sie täglich an seinem Bett und blätterte die Seiten um, damit er feststellen konnte, was er damals alles geschrieben und was er künftig noch alles zu schreiben hatte. Auf seinen Wunsch zeigte sie die Briefe auch den Ärzten und Pflegerinnen, die an sein Bett kamen, um ihn zu versorgen. Er war fast schon wieder imstande, klar zu denken, und zeigte sogar wieder etwas von seinem früheren »Feuer«, als er eines Tages – kurz nachdem Mr. Metz gegangen und gerade als Mrs. Zuckerman gekommen war, um die Nachmittagsschicht zu übernehmen – das Bewußtsein verlor und unverzüglich ins Krankenhaus geschafft werden mußte. Seine Frau saß neben ihm im Sanitätsauto – mitsamt den Briefordnern. »Alles, alles muß getan werden«, erklärte sie Nathan, als sie ihm später ihre eigene Verfassung schilderte, »um seinen Lebenswillen wachzuhalten.«

Zuckerman fragte sich, ob sie es fertigbrachte, wenigstens sich selber einzugestehen: »Genug, laßt es zu

Ende gehen. Ich kann es nicht mehr ertragen, ihn das alles ertragen zu sehen.«

Aber sie war schließlich die Frau dieses Mannes, und seit ihrem zwanzigsten Lebensjahr hatten ihre Gedanken immer nur den seinen entsprochen. Sie war nicht der Sohn, der schon viel früher im Leben begonnen hatte, sich gegen jeden Gedanken des Vaters aufzulehnen. Während des Fluges nach Miami hatte Nathan an den Sommer vor genau zwanzig Jahren gedacht, an jenen August vor der Abreise ins College, als er dreitausend Seiten Thomas Wolfe verschlungen hatte, auf der mit Fliegendraht bespannten hinteren Veranda seines stickigen Elternhauses – stickig nicht nur wegen des Wetters in jenem August, sondern auch wegen seines Vaters. »Er glaubte also, des Lebens Mittelpunkt zu sein. Er glaubte, die Berge umschlössen das Herz der Welt; er glaubte, daß aus dem Chaos der Zufälligkeiten das unvermeidliche Ereignis im unerbittlichen Augenblick käme, um als Summand zur Summe seines Daseins zu treten.« Unvermeidlich. Unerbittlich. »O ja!« schrieb der junge, halb erstickte Nathan an den Rand seines Exemplars von *Schau heimwärts, Engel!*, wobei ihm nicht bewußt war, daß die Klangfülle dieser privativen Ausdrücke vielleicht nicht ganz so erregend wirkte, wenn man dem Unvermeidlichen und Unerbittlichen mitten im Leben statt auf der hinteren Veranda begegnete. Mit sechzehn hatte er nur den einen Wunsch, ein romantisches Genie wie Thomas Wolfe zu werden, dem kleinen New Jersey und all diesen seichten Provinzlern zu entrinnen, um fortan in der tiefgründigen, befreienden Welt der Kunst zu leben. Wie sich später zeigte, hatte er sie alle mit dorthin geschleppt.

In der ersten Nacht, die Nathan nach der Ankunft in Miami Beach bei seinem Vater verbrachte, und auch fast während des ganzen nächsten Tages ging es Dr. Zuckerman abwechselnd »besser« und schlechter. Wenn er bei Bewußtsein war, kam es seiner Frau so vor, als bewegte er zuweilen den Kopf in Richtung des neben dem Bett liegenden Briefordners. Sie schloß daraus, daß ihm etwas in den Sinn gekommen war, das er dem neuen Präsidenten schreiben wollte. Vorausgesetzt, dachte Zuckerman, daß er überhaupt noch bei Sinnen ist. Aber da seine Mutter auch schon fast von Sinnen war – seit über vierundzwanzig Stunden hatte sie überhaupt nicht und in den letzten vier Jahren nur sehr wenig geschlafen –, tat er lieber so, als könnte sie recht haben. Er holte einen gelben Notizblock aus seiner Brieftasche, malte darauf in Blockschrift »SCHLUSS MIT DEM KRIEG!« und unterschrieb mit »Dr. Victor Zuckerman«. Doch als er seinem Vater das Blatt zeigte, reagierte dieser überhaupt nicht darauf. Von Zeit zu Zeit gab er Laute von sich, aus denen man schwerlich so etwas wie ein Wort heraushören konnte. Sie klangen eher wie das Quieken einer Maus. Es war entsetzlich.

Bei Anbruch der Nacht, als Dr. Zuckerman schon

stundenlang ohne Bewußtsein war, nahm der diensthabende Arzt Nathan beiseite und sagte ihm, es wäre in wenigen Stunden zu Ende. Sein Vater würde friedlich hinüberdämmern, sagte er; aber der Arzt kannte Nathans Vater natürlich nicht so gut wie ihn die Familie kannte. Wie man es glücklicherweise – oder unglücklicherweise – manchmal erlebt, öffnete der Sterbende kurz vor dem Ende die Augen und schien plötzlich jeden zu erkennen, schien zu begreifen, daß sie alle beisammen waren, und wußte offenbar so gut wie jeder andere im Krankenzimmer, was los war. Auch das war entsetzlich, auf eine andere Art. Es war *noch* entsetzlicher. Sein starrer, verschwommener Blick wurde irgendwie ungeheuerlich und sog, wie ein konvexer Spiegel, die gekrümmten Abbilder ihrer Gestalten in sich hinein. Sein Kinn bebte – nicht weil er sich vergebens bemühte, etwas zu sagen, sondern weil er begriffen hatte, daß jetzt alle Bemühungen zwecklos geworden waren. Victor Zuckerman zu sein, war ja tatsächlich ein ungemein mühevolles Leben gewesen – kein Job, den man leichtnehmen konnte. Tages- und Nachtschichten, am Wochenende und abends und in den Ferien – was die reine Arbeitszeit betraf, unterschied sich dieser Job gar nicht so sehr von dem, Victor Zuckermans Sohn zu sein.

Als er zu sich kam, waren um ihn versammelt: Henry und Nathan, ihre Mutter, Cousine Essie und das neue Familienmitglied, Mr. Metz, Essies gutherziger, leutseliger Ehemann, ein pensionierter Buchhalter von fünfundsiebzig Jahren, der sich freundlicherweise aus den alten familiären Komplikationen heraushielt, niemals jemandem Vorwürfe machte und meist nur ans Bridgespielen dachte. Jeder der Anwesenden hätte eigentlich nur fünf Minuten bei Dr. Zuckerman bleiben dürfen, aber weil Nathan nun mal Nathan war, hatte der zuständige Arzt die Krankenhausvorschriften zeitweilig aufgehoben.

Sie scharten sich ums Bett und blickten hinab in diese entsetzten, flehenden Augen. Essie, mit vierundsiebzig so eigenwillig wie eh und je, griff nach seiner Hand und begann von den alten Zeiten zu reden – von der Weinpresse im Keller des Hauses in der Mercer Street und davon, wie gern sie alle zugeschaut hatten, wenn Dr. Zuckermans Vater im Herbst die Concord-Trauben zerquetschte. Essie hatte immer noch eine kräftige, herrische Stimme, und als sie den Erinnerungen an die Weinpresse von Victors Vater die an das Mandelbrot von Victors Mutter folgen ließ, erschien an der offenen Tür eine Krankenschwester und legte den Finger an die Lippen, um Essie daran zu erinnern, daß dies ein Krankenhaus sei.

Wie er so dalag, zugedeckt bis zum Kinn, hätte man meinen können, Dr. Zuckerman sei ein verängstigter, einer Gutenachtgeschichte lauschender Vierjähriger – wäre nicht der Schnurrbart gewesen und das von den Spuren dreier Schlaganfälle und einer Koronarthrombose gezeichnete Gesicht. Der flehende Blick seiner grauen Augen war auf Essie geheftet, während sie unentwegt davon erzählte, wie das Jahrhundert für die Familie in der neuen Heimat Amerika begonnen hatte. Bekam er das alles überhaupt noch mit? Die alte Weinpresse, die als Amerikaner geborenen Kinder, der süßlich riechende Keller, das knusprige Mandelbrot – und die Mutter, die ehrfürchtig geliebte, schlichte Mutter, die das Mandelbrot gebacken hatte? Angenommen, er konnte sich noch daran erinnern, an alles, was ihm lieb und teuer gewesen war in diesem Leben – war das für ihn wirklich die leichteste Art, daraus zu scheiden? Da Essie nicht das erstemal an einem Sterbebett stand, wußte sie vielleicht, was sie tat. Andrerseits: *Nicht* zu wissen, was sie tat, hatte ihr noch nie etwas ausgemacht. Kostbare Zeit verstrich, doch es war nie Essies Art gewesen, mit Details zu geizen, und da sie nun einmal das Wort ergriffen hatte, sah Nathan keine Möglichkeit, sie zum Schweigen zu bringen. Er konnte überhaupt niemanden unter Kontrolle halten – nicht einmal sich selber. Jetzt, nach diesen eineinhalb Tagen, kamen ihm die Tränen. Es waren Schläuche da, die die Lunge seines Vaters mit Sauerstoff versorgten, Schläuche, die seine Harnblase entleerten, Schläuche, durch die Dextrose in seine Adern floß – und keine dieser Maßnahmen würde das geringste ändern. Minutenlang kam *er* sich wie ein Vierjähriger vor, der zum ersten Mal erlebte, wie hilflos sein Beschützer sein konnte.

»Erinnerst du dich an Onkel Markish, Victor?«

Aus Essies Sicht war der Herumtreiber Markish der Sonderling in der Familie gewesen; aus Dr. Zuckermans Sicht (und aus der seines ältesten Sohnes) fiel Essie diese Rolle zu. Onkel Markish hatte die Häuser seiner Verwandten getüncht und in ihren Treppenschächten geschlafen, bis er sich eines Tages aufraffte und in seinem Overall nach Schanghai verschwand. »Wenn du so weitermachst, ergeht's dir genau so wie Onkel Markish«, drohte man in dieser Sippe den Kindern, wenn sie aus der Schule kamen und eine schlechtere Note als 2 bekommen hatten. Aus New Jersey nach China – das war etwas für Leute, die an einer renommierten Hochschule orientalische Sprachen studiert hatten, aber nichts für jemanden, dessen ganzer Besitz aus einem Farbeimer und einem Pinsel bestand. In dieser Familie ging man entweder auf die richtige Art an die Dinge heran – vorzugsweise als Zahnarzt oder praktischer Arzt oder Rechtsanwalt oder Doktor der Philosophie –, oder man ließ lieber gleich die Finger davon. Ein Gesetz, erlassen vom Sohn der sich klaglos abplackenden Mutter, die das Mandelbrot buk, und des zielstrebigen, unbeugsamen Vaters, der den Wein kelterte.

Im Flugzeug hatte Zuckerman ein illustriertes populärwissenschaftliches Taschenbuch über den Ursprung des Universums und die Entstehung des Lebens durchgeblättert. Der Autor war ein NASA-Wissenschaftler, der unlängst durch eine wöchentlich ausgestrahlte

Fernsehsendung, eine Einführung in die Astronomie, bekannt geworden war. Zuckerman hatte sich diese Lektüre an einem der Taschenbuchständer im Newarker Flughafen ausgesucht, nachdem er sich mit Henry für den gemeinsamen Flug nach Miami getroffen hatte. In seinen Kartons zu Hause befanden sich Bücher, die ihm auf der Reise zu seinem sterbenden Vater vielleicht mehr bedeutet hätten, doch da er nicht an sie herankonnte, war er mit leeren Händen nach Newark gefahren. Und überhaupt: Was hatten diese Bücher mit seinem Vater zu tun? Hätten sie seinem Vater das gleiche bedeutet, was es für ihn selber in der Schulzeit bedeutet hatte, sie zu entdecken, dann wäre es ein anderes Zuhause, eine andere Kindheit, ein anderes Leben gewesen. Und so hatte er denn, statt sich mit den Gedanken der großen Denker über den Tod zu beschäftigen, seinen eigenen Gedanken nachgehangen. Es waren mehr als genug für einen dreistündigen Flug: Zukunftspläne für seine Mutter, Erinnerungen an das Leben seines Vaters, Nachdenken über den Ursprung seiner eigenen gemischten Gefühle. *Gemischte Gefühle* lautete der Titel seines zweiten Buches. Es hatte seinen Vater nicht weniger irritiert als *Höhere Bildung*, sein erstes Buch. Wieso denn *gemischte* Gefühle? Als *er* ein Junge war, hatte es keine gemischten Gefühle gegeben.

Zuckerman hatte seinen Bruder zunächst in dessen Praxis getroffen, wohin Henry gerade von einer Tagung in Montreal zurückgekehrt war. Er hatte die

Hiobsbotschaft noch nicht erhalten, und als er sie von Nathan erfuhr – »Es scheint soweit zu sein« –, gab er einen schluchzenden Laut von sich, der herzzerreißend war. Ein weiterer Grund, warum Zuckerman für den Flug keine erhebende Lektüre nötig zu haben glaubte. Er würde sich um seinen kleinen Bruder kümmern müssen, der seelisch viel labiler war, als er zugeben wollte.

Doch als Henry dann am Flughafen aufkreuzte – dunkler Anzug mit Nadelstreifen, Aktentasche mit Monogramm, vollgepackt mit älteren Ausgaben einer zahnmedizinischen Zeitschrift, die er unterwegs endlich lesen wollte –, wirkte er absolut nicht wie ein kleiner Bruder. Und so kam es, daß Zuckerman, ein bißchen enttäuscht darüber, daß er Henry nicht aufzumöbeln brauchte, und ein bißchen amüsiert darüber, daß er deswegen enttäuscht war – und auch ein bißchen verdutzt darüber, daß er sich eingebildet hatte, er müßte während des Fluges in den Süden ein zehnjähriges Kind betreuen –, so kam es also, daß Zuckerman in einem Buch über den Ursprung von allem schmökerte.

Mit dem Ergebnis, daß er, als die Reihe an ihn kam, Abschied vom Vater zu nehmen, nicht auf Omas Mandelbrot zurückgriff. Omas Mandelbrot war zwar fabelhaft, aber da Essie bereits alles darüber gesagt hatte, was zu sagen war, begann Zuckerman seinem Vater die Urknall-Theorie zu erklären, so, wie er selber sie tags zuvor verstanden hatte. Er wollte ihm begreiflich machen, wie lange dieses Aufflammen und Ausbrennen schon vor sich ging; vielleicht würde auch die Familie einen Begriff davon bekommen. Es war ja nicht nur ein Vater, der sterben mußte, oder ein Sohn, ein Vetter, ein Gatte: Die ganze Schöpfung mußte sterben – ob das nun ein Trost war oder nicht.

Zurück also bis lange vor Omas Mandelbrot. Zurück bis lange vor Oma.

»Ich habe im Flugzeug etwas über den Beginn des Universums gelesen. Dad, hörst du mich?«

»Keine Sorge, er hört dich«, sagte Essie. »Er hört alles. Ihm ist sein Leben lang nichts entgangen. Stimmt's, Victor?«

»Nicht der Welt«, sagte Nathan und blickte in die forschenden Augen seines Vaters, »sondern des Weltalls. Heute glauben die Wissenschaftler, daß es vor zehn bis zwanzig Milliarden Jahren entstanden ist.«

Er hatte die Hand leicht auf den Arm seines Vaters gelegt. Unfaßlich – an diesem Arm war nichts mehr dran. Als Kinder hatten die beiden Zuckerman-Söhne begeistert zugeschaut, wenn ihr Vater so tat, als brächte er seine Bizeps dadurch zum Schwellen, daß er Luft in seine Daumen blies. Jetzt waren sie verschwunden, Papas Ballon-Bizeps, verschwunden wie das primordiale Wasserstoff-Ei, aus dem das Universum entstanden war... Obwohl ihn allmählich das Gefühl beschlich, daß er eine krasse, anmaßend professorale Torheit beging, redete Zuckerman weiter: von dem uranfänglichen Ei, das eines schönen Tages, als es eine Temperatur von Tausenden von Milliarden Grad erreicht hatte, zerplatzte und, vergleichbar einem explodierenden Schmelzofen, sämtliche chemischen Elemente erzeugte, die jemals existieren würden. »Und das alles«, erklärte er seinem Vater, »in der ersten halben Stunde dieses allerersten Tages.«

Dr. Zuckerman war keine Überraschung anzumerken. Warum auch? Was war die erste halbe Stunde des ersten Schöpfungstages im Vergleich mit der letzten halben Stunde seines letzten Lebenstages?

O ja, das Mandelbrot war eine viel bessere Idee gewesen. Wohlvertraut, greifbar und genau das, was zu Victor Zuckermans irdischem Dasein und zur letzten Abschiedsszene einer jüdischen Familie gehörte. Aber der Vortrag über das Thema Mandelbrot war eben typisch für Essie, und der andere, so töricht er sein mochte, war typisch für ihn. Nur weiter, Nathan, sprich väterlich zum Vater. Letzte Gelegenheit, diesem Mann zu sagen, was er immer noch nicht weiß. Letzte Gelegenheit, ihn zu bewegen, alles anders zu sehen. Du wirst ihn *doch* noch ändern.

»... und seitdem dehnt sich das Universum ständig aus, die Galaxien rasen unentwegt weiter in den Weltraum hinaus – und das alles infolge jenes Urknalls. Und so wird es weitergehen, das Universum wird größer und größer – in den nächsten fünfzig Milliarden Jahren.«

Auch darauf keinerlei Reaktion.

»Sprich weiter, er hört dir zu.« Essies Instruktionen.

»Ich fürchte«, flüsterte er ihr zu, »das ist sogar für jemanden, der ganz auf der Höhe ist, ziemlich schwer zu begreifen.«

»Keine Sorge. Sprich weiter. Diese Familie ist schon immer intelligenter gewesen, als du geglaubt hast.«

»Das gebe ich zu, Essie. Ich habe an meine eigene Begriffsstutzigkeit gedacht.«

»Nathan, sprich mit *ihm*.« Seine Mutter, in Tränen aufgelöst. »Essie, ich flehe dich an, rühr nicht alte Geschichten auf, nicht heute abend.«

Nathan sah zu Henry hinüber, der an der anderen Seite des Bettes stand. Sein Bruder hielt die Hand des Vaters umklammert, aber auch er war in Tränen aufgelöst und sah nicht so aus, als wäre er zu irgendwelchen Abschiedsworten imstande. Brach jetzt die unaussprechliche Liebe aus ihm heraus, oder der aufgestaute Haß? Henry war der brave Sohn, aber billig war ihn das nicht zu stehen gekommen – jedenfalls neigte Nathan zu dieser Meinung. Von allen Männern in der Familie Zuckerman war Henry der größte, der dunkelste und der bei weitem attraktivste – ein dunkelhäutiger, viriler Wüsten-Zuckerman, dessen Gene (was in dieser Sippe einzigartig war) sich anscheinend schnurstracks von Judäa nach New York begeben hatten, ohne den Umweg über die Diaspora zu machen. Er hatte eine helle, einschmeichelnde Stimme und eine so ungemein gütige, sanfte Onkel-Doktor-Art, daß seine Patientinnen sich unweigerlich in ihn verliebten. Und er verliebte sich in manche seiner Patientinnen. Nur Nathan wußte davon. Vor ungefähr zwei Jahren war Henry mitten in der Nacht im Auto nach New York gefahren – fest entschlossen, in Nathans Schlafanzug in Nathans Arbeitszimmer zu schlafen, weil er es nicht mehr ertragen konnte, mit seiner Frau im selben Bett zu schlafen. Er hatte, als er Carol beim Ausziehen zusah, an den Körper jener Patientin denken müssen (nicht, daß er Grund gehabt hätte, ihn zu vergessen), die er, nur wenige Stunden zuvor, in einem Motel im Norden New Jerseys ausgezogen hatte – und war um zwei Uhr morgens nach New York geflohen, in Mokassins, mit bloßen Füßen, weil er sich nicht mal mehr die Zeit genommen hatte, Socken anzuziehen. Anstatt zu schlafen, erzählte er seinem großen Bruder die ganze Nacht von seiner Geliebten, wobei er Nathan wie ein unglücklicher, schmachtender, zartbesaiteter Liebhaber aus der großen Ehebruchsliteratur des neunzehnten Jahrhunderts vorkam.

Henry hatte immer noch geredet, als um sieben Uhr morgens Carol anrief. Sie wußte nicht, was sie falsch gemacht hatte und bat ihn inständig, nach Hause zu kommen. Nathan hob den Hörer des Nebenanschlusses ab, um das Gespräch zu belauschen. Henry weinte, Carol flehte. »... du wolltest Grünpflanzen, wie sie deine

Großmutter im Wohnzimmer hatte – du hast Grünpflanzen bekommen. Einmal hast du von Eiern in Eierbechern gesprochen, wie du sie als Kind während der Ferien in Lakewood gegessen hattest – am nächsten Morgen habe ich dir dein gekochtes Ei im Eierbecher serviert. Und da *warst* du wie ein Kind, so lieb, so begeistert, so beglückt wegen dieser Kleinigkeit. Du konntest es gar nicht erwarten, daß Leslie groß genug sein würde, um von dir mit ›mein Sohn‹ angeredet zu werden. Du *hast* nicht so lange gewartet. Du hast dich mit ihm auf den Boden gelegt und ihn an deinem Ohr herumkauen lassen und dich wie im siebten Himmel gefühlt. Wenn das Essen fertig war, hast du zur Tür hinausgerufen: ›Mein Sohn, komm nach Hause, Essenszeit!‹ Mit Ruthie hast du's genauso gemacht. Und mit Ellen machst du's jetzt noch so. Wenn ich sage, das Essen ist fertig, rennst du sofort los. ›Schätzchen, komm rein, Abendessen!‹ Ruthie spielt auf der Geige *Twinkle, Twinkle, Little Star*, und dir, du närrischer Kerl, kommen die Tränen vor lauter Glück. Leslie erzählt dir, daß alles aus Molekülen besteht, und du bist so stolz darüber, daß du es den ganzen Abend jedem erzählst, der anruft. Ach, Henry, du bist der weichherzigste, sanfteste, gütigste, rührendste Mensch, den es gibt, und im Grund deines Herzens bist du leichter zufriedenzustellen als irgend jemand sonst...«

Also fuhr Henry nach Hause.

Der Weichherzigste, Sanfteste, Gütigste. Verantwortungsgefühl. Großmut. Aufopferung. Das wurde Henry von allen nachgesagt. Wenn ich Henry wäre, mit *seinem* Gemüt, würde ich das vermutlich auch nicht aufs Spiel setzen. Es ist sicher ein schönes Gefühl, so gut zu sein. Außer, wenn man sich nicht ganz so gut vorkommt. Aber letztlich ist wohl auch *das* ein schönes Gefühl. Selbstaufopferung.

Sie waren nicht mehr dieselben Brüder, die sie einmal gewesen waren.

Jemand legte Nathan sanft die Hand auf die Schulter – Essies fescher, braungebrannter, wohlmeinender Ehemann. »Erzählen Sie Ihre Geschichte zu Ende«, sagte Mr. Metz leise. »Sie erzählen sie großartig.«

Nathan hatte aufgehört, seinen tiefbewegten Bruder zu beobachten. Jetzt lächelte er Mr. Metz zu und versicherte ihm, daß er weitererzählen würde. Es war das erste Mal, daß Mr. Metz ein Geistesprodukt Zuckermans als »Geschichte« bezeichnete. Zuckermans Kurzgeschichten hatte er »Artikel« genannt. »Ihre Mutter hat mir Ihren Artikel in dieser Zeitschrift gezeigt. Ausgezeichnet, ausgezeichnet.« Er war dafür bekannt, daß er über alle Leute schmeichelhafte Dinge sagte, und Essie dafür, daß sie alle heruntermachte. Die beiden waren eine Nummer für sich, die Zuckerman sich nie entgehen ließ, wenn er nach Florida flog, um seine Eltern zu besuchen. Mit seinem Vater als »drittem Mann« hätten sie auf Tournee gehen können: Dr. Zuckerman war bekannt für seinen fanatischen Personenkult: F.D.R.

führte die Liste an, gefolgt von Mrs. Roosevelt, Harry Truman, David Ben Gurion und den Autoren von *Anatevka*.

»Sie sind der Wortschmied der Familie«, flüsterte Mr. Metz. »Sie sind ihr Sprachrohr. Sie können dem, was alle bewegt, Ausdruck verleihen.«

Nathan wandte sich wieder seinem Vater zu. Dem Tod noch nicht näher, dem Leben so weit entrückt wie zuvor. »Dad, hör mir zu, wenn du kannst.« Und für alle Fälle lächelte er auch ihm zu. »Dad, es gibt jetzt eine Theorie... falls du mir folgen kannst.«

Essie: »Er kann dir folgen.«

»Es gibt jetzt eine Theorie, daß dereinst, wenn diese fünfzig Milliarden Jahre vorbei sind, nicht alles zu Ende sein und alles Licht verlöschen wird, weil die Energie abflaut, sondern daß dann die Schwerkraft alles weitere übernimmt. Die *Schwerkraft*«, wiederholte er, als wäre es der vertraute Name eines der geliebten Enkelkinder in South Orange. »Kurz vor dem drohenden Ende wird das Weltall plötzlich beginnen, sich zusammenzuziehen und wieder auf den Mittelpunkt zuzubewegen. Kannst du mir folgen? Es wird abermals fünfzig Milliarden Jahre dauern, bis alles sich wieder in jenem Ur-Ei zusammengedrängt hat, jenem komprimierten Tropfen, mit dem alles begann. Und dort entwickeln sich von neuem Hitze und Energie, und peng! – wieder eine ungeheure Explosion, alles wird hinausgeschleudert und völlig neu zusammengewürfelt, eine funkelnagelneue

Schöpfung, ganz anders als je zuvor. Falls diese Theorie stimmt, wird es mit dem Universum immer und ewig so weitergehen. Falls sie stimmt – ich möchte, daß du das weißt, ich möchte, daß du mir genau zuhörst, denn *das* ist es, was wir alle dir jetzt sagen wollen...«

»Das ist es!« sagte Mr. Metz.

»Falls diese Theorie stimmt, dann ist es mit dem Universum *von jeher* so gewesen: fünfzig Milliarden Jahre lang ins All hinaus, fünfzig Milliarden Jahre lang wieder zurück. Stell dir das vor! Ein Universum, das wiedergeboren wird und wiedergeboren und wiedergeboren – ohne jemals zu enden.«

Er sah, zu diesem Zeitpunkt, davon ab, seinem Vater von den Einwänden gegen diese Theorie zu berichten, wie er selber sie bei der Lektüre während des Fluges verstanden hatte – beträchtlichen Einwänden, vernichtenden Einwänden, die sich darauf bezogen, daß die Materie in den Randzonen des Universums nicht dicht genug sei und daher die Ausdehnung nicht durch die wohltätige, zuverlässige Wirkung der Schwerkraft aufgehoben werden könnte, ehe die letzte Glut verlöschen würde. Wäre die Materie dicht genug, dann könnte das Ganze tatsächlich unaufhörlich oszillieren. Dem Taschenbuch zufolge, das noch in Zuckermans Manteltasche steckte, war zur Zeit noch niemand imstande, das herauszufinden, was nötig gewesen wäre – es bestand also wenig Aussicht, daß es eines Tages *nicht* zu Ende gehen würde.

Sein Vater aber konnte ohne diese Information auskommen. Von alledem, ohne das Dr. Zuckerman bisher ausgekommen war und das *mitzubekommen* Nathan ihm gewünscht hätte, war die Erkenntnis, daß es der Materie an Dichte mangelte, das am wenigsten Wichtige. Genug jetzt davon, was *so* oder *nicht so* ist. Genug über Naturwissenschaft, genug über Kunst, genug über Väter und Söhne.

Eine wichtige Entwicklung im Leben von Nathan und Victor Zuckerman, aber die Herz-Station des Biscayne-Krankenhauses in Miami ist – wie man keinem, der jemals dort war, zu sagen braucht – schließlich nicht das Goddard-Institut für Weltraumforschung.

Dies war, obzwar der Tod erst am nächsten Morgen eintrat, der Moment, in dem Dr. Zuckerman seine letzten Worte über die Lippen brachte. *Ein* Wort. Kaum hörbar, doch um deutliche Aussprache bemüht. »Bastard«, sagte er.

Wer war damit gemeint? Lyndon Johnson? Hubert Humphrey? Richard Nixon? Oder war Er gemeint, der es nicht für angebracht gehalten hatte, Seinem Universum auch noch jenes schäbige Restchen Materie zu gewähren, jenes lumpige zusätzliche Wasserstoffatom pro 0,28 Kubikmeter Materie? Und der ihm, der seit seiner Grundschulzeit ein leidenschaftlicher Moralist gewesen war, nicht einmal die bescheidene Belohnung gewährt hatte, im Alter gesund zu bleiben und lange zu leben? Doch als Dr. Zuckerman sein letztes Wort sagte, blickte er weder zu den Briefordnern hinüber noch hinauf in das Antlitz seines unsichtbaren Gottes, sondern in die Augen seines abtrünnigen Sohnes.

Die Beerdigung war ungeheuer anstrengend. Allein schon die Hitze setzte einem zu. Die Sonne über dem Friedhof von Miami ließ Zuckerman *ihre* Gegenwart deutlicher spüren als Jahwe ihn die *seine* jemals hatte spüren lassen. Wären die Gebete an die Sonne gerichtet gewesen, dann hätte Zuckerman vielleicht mit etwas mehr als nur Respekt vor den Gefühlen seiner Mutter an den Bestattungsriten seines Volkes teilgenommen. Die beiden Söhne mußten ihre Mutter von dem Moment an stützen, als die Familie aus der klimatisierten Limousine gestiegen und den von rotierenden Rasensprenklern gesäumten Weg zur Grabstätte hinuntergegangen war. Vor sechs Jahren hatte Dr. Zuckerman ein Doppelgrab für sich und seine Frau gekauft – in derselben Woche, in der er die Eigentumswohnung im »Harbor Beach Retirement Village« erworben hatte. Mrs. Zuckerman schwankte, als sie am Grab stand, aber da sie während der Krankheit ihres Mannes abgemagert war und jetzt nur noch knapp hundert Pfund wog, war es für Henry und Nathan kein Problem, sie auf den Beinen zu halten, bis der Sarg hinabgesenkt worden war und sie alle vor der Gluthitze in den Schatten fliehen konnten. Hinter sich hörte Zuckerman Essie zu Mr. Metz sagen: »All diese Worte, all diese Grabreden, all diese Zitate – ganz gleich, was sie aussagen, es ist eben doch endgültig vorbei.« Als Essie vorhin aus der Limousine gestiegen war, hatte sie Nathan ihren Kommentar zu der letzten Fahrt des Mannes im Leichenwagen gegeben: »Man fährt spazieren und bekommt nichts von der Gegend zu sehen.« Ja, Essie und er waren diejenigen, die einfach alles aussprachen.

Unter den männlichen Anwesenden waren Zuckerman, sein Bruder und der Rabbi die jüngsten. Die anderen Männer, die abgeschlafft am Grab standen, waren entweder betagte Nachbarn aus Harbor Beach oder alte Newarker Kumpel Dr. Zuckermans, die sich ebenfalls in Florida zur Ruhe gesetzt hatten. Einige von ihnen waren schon als kleine Jungen – vor dem Ersten Weltkrieg – gemeinsam mit ihm im Kinderhort der Gemeinde gewesen. Die meisten hatte Nathan seit seiner Kindheit nicht mehr gesehen; damals waren sie nicht viel älter gewesen als er jetzt war. Er lauschte den altvertrauten Stimmen, die zu diesen zerfurchten, hängebackigen und eingefallenen Gesichtern gehörten, und dachte: Wenn doch *Carnovsky* nicht schon fertiggeschrieben wäre! Was für Erinnerungen diese Stimmen weckten: an die Bäder in der Charlton Street und die Ferien in Lakewood, an die Angelausflüge zur Shark-River-Bucht drunten an der Küste! Vor der Beerdigung war ein jeder zu ihm gekommen und hatte ihn umarmt. Niemand hatte das Buch erwähnt – wahrscheinlich hatte es keiner von ihnen gelesen. Zu den vielen Schwierigkeiten, mit denen sich diese ehemaligen Handelsvertreter, Kaufleute und Fabrikanten ihr Leben lang herumgeschlagen und die sie bewältigt hatten, zählte das Bücherlesen bis dato noch nicht. Na wenn schon. Selbst der junge Rabbi erwähnte *Carnovsky* gegenüber dem Verfasser mit keinem Wort. Vielleicht aus Respekt vor dem Verstorbenen. Um so besser. Zuckerman war nicht als »der Autor« hierhergekommen – *der* war in Manhattan zurückgeblieben. Hier war er nichts weiter als Nathan. Eine derartige Selbstentäußerung ist oft die eindringlichste Erfahrung, die einem das Leben zu bieten hat.

Er sprach den Kaddisch. Angesichts eines Sarges, der ins Grab gesenkt wird, braucht man auch als Nichtgläubiger irgendeinen Text zum Psalmodieren, und »*Jissgadal w'jisskadasch*« schien ihm sinnvoller als »Tobe gegen das Sterben des Lichts«. Wenn jemand wirklich Anspruch darauf hatte, als Jude begraben zu werden, dann sein Vater. Eines Tages würde vermutlich auch er selber sich als Jude begraben lassen. Immer noch besser denn als Bohemien.

»Meine beiden Jungen«, sagte seine Mutter, als er und Henry sie auf dem Rückweg zum Wagen stützten. »Meine beiden großen, kräftigen, hübschen Jungen.«

Auf der Rückfahrt durch Miami hielt die Limousine an einer Verkehrsampel dicht neben einem Supermarkt. Die Frauen, die dort ihre Einkäufe machten – vorwiegend Kubanerinnen in mittleren Jahren – trugen

Shorts, rückenfreie Oberteile und hochhackige Sandalen. Reichlich viel Protoplasma, wenn man gerade von der letzten Ruhestätte der Ruheständler kam. Nathan bemerkte, daß Henry ebenfalls hinsah. Rückenfreie Oberteile hatte Zuckerman immer schon als besonders aufreizend empfunden – ein Kleidungsstück und doch keine richtige Bekleidung –, aber jetzt konnte er beim Anblick dieses überquellenden Weiberfleisches an nichts anderes denken als an den verwesenden Körper seines Vaters. Er hatte an kaum etwas anderes denken können, seit die ganze Familie ein paar Stunden zuvor in der Synagoge ganz vorn Platz genommen und der junge Rabbi – dessen Bart dem Ché Guevaras glich – begonnen hatte, vom Altar aus die Tugenden des Verstorbenen zu rühmen. Er pries ihn nicht nur als Gatten und Familienvater, sondern auch als »einen politischen Menschen, der sich der Gesamtheit des Lebens verpflichtet fühlte und den die Leiden der Menschheit zutiefst bekümmerten«. Er sprach von den zahlreichen Zeitungen und Zeitschriften, die Dr. Zuckerman abonniert und eifrig gelesen hatte; von seinen unzähligen, sorgfältig entworfenen Protestbriefen; von seiner Begeisterung für die amerikanische Demokratie, seinem leidenschaftlichen Engagement für den Fortbestand des Staates Israel, seinem Abscheu vor dem Gemetzel in Vietnam, seiner Angst um das Schicksal der Juden in der Sowjetunion – und währenddessen konnte Nathan Zuckerman immer nur das eine denken: »ausgelöscht«.

All das ehrbare Moralisieren, all das repressive Predigen, all diese überflüssigen Verbote, dieser Feuerofen der Frömmigkeit, dieser Luzifer der Rechtschaffenheit, dieser Herkules des Mißverstehens – ausgelöscht.

Sonderbar. Ganz anders, als es eigentlich sein sollte. Mit *so* wenig innerer Anteilnahme hatte er nie zuvor über das Leben seines Vaters nachgedacht. Es war, als begrübe man den Vater irgendwelcher anderer Söhne. Und was das Charakterbild betraf, das der Rabbi zeichnete – noch nie hatte sich jemand ein so falsches Bild von Dr. Zuckerman gemacht. Möglich, daß es dem Rabbi nur darum ging, ihn von der Figur des Vaters in *Carnovsky* zu distanzieren, aber nach allem, was er über ihn sagte, hätte man meinen können, Dr. Zuckerman sei Albert Schweitzer gewesen. Fehlten bloß noch die Orgel und die Aussätzigen. Andererseits: warum eigentlich nicht? Wem konnte es denn schaden? Es war ein Begräbnis, kein Roman, geschweige denn das Jüngste Gericht.

Warum dann diese innere Anspannung? Mal abgesehen von der Hitze und der völlig hilflosen, anscheinend ihrer Beine beraubten Mutter Zuckerman. Mal abgesehen von dem jammervollen Anblick der alten Familienfreunde, die in die Grube hinuntersahen, dorthin, wo bald auch ihre sterblichen Überreste liegen würden, vielleicht schon in dreißig, sechzig oder neunzig Tagen – der kiebitzenden, hünenhaften Männer aus seinen Kindheitserinnerungen, der Männer, von denen einige jetzt trotz ihrer Sonnenbräune so hinfällig waren, daß sie, falls man sie zu seinem Vater ins Grab gestoßen hätte, nicht imstande gewesen wären, wieder herauszukriechen... Von alledem abgesehen, waren es wohl seine eigenen Empfindungen, die ihm zu schaffen machten. Das belastende Gefühl, keine Trauer zu empfinden. Die Verwunderung. Die Scham. Das Triumphgefühl. Die Scham, die er *darüber* empfand. Alle Trauer um seinen Vater hatte er bereits durchlitten, als er zwölf und fünfzehn und einundzwanzig gewesen war: die Trauer um alles, wofür das Herz seines Vaters tot war, als er noch gelebt hatte. Sein Tod bedeutete eine Befreiung von dieser Trauer.

Und als er mit Henry an Bord der Maschine nach Newark ging, hatte er das Gefühl, nicht nur *davon* befreit zu sein. Die Woge von Euphorie, die ihn plötzlich erfaßte und von allem hinwegtrug, was ihn, unnötigerweise, durcheinandergebracht hatte, konnte er sich nicht ganz erklären und es gelang ihm auch nicht, sie in Schach zu halten. Wahrscheinlich war es das gleiche berauschende Gefühl, uneingeschränkte Freiheit erlangt zu haben, das zu empfinden Leute wie Mary und André von ihm erwartet hatten, als sein Name zu einem festen Begriff geworden war. Es hatte aber wohl mehr mit diesen vier anstrengenden Tagen in Florida zu tun, mit so durchaus nicht unnötigen Dingen wie den Vorbereitungen für die Beerdigung des einen und das Weiterleben des anderen Elternteils – Notwendigkeiten, die seine Berühmtheit und den Halleluja-Chor völlig in den Hintergrund gedrängt hatten. Er war wieder er selbst geworden – obzwar jetzt etwas nie Gekanntes hinzukam: Er war keines Mannes Sohn mehr. Vergiß die Väter, sagte er sich. Plural.

Und vergiß auch die Entführer. Während seiner viertägigen Abwesenheit hatte sein Auftragsdienst weder von einem ominösen Ganoven noch von dem Spinner Alvin Pepler eine Nachricht für ihn erhalten. Hatte sein »Landsmann« das Taschentuch Zuckermans für den letzten Erguß seiner wütenden, haßerfüllten Bewunderung benützt? War dies das Ende des Sperrfeuers? Oder würde Zuckermans dichterische Phantasie weitere Peplers auf den Plan rufen, die aus seinem Buch eigene Romane hervorzauberten – Romane, die sich als Schilderung wahrer Ereignisse, als die Realität selbst ausgaben? Zuckerman, das Sublimierungswunder, zeugt von Zuckermanie Besessene! Ein Buch, ein von zwei Einbanddeckeln zusammengehaltenes Phantasieprodukt, bringt den formalen Zwängen der Druckseite nicht unterworfene Phantasieprodukte hervor, bringt ungeschriebene, unlesbare, unerklärbare und unfaßbare Phantasieprodukte hervor, statt das zu tun, was Aristoteles (gemäß »Humanities, Kursus 2«) von der Kunst erwartete, und moralische Vorstellungen zu präsentieren, die den Menschen lehren, was gut und was schlecht ist. Ach, wenn Alvin doch mit ihm zusammen in Chicago Aristoteles studiert hätte! Wenn er doch begreifen könnte, daß der Autor den Leser zu Mitleid und Furcht bewegen soll – nicht umgekehrt!

Nie zuvor hatte er einen Flugzeugstart so sehr genossen. Er spreizte die Knie und hatte, als die Maschine wie ein aufgemotzter Rennwagen die Startbahn entlangraste, ein Gefühl, als ob ihre Antriebskraft seine eigene wäre. Und als das Flugzeug abhob – so ostentativ, als handelte es sich dabei um einen brillanten nachträglichen Einfall –, fiel Zuckerman plötzlich die Fotografie des an den Füßen aufgehängten Mussolini ein. Er hatte das Bild, das die Zeitungen damals auf der Titelseite brachten, nie vergessen können. Welcher junge Amerikaner aus dieser Generation hätte das gekonnt? Aber warum gerade jetzt an das schmähliche Ende dieses abscheulichen Tyrannen denken, warum so kurz nach dem Tod deines eigenen, gesetzestreuen, antifaschistischen, für Gewaltlosigkeit eintretenden Vaters, des Luftschutzwarts der Keer Avenue und lebenslangen Anhängers der B'nai B'rith-Antidiffamierungs-Liga? Dem äußeren Menschen eine mahnende Erinnerung an den inneren, mit dem er sich auseinandersetzen muß.

Seit etwa zweiundsiebzig Stunden fragte er sich natürlich immer wieder, ob das letzte Wort seines Vaters tatsächlich »Bastard« gelautet hatte. Nach dieser langen, anstrengenden Nachtwache war er vielleicht gar nicht mehr imstande gewesen, genau hinzuhören. Bastard? Was sollte das heißen? *Du warst nie mein echter Sohn.* Aber war dieser Vater denn jemals fähig gewesen, derart illusionslos zu denken? Er könnte allerdings in meinen Augen gelesen haben: *Henry ist dein Junge, Papa, nicht ich*. In meinen Augen gelesen? Nein, nein, in manchen Dingen bin auch ich nicht ganz illusionslos, jedenfalls nicht außerhalb der sicheren Grenzen meines Arbeitszimmers. Vielleicht hat er bloß »rascher!« gesagt. Den Tod aufgefordert, endlich seine Arbeit zu tun, genau wie er seiner Frau beim Zusammenrollen der Wintervorleger die Leviten gelesen hatte; und Henry, wenn er bei seinen Hausaufgaben trödelte. »*Astra? Ad astra?* Unwahrscheinlich. Denn trotz Nathans Kosmologie-Vortrag hatte sein Vater bis zuletzt nur zwei Bezugspunkte in der ganzen weiten Unendlichkeit gehabt: seine Familie und Hitler. Sicher wären noch bessere Erklärungen zu finden, aber ich sollte die Sache jetzt auf sich beruhen lassen. Lassen! Natürlich! Nicht »Bastard«, sondern »Laßt das!« Erste Ermahnung, letzte Vorschrift. Nicht *mehr* Licht, sondern *mehr* Tugendhaftigkeit. Er hatte seine beiden Söhne ermahnen wollen, sich zu bessern. »Bastard« entsprach dem Wunschdenken des Schriftstellers, wenn auch nicht gerade dem des Sohnes. Bessere Szene, stärkerer Tobak: Vater wendet sich endgültig vom Sohn ab. Allerdings: Zukkerman war, wenn er sich nicht schriftstellerisch betätigte, auch bloß ein Mensch wie jeder andere, und von ihm aus brauchte diese Szene gar nicht so packend zu sein. Kafka hat einmal geschrieben: »Ich glaube, man sollte überhaupt nur solche Bücher lesen, die einen beißen und stechen. Wenn das Buch, das wir lesen, uns nicht mit einem Faustschlag auf den Schädel weckt, wozu lesen wir dann das Buch?« Einverstanden, soweit es die Bücher betrifft. Aber was das Leben betrifft – warum einen Schlag auf den Kopf erfinden, wenn gar keiner beabsichtigt war? Hoch die Kunst, nieder mit der Mythomanie!

Mythomanie? Alvin Pepler. Allein schon dieses Wort ist wie ein Glockenschlag, der mich an dich erinnert.

Daß Peplers Referenzen in Ordnung waren – immerhin etwas! –, hatte Zuckerman am Abend nach der Beerdigung, als die anderen zu Bett gegangen waren, von Essie erfahren. Die beiden saßen in der Küche und aßen den Rest des Zimtkuchens, den die Trauergäste übriggelassen hatten. Soweit Zuckerman zurückdenken konnte, hatte es von Essie geheißen, ihre Eßlust brächte sie vorzeitig ins Grab. Und außerdem rauche sie sich zu Tode. Sie war eine von vielen, für die sein Vater immer genug Zeit erübrigen konnte, um über gesunde Lebensweise zu dozieren. »Er saß am Fenster«, erzählte sie Nathan, »in seinem Rollstuhl saß er da und rief den Leuten, die dort unten ihre Autos parkten, alles mögliche zu. Es paßte ihm nicht, *wie* sie parkten. Erst gestern bin ich einer Dame begegnet, mit der deine Mutter immer noch nicht zu sprechen wagt – bloß wegen deines alten Herrn. Die alte Mrs. Oxburg. Stammt aus Cincinnati. Zehnfache Multimillionärin. Sobald deine Mutter sie kommen sieht, macht sie kehrt. Victor sah

Mrs. Oxburg eines Tages neben der Klimaanlage in der Halle sitzen, ganz ruhig und friedlich saß sie da, und prompt hat er sie aufgefordert, sich woanders hinzusetzen, weil sie sich sonst eine Lungenentzündung holen würde. Worauf sie zu ihm sagte: ›Bitte sehr, Dr. Zukkerman, wo ich sitze, geht Sie nichts an.‹ Aber er dachte gar nicht daran, es dabei bewenden zu lassen, sondern fing sofort an, ihr von unserer kleinen Cousine Sylvia zu erzählen, und daß sie 1918 an Grippe starb, und wie hübsch und klug sie gewesen ist, und was für ein Schlag ihr Tod für Tante Gracie war. Deine Mutter konnte ihn nicht zum Schweigen bringen. Immer wenn sie den Rollstuhl weiterschieben wollte, bekam dein Vater einen Wutanfall. Sie mußte zum Arzt gehen und sich Valium verschreiben lassen, und ich mußte das Valium bei mir aufbewahren, damit er es nicht entdeckte, denn sonst hätte er sich furchtbar aufgeregt und ihr vorgeworfen, sie sei drogensüchtig.«

»Er ist in diesem Rollstuhl ein bißchen außer sich geraten, Essie. Das wissen wir doch alle.«

»Der arme Hubert Humphrey. Falls er die Postkarten deines Vaters gelesen hat, kann mir der arme Kerl wirklich leid tun. Was zum Teufel hätte Humphrey denn tun können, Nathan? Er war nicht Präsident, die Sache mit Vietnam war nicht seine Idee. Er war genauso bestürzt darüber wie wir. Aber davon wollte Victor nichts hören.«

»Naja, Humphrey hat ausgelitten.«

»Victor auch.«

»Ja, er auch.«

»Okay, Nathan – weiter im Text! Du und ich, wir sind keine Unschuldslämmer. Das ist für mich *die* Gelegenheit, Näheres über all diese schlüpfrigen Klatschgeschichten zu erfahren, ohne daß deine Mutter sich einmischt und mir weiszumachen versucht, daß du deinen Piepel nach wie vor bloß zum Pinkeln benützt. Erzähl mir von deiner Affäre mit dem Filmstar! Was ist passiert? Hast du ihr oder hat sie dir den Laufpaß gegeben?«

»Ich erzähle dir alles über den Filmstar, wenn du mir zuerst etwas über die Peplers erzählst.«

»Die aus Newark? Die mit dem Sohn? Alvin?«

»Ja. Alvin aus Newark. Was weißt du über ihn?«

»Er ist im Fernsehen aufgetreten. Da gab es doch diese Quizsendungen, erinnerst du dich? Ich glaube, er hat fünfundzwanzigtausend Dollar gewonnen. Der *Star-Ledger* hat die Geschichte groß herausgebracht. Aber das liegt schon Jahre zurück. Vorher war dieser Alvin im Marine-Corps. Hat er nicht das Verwundetenabzeichen bekommen? Ich glaube, es war eine Kopfverletzung. Kann aber auch der Fuß gewesen sein. Jedenfalls wurde bei seinem Auftritt im Fernsehen ihm zu Ehren immer *From the Halls of Montezuma* gespielt. Wieso willst du etwas über ihn wissen?«

»Er ist mir zufällig in New York über den Weg gelaufen. Mitten auf der Straße hat er sich mir vorgestellt.

Nach dieser Begegnung zu schließen, muß sein Kopf etwas abbekommen haben, nicht sein Fuß.«

»Oje, bei dem piept's wohl? Jedenfalls soll er seine Amerikana in- und auswendig gekannt haben – damit hat er den Zaster gewonnen. Aber natürlich hatten sie ihm die richtigen Antworten schon vorher gesagt. Ein Riesenskandal war das! Eine Zeitlang hat ganz Newark bloß noch über Alvin gesprochen. Ich bin vor Jahr und Tag mit seiner Tante Lottie in die High School gegangen, deshalb habe ich Woche für Woche genau verfolgt, wie er bei diesem Quiz abgeschnitten hat. Das hat sich doch jeder angesehen. Dann ist er besiegt worden, und damit hatte sich's. Und jetzt ist er übergeschnappt?«

»Ein bißchen schon, glaube ich.«

»Und mir erzählen die Leute, daß *du* übergeschnappt bist. Und nicht bloß ein bißchen.«

»Was antwortest du darauf?«

»Ich sage, es stimmt. Ich sage, daß du auf dem Weg zur Bank immer in einer Zwangsjacke steckst. Dann halten sie die Klappe. Also, wie war das mit dem Filmstar? Wer hat wen sitzengelassen?«

»Ich sie.«

»Du Trottel! Sie ist hinreißend schön und muß schwerreich sein. Herrgott nochmal, Nathan, warum denn bloß?«

»Sie ist hinreißend schön und schwerreich, aber nicht unseres Glaubens, Esther.«

»Ich kann mich nicht erinnern, daß dir das früher etwas ausgemacht hätte. Ich dachte immer, das hätte dich ganz besonders gereizt. Also, wen machst du denn jetzt wild?«

»Golda Meir.«

»Ach, was für ein schlauer kleiner Fuchs du hinter dieser harmlosen Professorenbrille bist! Du hast schon immer alles spitz gekriegt, schon als Kind. Dein Bruder, der war der artige Junge, der immer aufs Wort folgte und niemals aufblieb, wenn's Zeit zum Schlafengehen war, und du warst der, der uns alle für Trottel hielt. *Ein* Kompliment muß ich dir jedenfalls machen: Mit diesem Buch hast du den Leuten so manches zu Bewußtsein gebracht. An deiner Stelle würde ich mich einen Dreck um das Gerede der anderen scheren.«

Die Leuchtschrift »Bitte anschnallen!« war verloschen, Henry hatte seine Rückenlehne schräggestellt und nippte an dem Martini, den er schon vor dem Start bestellt hatte. Er war nie das gewesen, was man als einen »starken Trinker« bezeichnen würde, und nahm diesen Martini tatsächlich wie ein nicht ganz ungefährliches medizinisches Präparat zu sich. Sein dunkler Teint wirkte an diesem Morgen eher kränklich als romantisch – fast so, als wäre Asche in die Poren gedrungen. Zuckerman konnte sich nicht erinnern, seinen Bruder derart deprimiert gesehen zu haben, seit Henry vor dreizehn Jahren, als er im zweiten Jahr an der Cornell

University studierte, übers Wochenende nach Hause gekommen war und erklärt hatte, daß er sein Chemiestudium aufgeben und statt dessen »dramatische Darstellungskunst« als Hauptfach studieren wollte. Er hatte gerade den Lumpensammler in *Die Irre von Chaillot* gespielt. Gleich nach seinem ersten Vorsprechen für eine Inszenierung der Cornell-Theatergruppe hatte man ihm diese Hauptrolle gegeben, und als er nun zu Hause am Eßtisch saß, sprach er voller Ehrfurcht von seinen beiden neuen Vorbildern: John Carradine, der am Broadway den Lumpensammler gespielt hatte und dem er auf der Bühne nacheifern wollte (auch was die äußere Erscheinung betraf – er hatte aus diesem Grund bereits zehn Pfund abgenommen), und Timmy, der Student, der bei der Cornell-Inszenierung der *Irren* Regie geführt hatte. In Provincetown, wo seine Eltern ein Ferienhaus besaßen, hatte Timmy letzten Sommer Kulissen gemalt. Er war überzeugt, daß er Henry dort ebenfalls Arbeit verschaffen könnte – »im Repertoiretheater«. »Und wann soll das sein?« fragte Mrs. Zuckerman, die noch gar nicht fassen konnte, warum Henry so dünn geworden war. »Timmy sagt, nächsten Sommer. Im Juni.« »Und was ist mit den Chernicks?« fragte sein Vater. In den letzten beiden Jahren hatte Henry während der Sommerferien als Bademeister in einem Ferienlager in den Adirondacks gearbeitet, das zwei Brüdern – Turnlehrern – aus Newark gehörte. Die Chernicks hatten Dr. Zuckerman einen besonderen Gefallen erwiesen, als sie einen so jungen Burschen wie Henry mit diesem Job betrauten. »Und deine Verpflichtungen gegenüber Lou und Buddy Chernick?« Wie es zartbesaiteten, mustergültigen, intelligenten Kindern ergeht, die ihren schuldigen Gehorsam von jeher in Form von überströmenden Gefühlen erwiesen haben, war Henry nicht imstande, die Frage seines Vaters so zu beantworten, wie es ihm möglicherweise in einem Ethik-Kurs beigebracht worden wäre. Statt dessen sprang er vom Tisch auf und rannte weg. Weil er auf der ganzen Fahrt von Ithaka nach Newark mit dem Schlimmsten gerechnet hatte – und weil er, aus Angst vor dieser Mahlzeit mit der Familie, schon seit drei Tagen keinen Bissen hinunterbrachte –, brach er bereits zusammen, als es noch nicht mal halb so schlimm war, wie er es Timmy vorausgesagt hatte. In ihrem Studentenwohnheim hatten die beiden die Szene tagelang geprobt, wobei Timmy Dr. Zuckerman wie einen König Lear in Taschenformat gespielt hatte und Henry eine ziemlich freimütige, beredsame Version seiner selbst: Henry als Imitation Nathans.

Erst drei Stunden war Henry da, und schon wurde Nathan in Manhattan angerufen – heimlich, von seiner schluchzenden Mutter – und gebeten, sofort nach Hause zu kommen, um den Lumpensammler mit seinem Vater auszusöhnen. Und so lief Nathan unentwegt als Mittelsmann zwischen Henry (der sich in seinem Schlafzimmer eingeschlossen hatte und Timmy sowie

Sinclair Lewis' *Babbitt* zitierte) und seinem Vater hin und her (der im Wohnzimmer die Chancen aufzählte, die ihm 1918 *nicht* geboten worden waren und die Henry jetzt auf einem silbernen Tablett präsentiert wurden), bis seine Schlichtungsversuche endlich gegen drei Uhr nachts zu einem Abkommen führten. Alle Entscheidungen bezüglich Henrys beruflicher Laufbahn sollten zwölf Monate aufgeschoben werden. Henry durfte weiterhin in Studentenaufführungen auftreten, mußte aber vorläufig Chemie als Hauptfach beibehalten und – zumindest im nächsten Sommer – seinen Verpflichtungen gegenüber den Chernicks nachkommen. In einem Jahr wollte die ganze Familie wieder eine Lagebesprechung abhalten – ein Treffen, zu dem es dann doch nicht kam, weil Henry sich im Herbst mit Carol Goff verlobte, einem, nach Meinung seines Vaters, »Mädchen mit gesundem Menschenverstand«, und weil von da an keine Rede mehr von John Carradine war. Und von Timmy auch nicht. *Timmy!* In der Hitze des Gefechts sprach Dr. Zuckerman den Taufnamen des jungen Schauspielschülers so aus, daß er gar nicht gojischer – oder unheilträchtiger – hätte klingen können. Bei jenem denkwürdigen Freitagabend-Familiengefecht im Jahre 1956 hatte sich Nathan einmal erkühnt, mit dem geheiligten Namen Paul Muni zu kontern, doch »*Timmy!*« kreischte sein Vater, und es klang wie Kriegsgeheul, »*Timmy!*« – und Nathan wurde klar, daß nicht einmal Paul Muni in der Rolle des gewieften

Clarence Darrow, ja nicht einmal Paul Muni, wenn er sich in der Rolle des geduldigen Louis Pasteur leibhaftig bei ihnen im Wohnzimmer eingefunden hätte, imstande gewesen wäre, Dr. Zuckerman davon zu überzeugen, daß im Angesicht Gottes ein geschminkter Jude auf der Bühne sicher nicht lächerlicher – oder weniger lächerlich – ist als ein Jude im Arztkittel, der Zähne aufbohrt. Dann hatte Henry die reizende, lernbegierige Stipendiatin Carol Goff kennengelernt und ihr die Anstecknadel seiner Studentenverbindung ZBT gegeben – und damit war der Familienzwist endgültig beigelegt. Zuckerman hielt dies für den wahren Grund, warum Henry ihr die Anstecknadel gegeben hatte, obwohl er natürlich wußte, daß es offiziell zur Erinnerung daran geschehen war, daß Carol in jener Nacht ihre Unschuld verloren hatte. Als Henry im nächsten Semester versuchte, die Anstecknadel zurückzubekommen, regten sich Carol und ihre Familie derart auf, daß er zwei Wochen später seine Meinung änderte und sich mit Carol verlobte. Und im letzten Studienjahr der beiden führte Henrys behutsamer Versuch, die Verlobung aufzulösen, schließlich dazu, daß er und Carol einen Monat nach Abschluß ihres Studiums heirateten. O nein, Henry konnte es einfach nicht ertragen, dieses gutherzige, zuvorkommende, treue, arglose, aufopferungsvolle Geschöpf so furchtbar leiden zu sehen – seinetwegen so leiden zu sehen. Er konnte es nicht ertragen, einem Menschen, der ihn liebte, Leid zuzufügen. So selbstsüchtig – oder so grausam – konnte er einfach nicht sein.

In den Tagen nach der Beerdigung hatte Henry ein paarmal mitten im Gespräch zu schluchzen begonnen – mitten in einem Satz, der gar nichts mit dem Tod des Vaters zu tun hatte – und dann jedesmal ganz allein einen langen Spaziergang gemacht, um sich wieder zu fassen. Eines Morgens, kurz nachdem er, unrasiert und wieder den Tränen nahe, aus der Wohnung geflüchtet war, hatte Zuckerman Essie gebeten, seiner Mutter beim Frühstück Gesellschaft zu leisten, und war seinem Bruder die Treppe hinunter nachgerannt. Als er aus dem Vestibül kam, sah er von der Sonnenterrasse am Swimmingpool aus, daß Henry draußen auf der Straße in eine Telefonzelle gegangen war und jemanden anrief. Also wieder eine Liebesaffäre. Auch damit quälte er sich herum. *Die Krise*, dachte Zuckerman, *Die Krise im Leben eines Ehemannes.*

In Miami Beach hatte er es vermieden, mit Henry über jene Abschiedsszene am Sterbebett des Vaters zu sprechen. Zum einen war ihre Mutter fast immer in Hörweite, zum andern war Henry, wenn sie beide wirklich einmal allein waren, entweder vor lauter Kummer nicht ansprechbar gewesen oder hatte mit Nathan Pläne für die Zukunft der Mutter gemacht. Zur Enttäuschung der beiden hatte sie sich geweigert, mit ihnen nach New Jersey zu fliegen und eine Zeitlang bei Henry, Carol und den Kindern zu bleiben. Später vielleicht – aber vorläufig wollte sie unbedingt »nahe« bei ihrem Mann sein. Um sie nachts nicht allein in der Wohnung zu lassen, wollte Essie auf der Couch im Wohnzimmer schlafen, und die Freunde aus dem Canasta-Club hatten sich bereit erklärt, der trauernden Witwe tagsüber abwechselnd Gesellschaft zu leisten. Zuckerman riet Essie, Flora Sobol lieber nicht dafür heranzuziehen. Keinem Familienmitglied würde es behagen, wenn im *Miami Herald* ein Bericht mit dem Titel »Ich saß *schiwe* mit Carnovskys Mutter« erschiene.

Erst im Flugzeug ergab sich für Zuckerman die Gelegenheit, Henrys Meinung bezüglich des Problems zu erfahren, das er selber immer noch nicht ausgeknobelt hatte. »Sag mal, Henry, was war Dads letztes Wort in der Nacht, bevor er starb? Hat er ›Laßt das!‹ gesagt?«

»›Laßt das!‹? Schon möglich. Mir kam es eigentlich eher wie ›*mazá*‹ vor.«

Nathan lächelte. *Mazá*. Matzen. »Bist du sicher?«

»Sicher? Nein. Ich nahm an, er hätte das gesagt, weil Essie ihm von früher und von Großmutter erzählt hat. Ich glaubte, er dächte an die alten Zeiten und sähe Großmutter beim Matzenbacken vor sich.«

Immerhin, dachte Zuckerman, könnte man für das, was Henry vermutet, Tolstoj ins Feld führen. »Ein kleiner Knabe werden, der Mutter ganz nahe.« Wenige Tage vor seinem Tod hatte Tolstoj das geschrieben. »Halt mich fest, Mama, hätschle mich...«

»Ich dachte, er hätte ›Bastard‹ gesagt.«

Jetzt lächelte Henry. Das Lächeln, in das sich seine Patientinnen verliebten. »Nein, das habe ich nicht gehört.«

»Ich dachte, er wollte vielleicht einen letzten Brief an Lyndon Johnson schreiben.«

»Du meine Güte«, sagte Henry, »seine Briefe!« – worauf er, ohne zu lächeln, wieder an seinem Drink zu nippen begann. Auch Henry konnte ein Lied davon singen: Nach seinem Beinahe-Abgang von der Cornell University hatte er jede Woche einen Brief – »Lieber Sohn...« erhalten.

Nach einer Weile sagte er: »Sogar unser kleiner Leslie, der doch erst sieben ist, hat Briefe von Dad bekommen.«

»Das wußte ich gar nicht.«

»Der arme Junge. Sonst hat er nie einen erhalten, weder vorher noch danach. Jetzt glaubt er, daß er ständig Post bekommen müßte, bloß wegen dieser drei Briefe aus Miami.«

»Was stand denn drin?«

»›Lieber Enkel – sei netter zu Deinen Schwestern.‹«

»Na, von jetzt an kann er zu ihnen so rücksichtslos sein wie er will. Wir alle...« – er dachte daran, wie sein Bruder in die Telefonzelle gestürmt war – »... können jetzt so rücksichtslos sein wie wir wollen.«

Auch er bestellte sich jetzt einen Martini. Es war das erste Mal in seinem Leben, daß er eine Stunde nach den Frühstückseiern bereits Alkohol zu sich nahm. Und offensichtlich traf das gleiche auf Henry zu. Aber heute kam eben der innere Mensch zu seinem Recht.

Beide tranken ihre Gläser aus und bestellten noch einen Drink.

»Weißt du, was ich bei der Beerdigung unentwegt denken mußte?« sagte Henry. »Wie kann *er* in dieser Kiste sein?«

»Den meisten kommen solche Gedanken«, versicherte ihm Nathan.

»Der Deckel wird zugeschraubt, und *er* kommt nie mehr raus.«

Sie flogen über die Felder von Carolina. Fünfunddreißigtausend Fuß hoch über dem, was Mondrian inspiriert hatte. Unzählige Tonnen gepflügten Erdreichs, die Vegetation mit ihrem Wurzelgeflecht, und darunter: sein Vater. Nicht nur unter dem Sargdeckel, nicht nur unter ein paar Kubikmetern pulvriger Florida-Erde, sondern unter der ganzen äußeren Hülle dieses sieben Sextillionen Tonnen schweren Planeten.

»Weißt du, warum ich sie geheiratet habe?« fragte Henry plötzlich.

Also *er* ist derjenige, der eingesargt ist und nie mehr herauskommen wird. Lieber Sohn. Unter einem zugeschraubten Deckel und dem Gewicht jener beiden kleinen Wörter.

»Warum?«

Henry schloß die Augen. »Du wirst es nicht glauben.«

»Ich bin bereit, alles zu glauben. Eine Berufskrankheit.«

»Ich möchte es ja selber nicht glauben.« Es klang, als wäre er krank vor lauter Schuldbewußtsein, fast so, als täte es ihm jetzt leid, eine Bombe in seinem Gepäck versteckt zu haben. Er war wieder völlig durcheinander. Er sollte keinen Alkohol trinken, dachte Zuckerman. Wenn er jetzt weiterredet und ein demütigendes Geheimnis ausplaudert, wird er sich nur noch schlimmere Vorwürfe machen. Aber Zuckerman versuchte nicht, seinen Bruder vor sich selbst zu bewahren. Er hatte eine ausgesprochene Vorliebe für solche Geheimnisse. Berufskrankheit.

»Weißt du, warum ich Carol geheiratet habe?« Diesmal benützte er ihren Vornamen, als wollte er mit seiner Beichte eine absichtlich grausame Indiskretion begehen. Es war aber im Grund gar nicht Henrys Grausamkeit; es war die Grausamkeit seines Gewissens, das ihn überwältigte noch bevor er begann, gegen seine Prinzipien zu verstoßen.

»Nein«, erwiderte Zuckerman, der Carol schon immer für hübsch, aber langweilig gehalten hatte. »Eigentlich nicht.«

»Es war nicht, weil sie geweint hat. Nicht, weil sie die Anstecknadel und später den Verlobungsring von mir bekommen hatte. Nicht mal deshalb, weil unsere Eltern es von uns erwarteten... Ich habe ihr ein Buch geliehen. Ich lieh ihr ein Buch und wußte genau, daß ich es nie zurückbekäme, wenn ich sie nicht heiraten würde.«

»Was für ein Buch?«

»*Die Arbeit des Schauspielers an sich selbst*. Ein Buch von Stanislawski.«

»Hättest du dir denn kein anderes Exemplar kaufen können?«

»Meine Notizen standen drin – von den Proben für die Rolle des Lumpensammlers. Erinnerst du dich an damals, als ich in diesem Stück aufgetreten bin?«

»O ja.«

»An das Wochenende, als ich nach Hause kam?«

»Aber natürlich, Henry. Warum hast du sie nicht einfach gebeten, dir das Buch zurückzugeben?«

»Es war in ihrem Zimmer im Studentinnenwohnheim. Ich dachte daran, ihre beste Freundin zu überreden, es für mich zu stibitzen. Das ist wirklich wahr. Ich dachte daran, dort einzubrechen und mir das Buch zu holen. Ich konnte mich einfach nicht dazu aufraffen, es von ihr zurückzuverlangen. Ich wollte sie nicht merken lassen, daß es zwischen uns so gut wie aus war. Ich wollte nicht, daß sie später glauben würde, mein Buch sei das einzige gewesen, worüber ich mir zu diesem Zeitpunkt Sorgen machte.«

»Warum hast du es ihr überhaupt geliehen?«

»Ich war damals noch ein halbes Kind, Nate. Sie war mein ›Mädchen‹. Ich habe es ihr nach unserem ersten Rendezvous geliehen. Damit sie meine Notizen lesen konnte. Ich glaube, ich wollte damit angeben. Du weißt ja, wie rasch man jemandem ein Buch leiht. Es ist die natürlichste Sache der Welt. Man ist begeistert und leiht es anderen. Ich stand damals ganz im Bann eines neuen Freundes..."

"Timmy."

"Mein Gott – ja. Timmy. Du erinnerst dich noch daran. Die ›Provincetown Players‹ und Timmy. Nicht, daß ich auch nur eine Spur Talent gehabt hätte. Ich glaubte, als Schauspieler müßte man nichts anderes können als toben und schluchzen. Nein, daraus wäre nie etwas geworden. Und es ist ja auch nicht so, daß ich den Beruf, für den ich mich entschieden habe, nicht liebe. Ich liebe ihn und bin verdammt gut in meinem Fach. Aber dieses Buch hat mir viel bedeutet. Damals habe ich mir gewünscht, daß Carol das verstehen würde. ›Lies das doch mal‹, sagte ich zu ihr. Und ehe ich mich versah, waren wir verheiratet."

"Naja, das Buch hast du wenigstens zurückbekommen."

Henry leerte sein zweites Glas. "Und was hat es mir genützt?"

Dann mußt *du* etwas tun, das ihm nützt, sagte sich Zuckerman. Deshalb hat er dich ja zu seinem Beichtvater erkoren. Hilf ihm, den Deckel zu heben, unter dem er immer noch eingeschlossen ist. Steh ihm bei. Wie ihr Vater so oft gesagt hatte: "Er ist dein Bruder – *behandle* ihn wie einen Bruder."

»Hast du während jenes Studienjahres in Cornell auch mal in einem Stück von Tschechow mitgespielt?«

»Ich bin damals nur in zwei Stücken aufgetreten. Keines der beiden war von Tschechow.«

»Weißt du, was Tschechow als erwachsener Mann über seine Jugendjahre gesagt hat? Daß er den Leibeigenen Tropfen um Tropfen aus sich herauspressen mußte. Vielleicht solltest *du* jetzt damit beginnen, den gehorsamen Sohn aus dir herauszupressen.«

Keine Antwort. Henry hatte wieder die Augen geschlossen – möglich, daß er gar nicht zuhörte.

»Du bist kein Kind mehr, Henry, das sich nach engstirnigen, konventionellen Menschen und deren Vorstellung vom Leben richten muß. Er ist tot, Henry. Er liegt nicht bloß in dieser Kiste mit dem zugeschraubten Deckel – er ist tot. Du hast ihn geliebt, und er hat dich geliebt, aber er wollte einen Menschen aus dir machen, der niemals etwas tun und niemals etwas sein würde, das nicht unter deinem Universitätsabschluß-Foto in den *Jewish News* stehen könnte. Die jüdische Portion der amerikanischen Frömmigkeit – damit sind wir beide jahrelang gefüttert worden. Er war aus den Slums gekommen, er hatte unter Rowdies gelebt – der Gedanke, wir könnten Taugenichtse wie Sidney werden, muß ihn entsetzt haben. Vetter Sidney, der von den Halbwüchsigen, die Fußballtotoscheine verkauften, Fünfundzwanzigcentstücke kassierte. Aber in Daddys

Augen war er Longy Zwillmans rechte Hand. In Dads Augen war er *lépke*.«

»In Dads Augen war man *lépke*, wenn man in Cornell Schauspielkunst als Hauptfach studierte.« Henry hatte noch immer die Augen geschlossen. Er lächelte sarkastisch.

»Ein bißchen *lépke* zu sein, würde dich jetzt bestimmt nicht umbringen.«

»Darüber, was *mich* umbringen könnte, mache ich mir keine Gedanken.«

»Na hör mal, es ist wirklich unter deiner Würde, so etwas zu sagen. Die Arbeit des Schauspielers an sich selbst. Du hast zweiunddreißig Jahre lang an dir selbst gearbeitet. Jetzt zeig mal, was du kannst. Du brauchst nicht die Rolle zu spielen, die man dir zugewiesen hat – nicht, wenn es *das* ist, was dich zur Verzweiflung treibt.«

Personen erfinden. Schön und gut, wenn er in seinem stillen Arbeitszimmer an der Schreibmaschine saß; aber war das seine Aufgabe in der ungeschriebenen Welt? Wenn Henry eine andere Rolle spielen könnte – hätte er es dann nicht schon längst getan? Du solltest Henry nicht auf solche Gedanken bringen, schon gar nicht, wenn ihm bereits schwindlig geworden ist. Jemand, dem schwindlig geworden ist, kann einem leicht einen Kinnhaken verpassen. Außerdem war Zuckerman jetzt schon ein bißchen beschwipst, genau wie sein kleiner Bruder, und, leicht beschwipst, kam es ihm blödsinnig vor, daß sein kleiner Bruder nicht bekommen sollte, was er sich wünschte. Wem stand er denn näher als ihm? Wahrscheinlich mehr mit seinen eigenen Erbanlagen übereinstimmende Gene in Henry als in jedem anderen Exemplar der menschlichen Spezies. Und auch mehr gemeinsame Erinnerungen. Schlafzimmer, Badezimmer, Pflichten, Krankheiten, Arzneien, Kühlschränke, Tabus, Spielsachen, Reisen, Lehrer, Nachbarn, Verwandte, Gärten und Höfe, Veranden, Treppenschächte, Witze, Namen, Orte, Autos, Mädchen, Jungen, Buslinien...

Mazá. Der Teig war zusammengerührt worden, um Zuckermans daraus zu machen. Vielleicht hatte ihr Vater ihnen zuletzt nur sagen wollen: Jungs, ihr seid das, was ich gebacken habe. Unterschiedlich geformt, aber Gott segne euch beide. In der Welt ist Platz für alle Arten.

Weder der Vater der Tugend noch der Vater des Lasters, sondern der Vater vernünftiger Freuden und vernünftiger Alternativen. O ja, das wäre wirklich schön gewesen. Aber wie die Dinge nun einmal laufen: Man bekommt, was einem gegeben wird, und alles andere muß man selber tun.

»Wie unglücklich bist du zu Hause, Henry?«

Mit zusammengekniffenen Augen erwiderte er: »Es ist mörderisch.«

»Dann fang doch um Himmels willen an, es aus dir herauszupressen.«

Am Newarker Flughafen wartete Zuckermans Limousine. Er hatte am frühen Morgen aus Miami angerufen und einen Wagen mit bewaffnetem Fahrer bestellt. Bei derselben Firma, von der sich Caesara herumfahren ließ, wenn sie in New York war. Vorsichtshalber hatte er die Firmenkarte – die er als Lesezeichen in Caesaras Kierkegaard gelegt hatte – vor dem Abflug nach Miami eingesteckt. Das Buch wollte er auf jeden Fall zurückgeben, aber schon einige Male hatte er Abstand davon genommen, es – per Adresse Castro – nach Kuba zu schicken.

Letzte Nacht hatte er schlecht geschlafen: Er hatte sich Gedanken über seine Rückkehr nach Manhattan gemacht und darüber, ob die Schändung seines Taschentuches vielleicht gar nicht das Ende, sondern erst der Anfang von Peplers Besudelungskampagne war. Angenommen, dieser unberechenbare Ex-Marinesoldat trug eine Pistole bei sich. Angenommen, er würde sich im Fahrstuhl verstecken und versuchen, Zuckerman zu erwürgen. Zuckerman konnte sich diese Szene nicht nur deutlich vorstellen – gegen vier Uhr morgens konnte er sie sogar riechen. Pepler wog eine Tonne und roch penetrant nach Aqua Velva. Er war frisch rasiert. Für den Mord, oder für das Fernsehinterview hinterher? *Du hast es gestohlen, Nathan! Mein altes Übel! Mein Geheimnis! Mein Geld! Meine Berühmtheit!* SCHLEUDERAKROBAT ERMORDET DEN BARDEN DER WICHSER; ZUCKERMAN OPFER EINES

ONANISTEN. Sehr entmutigend, noch einmal von solchen Urängsten befallen zu werden – Ängsten, die allerdings beim Morgengrauen so gut wie verflogen waren. Dennoch hatte er vor der Abreise in New York angerufen, um jemanden anzuheuern, der ihn zumindest in der Anfangsphase des Wiedereintritts beschützen würde. Aber als er die Limousine sah, dachte er: *Ich hätte den Bus nehmen sollen. Keine Angst vor Vergeltung. Auch das ist jetzt vorbei. Es gibt keine Rächer.*

Er ging auf die Limousine zu. Caesaras junger Chauffeur, in voller Livree, mit Sonnenbrille. »Sie haben sicher nicht erwartet, mich jemals wiederzusehen«, sagte Zuckerman.

»O doch.«

Er ging zu seinem Bruder zurück. Henry wartete, um sich zu verabschieden, bevor er seinen Wagen am Parkplatz abholte.

»Ich bin ganz allein«, sagte Zuckerman. »Falls du eine Bleibe für die Nacht brauchst.«

Henry zuckte bei diesem Vorschlag ein bißchen zusammen. »Ich muß jetzt in die Praxis, Nathan.«

»Du rufst mich an, wenn du mich brauchst?«

»Ich komm' schon zurecht.«

Er ist verärgert, dachte Zuckerman. Er muß nach Hause gehen, obwohl er weiß, daß er es gar nicht müßte. Ich hätte ihn in Ruhe lassen sollen. Du kannst sie verlassen, wenn du willst, aber du willst es ja gar nicht.

Vor dem Flughafengebäude drückten sie einander die Hand. Kein Zuschauer wäre auf die Idee gekommen, daß die beiden vor Jahren zehntausend Mahlzeiten zusammen eingenommen hatten und daß sie erst vor einer Stunde einander so nahe gewesen waren wie damals, als noch keiner von ihnen ein Buch geschrieben oder ein Mädchen berührt hatte. Eine Maschine hob von der Newarker Startbahn ab, der Lärm dröhnte Nathan in den Ohren.

»Er hat *Bastard* gesagt, Nathan. Er hat dich einen Bastard genannt.«

»Was?«

Plötzlich war Henry wütend – und in Tränen. »Du *bist* ein Bastard. Ein herzloser, gewissenloser Bastard. Was bedeutet dir Loyalität? Was bedeutet dir Verantwortungsgefühl? Was bedeutet dir Selbstverleugnung, *Zurückhaltung* – und alles andere? Für dich ist alles ablegbar! Für dich ist alles *darstellbar*! Jüdische Moral, jüdische Durchhaltekraft, jüdische Weisheit, jüdischer Familiensinn – für dich taugt alles bloß dazu, verulkt zu werden. Selbst deine Schicksen wirfst du in die Gosse, sobald sie deine Phantasie nicht mehr anstacheln. Liebe, Ehe, Kinder – was zum Teufel bedeutet dir das schon? Für dich ist das alles bloß Spaß und Spiel. *Aber für uns andere ist es das nicht.* Und das Schlimmste ist, daß wir dich davor bewahren möchten, zu erkennen, was du *wirklich* bist! Und was du getan hast! Du hast ihn umgebracht, Nathan. Kein anderer wird dir das sagen – dazu haben sie alle zuviel Angst vor dir. Sie meinen, du seist jetzt zu berühmt, als daß man Kritik an dir üben dürfte; und daß der Abstand zwischen dir und uns gewöhnlichen Sterblichen schon viel zu groß sei. Aber du hast ihn umgebracht, Nathan. Mit diesem Buch. *Natürlich* hat er Bastard gesagt. Er hat das Buch gekannt! Er hat gewußt, was du ihm und Mutter angetan hast!«

»Wie hätte er das wissen sollen? Henry, wovon sprichst du eigentlich?«

Aber er wußte es ja, er wußte es, er hatte es schon die ganze Zeit gewußt. Er hatte es gewußt, als Essie ihm bei jenem mitternächtlichen Imbiß gesagt hatte: »An deiner Stelle würde ich mich einen Dreck um das Gerede der anderen scheren.« Er hatte es während der Lobrede des Rabbi gewußt. Und vorher auch schon. Er hatte es gewußt, als er das Buch schrieb. Aber er hatte es trotzdem geschrieben. Dann hatte sein Vater (und es war fast wie ein Geschenk des Himmels gewesen) den Schlaganfall erlitten, der zu seiner Einlieferung ins Pflegeheim geführt hatte, und als *Carnovsky* erschien, war er schon zu weit hinüber gewesen, um das Buch zu lesen. Zuckerman hatte geglaubt, der Gefahr entronnen zu sein. Und der Strafe. Er hatte sich getäuscht.

»Wie hätte er davon wissen sollen, Henry?«

»Mr. Metz. Der borniette, wohlmeinende Mr. Metz. Daddy bewog ihn dazu, ihm das Buch zu bringen. Und es ihm vorzulesen. Du glaubst mir wohl nicht? Du willst nicht glauben, daß die Dinge, die du über andere schreibst, *echte Folgen* haben können. Für dich ist vermutlich auch *das* komisch – deine Leser werden sich totlachen! *Aber Dad hat sich nicht totgelacht.* Er ist im tiefsten Kummer gestorben. In der schlimmsten Enttäuschung ist er gestorben. Deine Phantasie deinen Trieben auszuliefern, ist, Gott verdamm dich, etwas anderes, als *deine eigene Familie* auszuliefern! Unsere arme Mutter! Angefleht hat sie uns, es dir nur ja nicht zu sagen! Unsere Mutter muß sich dort das schmutzige Gerede anhören, deinetwegen – und sie läßt es lächelnd über sich ergehen! Und möchte dich immer noch davor bewahren, die Wahrheit über das, was du getan hast, zu erfahren! Du und deine Überheblichkeit! Du und deine Extratouren! Du und dein ›befreiendes‹ Buch! Glaubst du wirklich, das Gewissen sei eine jüdische Erfindung, gegen die du immun bist? Glaubst du wirklich, du könntest dich einfach mit all den anderen Hemmungslosen amüsieren, ohne dich um dein Gewissen zu scheren? Ohne dich um etwas anderes zu scheren als darum, wie witzig du dich über diejenigen auslassen kannst, die dich mehr als alle anderen geliebt haben? Der Ursprung des Universums! Wo er doch nur auf die Worte gewartet hat: ›Ich hab' dich lieb!‹ ›Dad, ich hab' dich lieb‹ – mehr wäre nicht nötig gewesen! Du elender Bastard, erzähl mir bloß nichts von Vätern und Söhnen! Ich *habe* einen Sohn! Ich weiß, was es heißt, einen Sohn zu lieben, aber du weißt es nicht, du selbstsüchtiger Bastard, und du wirst es nie wissen!«

Bis zum Frühjahr 1941, als Nathan acht und Henry vier Jahre alt war und die Zuckermans das Einfamilien-Backsteinhaus in der von Bäumen gesäumten Straße oberhalb des Parks bezogen, hatten sie in einer weniger angenehmen Gegend dieses jüdischen Viertels gewohnt – in einem kleinen Miethaus an der Kreuzung Lyons und Leslie Street. Dort hatten die Rohrleitungen und die Heizung und der Fahrstuhl und die Kanalisation niemals gleichzeitig funktioniert. Die Tochter des aus der Ukraine stammenden Hausmeisters, »Thea, die Turteltaube«, war älter als die beiden Jungen – ein Mädchen mit großem Busen und schlechtem Ruf. Und nicht bei allen Leuten, die in diesem Haus wohnten, war der Küchenboden so sauber wie bei den Zuckermans, wo man notfalls sogar darauf hätte essen können. Aber wegen der niedrigen Miete und wegen der Bushaltestelle direkt vor der Haustür eignete sich diese Wohnung geradezu ideal als Praxis eines jungen Fußpflegers. Damals praktizierte Dr. Zuckerman noch im Vorderzimmer, wo die Familie abends Radio hörte.

Das Schlafzimmer der beiden Jungen ging nach hinten hinaus, und gegenüber, hinter einem hohen Drahtzaun, befand sich ein katholisches Waisenhaus mit einer kleinen Gemüsegärtnerei, in der die Waisenkinder arbeiten mußten, wenn sie nicht gerade von den Priestern in der katholischen Schule unterrichtet und – wie Nathan und seine kleinen Freunde glaubten – mit einem Stock verprügelt wurden. In der Gärtnerei plackten sich auch zwei alte Karrengäule ab – ein höchst ungewöhnlicher Anblick in diesem Stadtviertel. Allerdings: einen katholischen Priester zu sehen, der sich im Süßwarenladen im Erdgeschoß eine Packung Lucky Strike kaufte oder in einem Buick vorbeifuhr und das Autoradio eingeschaltet hatte – das war hier etwas noch Erstaunlicheres. Über Pferde wußte Nathan nicht viel mehr, als er in *Black Beauty* darüber gelesen hatte; über Priester und Nonnen wußte er noch weniger – eigentlich nur, daß sie die Juden haßten. Eine der ersten Kurzgeschichten Zuckermans – in seinem ersten High-School-Jahr entstanden und *Waisenkinder* betitelt – handelte von einem kleinen jüdischen Jungen, von dessen Schlafzimmerfenster aus ein Waisenhaus zu sehen ist und der darüber nachdenkt, wie es ihm wohl erginge, wenn er hinter dem Zaun da drüben statt hinter seinem eigenen wohnen würde. Eines Tages war eine dunkelgekleidete, korpulente Nonne vom Waisenhaus herübergekommen, um sich von Nathans Vater einen eingewachsenen Zehennagel ausschneiden zu lassen. Als sie gegangen war, hatte Nathan (vergeblich) darauf gewartet, daß seine Mutter mit Eimer und Wischtuch ins Behandlungszimmer gehen und alle Türklinken säubern würde, die die Nonne angefaßt hatte. So neugierig wie darauf, von seinem Vater etwas über die nackten Füße dieser Nonne zu erfahren, war er noch nie auf etwas gewesen. Doch am Abend hatte Dr. Zuckerman in Gegenwart der Kinder nichts darüber gesagt, und Nathan war mit seinen sechs Jahren weder jung noch alt genug, um ganz einfach zu fragen, wie denn ihre Füße ausgesehen hätten. Sieben Jahre später stellte er den Besuch der Nonne in den Mittelpunkt seiner Kurzgeschichte *Waisenkinder*, die er – unter dem Pseudonym »Nicholas Zack« – zuerst an die Redaktion von *Liberty*, dann an *Collier's* und schließlich an die *Saturday Evening Post* sandte und die ihm seine erste Serie von Ablehnungsbescheiden einbrachte.

Statt sich direkt nach New York fahren zu lassen, wies Zuckerman den Chauffeur an, in Richtung Newark abzubiegen, schob also den Zeitpunkt noch etwas hinaus, zu dem er in das Leben jenes Nathan Zuckerman zurückkehren würde, in den sich der stumme, erfolglose kleine Zack ziemlich überraschend verwandelt hatte. Er lotste den Fahrer die Autobahn entlang und die Auffahrt zur Frelinghuysen Avenue hinauf; dann am Park vorbei und am schmalen Ende des Sees, wo er und Henry Schlittschuhlaufen gelernt hatten; dann die lange Lyons Avenue hügelaufwärts; vorbei an dem Krankenhaus, in dem er zur Welt gekommen und beschnitten worden war; und dann auf jenen Zaun zu, der sein erstes Erzählthema gewesen war. Sein Fahrer war bewaffnet. Pepler zufolge die einzige Möglichkeit, heutzutage in dieser Stadt durchzukommen.

Zuckerman drückte auf den Schaltknopf, und die gläserne Trennwand schob sich herunter. »Was für eine Waffe tragen Sie bei sich?«

»Eine Achtunddreißiger, Sir.«

Der Fahrer klatschte sich auf die rechte Hüfte. »Wollen Sie mal sehen, Mr. Z.?«

Ja, er wollte sich die Waffe ansehen. Sehen heißt glauben, und glauben heißt wissen, und mit Wissen kommt man der Ungewißheit und dem Unbekannten bei.

»Ja.«

Der Fahrer schob seine Jacke hoch und öffnete den Schnappverschluß, mit dem das Pistolenhalfter an seinem Gürtel befestigt war – ein Halfter nicht viel größer als ein Brillenetui. Als er an einer Verkehrsampel halten mußte, hob er die rechte Hand und zeigte Zuckerman eine winzige Pistole mit stumpfem schwarzem Lauf.

Was ist Kunst? dachte Zuckerman.

»Wer sich näher als zehn Fuß an dieses Baby heranwagt, muß sich auf eine große Überraschung gefaßt machen.«

Die Pistole roch nach Öl. »Gerade erst gereinigt«, sagte Zuckerman.

»Ja, Sir.«

»Gerade erst abgefeuert?«

»Auf dem Schießstand, Sir. Gestern abend.«

»Sie können sie wieder wegstecken.«

Wie nicht anders zu erwarten, kam ihm das zweistöckige Mietshaus, in dem er seine frühe Kindheit verbracht hatte, wie eine liliputanische Nachbildung der mit einer Markise versehenen Festung aus roten Backsteinen vor, als die er es aus der Erinnerung beschrieben hätte. Hatte es damals wirklich eine Markise gehabt? Wenn ja, war sie inzwischen entfernt worden. Auch die Haustür war nicht mehr da – man hatte sie aus den Angeln gerissen; und die großen Vorplatzfenster zu beiden Seiten der nicht mehr vorhandenen Haustür hatten keine Scheiben mehr und waren mit Brettern vernagelt. Wo am Eingang einst zwei Lampen gewesen waren, sah man jetzt bloß noch Drähte heraushängen, und der Eingang selbst war nicht gekehrt – überall lag Abfall herum. Das Haus war zum Slum verkommen.

Aus der Schneiderwerkstatt gegenüber war ein Laden für Götzenanbeter geworden – im Schaufenster Heiligenfiguren und alle möglichen anderen »Devotionalien«. Der Laden an der Ecke, früher eine Gemischtwarenhandlung, war jetzt eine Zweigstelle der »Calvary Evangelistic Assembly, Inc.«. Vier dicke Negerinnen mit Einkaufstaschen warteten schwatzend an der Bushaltestelle. In Zuckermans Kindheit wären vier an der Bushaltestelle wartende Negerinnen Zugehfrauen gewesen, die zum Putzen zu den jüdischen Hausfrauen im Weequahic-Viertel kamen. Jetzt wohnten sie selber hier und fuhren zum Putzen zu den jüdischen Hausfrauen in den Vororten. Mit Ausnahme der älteren Leute, die sich in die nahen Wohnsiedlungen locken ließen, waren alle Juden von hier verschwunden. Nahezu die gesamte weiße Einwohnerschaft war verschwunden, einschließlich der katholischen Waisenkinder. Allem

Anschein nach befand sich jetzt irgendeine städtische Schule in dem Waisenhaus, und an der Ecke, wo die Gemüsegärtnerei gewesen war, stand ein neues, kleines, nichtssagendes Gebäude. Eine Bank. Zuckerman sah sich forschend in der Gegend um und fragte sich, wer hier eigentlich Bankkunde war. In der Lyons Avenue wurde jetzt offenbar nur noch mit Kerzen, Weihrauch und Heiligenfiguren gehandelt. Nirgends schien es einen Laden zu geben, wo man einen Laib Brot oder einen Becher Speiseeis oder eine Packung Aspirin kaufen konnte, ganz zu schweigen von Kleidern, Uhren oder Stühlen. Ihre kleine Galerie von Läden und Ladenbesitzern war tot.

Genau das hatte er sehen wollen. »Vorbei«, dachte er. Alle poetischen Gefühle, die er für dieses Wohnviertel gehegt hatte, waren in *Carnovsky* eingeflossen. Das hatte so sein müssen – es gab keinen anderen Platz dafür. »Vorbei. Vorbei. Vorbei. Vorbei. Vorbei. Ich habe meine Lehrzeit abgedient.«

Er ließ den Chauffeur langsam den Häuserblock in Richtung Chancellor Avenue entlangfahren, den Weg, den er jeden Morgen zur Schule gegangen war. »Stop!« sagte er und spähte in das Gäßchen, an dessen Ende die Garage stand, in die er sich eines Tages von Thea, der ungeratenen Hausmeisterstochter, und Doris, der Tochter des Gemischtwarenhändlers, hatte locken lassen, weil sie ihm sagten, er sei ein sehr hübscher Junge. 1939? 1940? Als sie die Garagentüren schlossen, hatte er das Schlimmste befürchtet – seine Mutter hatte ihm warnend erklärt, Thea sei für ihr Alter allzu »entwikkelt«, und auf die Tatsache, daß sie eine Christin war, brauchte ihn ohnehin niemand hinzuweisen. Doch Thea hatte mit ihm nichts anderes vor, als daß er sich neben einen großen schwarzen Ölfleck stellen und jedes Wort, das sie ihm vorsagte, wiederholen mußte. Er wußte gar nicht, was diese Wörter zu bedeuten hatten, aber Thea und die Tochter des Gemischtwarenhändlers wußten es offensichtlich nur zu gut, denn sie konnten gar nicht mehr aufhören, zu kichern und sich aneinanderzuschmiegen. Damals war er sich zum ersten Mal der Macht der Sprache und der Macht der Mädchen bewußt geworden; so wie der Anblick des Waisenhauses vor seinem Schlafzimmerfenster für ihn zur ersten bedeutsamen Begegnung mit den Phänomenen Klassenunterschied und ungleiche Chancen, mit dem Geheimnis eines vorausbestimmten Schicksals geworden war.

Ein junger Schwarzer mit glattrasiertem Kopf kam mit einem Deutschen Schäferhund aus einer Haustür, blieb auf dem Vorplatz stehen und musterte die vor dem Gäßchen parkende Limousine, den Chauffeur und den weißen Mann, der im Fond saß und die Gegend so genau betrachtete. Das dreistöckige Haus und der kleine, von Unkraut überwucherte Vorgarten waren von einem Kettenzaun umgeben. Hätte der junge Bursche ihn danach gefragt, so hätte ihm Zuckerman ohne weiteres die Namen der drei Familien sagen können, die vor dem Zweiten Weltkrieg die drei Stockwerke dieses Hauses bewohnt hatten. Aber das wollte der junge Schwarze nicht wissen. Statt dessen fragte er: »Wer sind denn Sie?«

»Niemand«, erwiderte Zuckerman, und damit hatte sich's. Du bist keines Mannes Sohn mehr, du bist nicht mehr der Ehemann einer guten Frau, du bist nicht mehr deines Bruders Bruder und du kommst nicht mehr von irgendwo her. Anstatt auch noch an der Grundschule und dem Spielplatz und der Würstchenbude vorbeizufahren, bogen sie in Richtung New York ab und kamen auf der Fahrt hinaus zum Parkway an der Synagoge vorbei, in der er bis zu seinem dreizehnten Lebensjahr nach der Schule Hebräischunterricht erhalten hatte. Jetzt war dort eine afrikanisch-methodistische Episkopalkirche.